Zu diesem Buch

«Und dann habe ich hier noch ein Buch», sagte Lewis und zog einen dicken Schinken heraus mit dem Titel: *Maßstab der Ungerechtigkeit: Eine vergleichende Studie über Verbrechen und ihre Bestrafung, durchgeführt anhand der Akten der Grafschaft Shropshire aus den Jahren 1842 bis 1852.*

Morse nahm den Wälzer und überflog den ermüdend langen Titel ohne Zeichen der Begeisterung.

Wie auch sollte Chief Inspector Morse Interesse für einen derart staubtrockenen Stoff aufbringen. Liegt er doch im Krankenhaus mit einem durchgebrochenen Magengeschwür. Dem Meister im Kreuzworträtsellösen und Detektiv mit nahezu klassischen Eigenschaften dürstet es nach kniffligen Denksportaufgaben. Kein Wunder also, daß sich Morse, an das Krankenhausbett gefesselt und die Vorzüge der Schwestern abwägend, einem Verbrechen aus dem 19. Jahrhundert zuwendet. Die Witwe eines unlängst verstorbenen Mitpatienten gibt Morse das Buch «Murder on the Oxford Canal». Morse ist fasziniert von den mysteriösen Vorgängen im Juni des Jahres 1859. Eine junge Frau namens Joanna Franks wurde im Oxford-Kanal ertrunken aufgefunden. Sie hatte sich an Bord der *Barbara Bay* befunden, auf dem Weg von Liverpool nach London, um ihren Mann Charles zu treffen. Angeblich sollen betrunkene Besatzungsmitglieder ihr übel mitgespielt haben. Nach der Tat werden zwei Männer der Besatzung für schuldig befunden und hingerichtet. Morse stellt bezüglich der Leiche des Opfers eine gewagte Hypothese auf, denn seiner Ansicht nach steckt der Fall voller Ungereimtheiten, und in Derby, dem Heimatort Joannas, finden sich denn auch die ersten Hinweise.

Colin Dexter, 1930 geboren, studierte in Cambridge und gehört zur Prüfungskommission der Universität Oxford. Für den vorliegenden Roman wie auch für «Finstere Gründe» (Nr. 3100) erhielt er den Gold Dagger der British Crime Writers' Association.

Außerdem liegen in der Reihe rororo thriller vor: Der letzte Bus nach Woodstock (Nr. 3142), Das Rätsel der dritten Meile (Nr. 2806), Tod für Don Juan (Nr. 3041), Die schweigende Welt des Nicholas Quinn (Nr. 3102), Eine Messe für all die Toten (Nr. 2764), ...wurde sie zuletzt gesehen (Nr. 2726) und Ihr Fall, Inspector Morse (Nr. 3148).

Colin Dexter

Mord am Oxford-Kanal

Deutsch von
Christiane Friederike Bamberg

rororo
Rowohlt

rororo thriller
Herausgegeben von Bernd Jost

Sonderausgabe
Veröffentlicht im Rowohlt Taschenbuch Verlag GmbH,
Reinbek bei Hamburg, April 1995

Die Originalausgabe erschien bei Macmillan London Ltd.
unter dem Titel «The Wench is Dead»

Umschlaggestaltung Walter Hellmann
(Illustration Frank Nikol)
Satz Candida (Linotronic 500)
Gesamtherstellung Clausen & Bosse, Leck
Printed in Germany
500-ISBN 3 499 43203 X

Die Hauptperson

Chief Inspector Morse und sein Tatort:

Der Oxford-Kanal

Für
Harry Judge,
der Kanäle liebt
und der mich bekannt machte mit dem Buch
Der Mord an Christine Collins
ein frühviktorianischer Fall
von
John Godwin
Ich fühle mich tief in beider Schuld.
(Das Buch von John Godwin kann in
der Stadtbücherei in Stafford ausgeliehen werden)

Kapitel 1

Das Denken ist völlig abhängig vom Magen; dessenungeachtet sind die mit den besten Mägen nicht auch die besten Denker.

Voltaire *in einem Brief an d'Alembert*

Am Dienstag war ihm immer wieder übel. Am Mittwoch dann mußte er sich des öfteren erbrechen. Am Donnerstag war ihm zwar fast die ganze Zeit über schlecht, doch der Brechreiz hatte nachgelassen. Am Freitagmorgen kostete es ihn, elend und teilnahmslos, wie er sich fühlte, und vor allem so unendlich müde, eine große Kraftanstrengung, aus dem Bett aufzustehen und sich ans Telefon zu schleppen, um seinem Vorgesetzten im Polizeipräsidium in Kidlington mitzuteilen, daß er heute vermutlich nicht zum Dienst erscheinen werde.

Als er am Samstagmorgen aufwachte, stellte er erfreut fest, daß er sich erheblich besser fühlte, und während er mit seinem grellgestreiften Schlafanzug in der Küche seiner im Norden Oxfords gelegenen Junggesellenwohnung saß, überlegte er sogar, ob er seinem Magen unter diesen Umständen bereits wieder einen Weetabix zumuten könne. Da klingelte das Telefon.

«Hier Morse», meldete er sich.

«Guten Morgen, Sir.» (Welch angenehme Stimme!) «Würden Sie bitte einen Augenblick am Apparat bleiben? Der Superintendent möchte Sie sprechen.»

Morse blieb – er hatte ja auch kaum eine andere Wahl – und überflog, während er wartete, die Schlagzeilen der *Times*, die ihm gerade durch den Briefschlitz gesteckt worden war. Wie immer samstags reichlich spät.

«Ich stelle Sie jetzt durch zum Superintendent», sagte dieselbe angenehme Stimme. «Einen Moment noch.» Morse schwieg, aber er schickte ein Stoßgebet zum Himmel (für einen Low-Church-Atheisten schon eine Überwindung), daß Strange sich beeilen und ans Telefon kommen möge, um ihm endlich mitzuteilen, was immer es mitzuteilen gab... Auf Morses Stirn begannen sich Schweißperlen zu bilden, und er suchte mit der Linken in den Taschen seines Pyjama-Oberteils nach einem Taschentuch.

«Hallo, Morse? Sind Sie am Apparat? Ah, ja? Tut mir leid, daß Sie sich nicht wohl fühlen, alter Junge. Geht zur Zeit vielen so. Den Bruder meiner Frau hat es auch erwischt – wann war es doch gleich –, muß jetzt zwei Wochen hersein, glaube ich. Nein, stimmt gar nicht, eher drei Wochen. Aber das tut jetzt ja auch nichts zur Sache.»

Der Schweiß floß jetzt in Strömen, und Morse wischte sich immer wieder mit dem Taschentuch über die Stirn, während er pflichtschuldig ein zustimmendes Gemurmel von sich gab.

«Ich habe Sie hoffentlich nicht aus dem Bett geholt?»

«Nein, das nicht, Sir.»

«Gut. Ich dachte, ich ruf mal schnell bei Ihnen an. Äh... Ach, übrigens, Morse...» (offenbar hatte Strange sich jetzt zu dem durchgerungen, was er sagen wollte) «es besteht keinerlei Notwendigkeit für Sie, heute ins Präsidium zu kommen, keinerlei Notwendigkeit. Es sei denn, Sie fühlten sich schon bedeutend besser. Ich denke, wir werden hier auch ohne Sie schon zurechtkommen. Auf den Friedhöfen liegen reihenweise Männer, die sich für unentbehrlich hielten, ist es nicht so?»

«Vielen Dank, Sir. Sehr freundlich von Ihnen, mich anzurufen. Ich weiß es wirklich zu schätzen. Allerdings hätte ich dieses Wochenende ohnehin frei gehabt...»

«Ach? Na, um so besser. Trifft sich gut, nicht wahr? Da können Sie ja in aller Ruhe im Bett bleiben.»

«Ja, vielleicht, Sir», sagte Morse erschöpft.

«Aber Sie sagten, Sie seien auf, oder?»

«Ja, Sir.»

«Nun, dann machen Sie, daß Sie jetzt schnell wieder ins Bett kommen, Morse. So ein freies Wochenende ist doch die ideale Gelegenheit, sich mal so richtig zu erholen. Genau das, was Sie brauchen, wenn Sie sich nicht ganz wohl fühlen – ein bißchen Ruhe, Erholung... Das hat der Arzt auch dem Bruder meiner Frau gesagt, als der... wann war das noch gleich...»

Hinterher meinte Morse sich zu erinnern, daß er das Telefongespräch mit Strange trotz allem noch halbwegs anständig über die Bühne gebracht hätte, einschließlich einiger angemessen besorgter Äußerungen bezüglich dem Ergehen von Stranges Schwager, doch vor allem hatte sich ihm eingeprägt, daß sich seine Stirn, als er mit der Hand darübergefahren war, plötzlich nicht nur feucht, sondern sehr, sehr kalt angefühlt hatte, und wie er dann zwei-, dreimal tief Luft geholt und plötzlich aufgesprungen und ins Bad gelaufen war...

Mrs. Green, seine Putzfrau, die jeden Dienstag- und Samstagvormittag bei ihm saubermachte, warf nur einen kurzen Blick auf ihn, wie er da, an die Wand gelehnt, auf dem Boden des Eingangsflurs saß, dann stürzte sie zum Telefon, wählte den Notruf und bestellte einen Krankenwagen. Ihr Arbeitgeber war bei Bewußtsein, allem Anschein nach nüchtern und sah halbwegs manierlich aus bis auf die rötlichbraunen Flekken auf der Vorderseite seiner Schlafanzugjacke, Flecken, die Mrs. Green sowohl was ihre Farbe als auch was ihre Konsistenz anging, lebhaft an den Bodensatz in ihrer Kaffeemaschine erinnerten. Sie wußte nur zu genau, was diese Flecken bedeuteten. Der Arzt damals hatte ihr ohne jede Schonung mit brutaler Offenheit gesagt – fünf Jahre war das nun her –, daß ihr Mann, wenn sie ihn nur rechtzeitig genug ins Krankenhaus gebracht hätte, noch am Leben sein könnte...

«Ja, genau», hörte sie sich überraschend bestimmt sagen, «gleich südlich vom Banbury-Road-Kreisverkehr. Ja, ich werde an der Tür auf Sie warten.»

Um Viertel nach zehn ließ sich Morse ohne allzu großes Widerstreben von einem Sanitäter die Treppe hinunterhelfen. In Hausschuhen und einem frischen Schlafanzug, eine kratzige graue Decke um die Schultern, saß er etwas verloren auf der Pritsche des Krankenwagens. Die Krankenschwester, eine Frau mittleren Alters, schien seine Weigerung, sich hinzulegen, als persönlichen Affront aufgefaßt zu haben. Mürrisch, ohne ein Wort zu sagen, schob sie ihm, als er sich geräuschvoll übergeben mußte, eine weiße, emaillierte Nierenschale auf den Schoß und schwieg auch noch, als der Krankenwagen auf das Gelände des John-Radcliffe-Krankenhauses einbog und schließlich vor der Notfall-Ambulanz anhielt.

Während Morse, ausgestreckt auf einer Krankenbahre liegend, auf einen Arzt wartete, dachte er in einem Anflug von Selbstmitleid, daß er hier auf diesem Flur sterben könnte, ohne daß dies irgend jemandem auffiele. Er war eben schon immer ungeduldig gewesen (vor allen Dingen in Hotels, wenn morgens das Frühstück nicht gleich kam), und vielleicht hatte es ja in Wirklichkeit nur einige wenige Minuten gedauert, bis ein weißgekleideter Krankenhausangestellter neben ihm auftauchte und begann, in aller Ruhe mit ihm den Aufnahmebogen durchzugehen. Morse mußte Auskunft geben über seine nächsten Angehörigen (in seinem Fall nicht vorhanden) sowie seine Konfession (ebenfalls nicht vorhanden). Nachdem solchermaßen die Initiationsriten vollzogen und er gleichsam in den Club aufgenommen worden war, begann man sich um ihn zu kümmern. Von irgendwoher erschien eine junge Schwester, fühlte ihm den Puls, maß seinen Blutdruck (wobei sie, wie Morse fand, den schwarzen Gummiriemen um seinen Oberarm sehr viel fester als nötig anzog) und trug die Ergebnisse mit einem Gleichmut in sein Krankenblatt ein, der den Gedanken nahelegte, daß nur ausgesprochen dramatische Abweichungen von der Norm Grund zur Besorgnis sein könnten. Zum Schluß wollte sie auch noch seine Temperatur messen, und Morse kam sich einigermaßen idiotisch vor, wie er so dalag und das Thermometer ihm aus dem Mund ragte. Die Schwester schien mit dem Ergebnis der Messung offenbar unzufrieden, sie schüttelte das Thermometer einige Male mit einer Bewegung, nicht unähnlich einem Rückhandschlag beim Pingpong, um es ihm schließlich, kaum weniger geschickt als beim erstenmal, noch einmal unter die Zunge zu zwängen.

«Werde ich überleben?» wagte Morse einen Vorstoß, während die Schwester die Ergebnisse der Messung auf sein Krankenblatt übertrug.

«Sie haben Temperatur», war die nichtssagende Antwort.

«Ich dachte, jeder Mensch hätte Temperatur», murmelte Morse.

Doch da hatte die Schwester ihm schon den Rücken zugewandt, um einen Neuzugang in Augenschein zu nehmen.

Der junge Mann, den man gerade hereingerollt hatte, trug noch sein schwarz-rot gestreiftes Rugby-Trikot. Seine nackten Beine waren dreckverkrustet, und quer über seine Stirn klaffte eine scheußlich aussehende, riesige Wunde. Morse kam er dennoch ganz entspannt vor, als er dem Krankenhausangestellten (derselbe, der auch Morse befragt hatte) bereitwillig Auskunft gab über Lebensgeschichte, Konfession und Verwandte. Genauso entspannt ließ er es über sich ergehen, als die Schwester ihm mit dem Stethoskop zu Leibe rückte, den Puls fühlte und seine Temperatur maß. Morse merkte plötzlich, wie er neidisch wurde auf die selbstverständliche Vertrautheit zwischen dem Burschen und der jungen Schwester. Und plötzlich – und diese Erkenntnis traf ihn wie ein Schlag – realisierte er, daß die Schwester ihn vermutlich genau als das sah, was er ja auch tatsächlich war: einen Mann, der recht und schlecht ins sechste Lebensjahrzehnt getreten war und sich nun den leicht entwürdigenden Krankheiten des beginnenden Alters gegenübersah: Leistenbruch, Hämorrhoiden, Prostatabeschwerden und, ja!, Zwölffingerdarmgeschwüren.

Morse beugte sich gerade, von einem heftigen Würgereiz gepackt, über die Nierenschale, die sie vorsichtshalber in Reichweite hatten stehenlassen, als ein junger Medizinalassistent, ungefähr halb so alt wie Morse, neben ihn trat und den Bericht über seine Einlieferung, den Fragebogen des Krankenhauses und sein Krankenblatt zu überfliegen begann.

«Eine ziemlich üble Geschichte, Ihre Bauchbeschwerden, ist Ihnen das klar?»

Morse zuckte ausweichend die Achseln. «Mir hat bisher niemand etwas gesagt.»

«Das muß Ihnen wohl doch nicht extra gesagt werden, daß da etwas nicht stimmt, ganz und gar nicht stimmt.»

Morse wollte gerade etwas entgegnen, als der Medizinalassistent fortfuhr: «Sie sind gerade erst eingeliefert worden, glaube ich? Wenn Sie uns, Mr., äh, *Morse*, nicht wahr... wenn Sie uns zwei Tage Zeit lassen, dann werden wir versuchen, Ihnen morgen Genaueres zu sagen, O. K.?»

«Ich fühle mich aber eigentlich ganz in Ordnung. Wirklich», sagte Morse mit leiser Stimme und einigermaßen eingeschüchtert, während er sich in die Kissen zurücksinken ließ und versuchte, seine verkrampften Schultermuskeln zu entspannen.

«Der Eindruck täuscht, fürchte ich. Bestenfalls haben Sie nur ein Magengeschwür, das spontan zu bluten angefangen hat» – Morse spürte einen Stich von Panik im Zwerchfell –, «aber es kann auch sein, daß es sich um ein durchgebrochenes Magengeschwür handelt, und wenn das der Fall sein sollte...»

«Dann...?» fragte Morse mit schwacher Stimme. Aber der junge Arzt schwieg und begann statt dessen Morses Bauch abzutasten.

«Nun, haben Sie etwas gefunden?» fragte Morse und bemühte sich um einen möglichst munteren Ton.

«Sie sollten versuchen, ein paar Kilo abzunehmen. Ihre Leber ist vergrößert.»

«Ich dachte, Sie hätten gesagt, es sei der Magen.»

«Ja, ist es auch. Sie haben Magenblutungen gehabt.»

«Und was... was hat dann meine Leber damit zu tun?»

«Trinken Sie viel, Mr. Morse?»

«Nun, die meisten Leute trinken doch so ihre zwei, drei Gläser pro Tag.»

«Ich habe gefragt, ob Sie *viel* trinken.» Der Ton war ein wenig schärfer geworden.

Morse versuchte, trotz der in ihm aufsteigenden Angst gleichmütig zu wirken, und so zuckte er mit den Achseln: «Ich trinke gern mal ein Bier, ja.»

«Wie viele Biere sind denn das so pro Woche?»

«Pro Woche?» fragte Morse erschrocken, und sein Gesicht verzog sich in nachdenkliche Falten wie bei einem Kind, dem man eine komplizierte Multiplikationsaufgabe zu lösen gegeben hat.

«Na, dann eben pro Tag», schlug der Medizinalassistent entgegenkommend vor.

Morse dividierte durch drei. «So zwei, drei, denke ich.»

«Trinken Sie auch schärfere Sachen?»

«Gelegentlich.»

«Und was?»

Morse bewegte unruhig seine angespannten Schultermuskeln. «Whisky – ab und zu trinke ich einen kleinen Whisky.»

«Wie lange hält denn eine Whiskyflasche in der Regel bei Ihnen?»

«Das kommt darauf an, wie groß die Flasche ist.»

Doch diese Art von Humor kam offenbar nicht gut an, und so multiplizierte er schnell mal drei. «Eine Woche... zehn Tage... so ungefähr.»

«Und wie viele Zigaretten rauchen Sie pro Tag?»

«So acht... bis zehn», sagte Morse, die richtige Zahl gleich umstandslos durch vier teilend.

«Gibt es irgendeine Art von körperlicher Betätigung, die Sie regelmäßig ausüben – Wandern, Joggen, Radfahren, Squash...?»

Doch bevor Morse mit seinen Überlegungen, welches wohl die günstigste Antwort sei, zu Ende gekommen war, mußte er schon wieder nach der Nierenschale greifen. Während er sich geräuschvoll erbrach, registrierte der Medizinalassistent besorgt die rötlichbraune Farbe des Erbrochenen, das mit hellroten Spritzern von frischem Blut durchsetzt war, Blut, das durch eine tägliche Dosis Nikotin seines Sauerstoffs beraubt und überdies noch reichlich mit Alkohol versetzt wurde.

Kurz darauf verfiel Morse in eine Art Dämmerzustand. Irgendwann, daran konnte er sich erinnern, hatte sich eine Schwester über ihn gebeugt (dieselbe junge Schwester, die sich auch vorher schon um ihn gekümmert hatte), um ihm den Puls zu fühlen. Ihr Stirnrunzeln hatte Morse verraten, daß sie über das Ergebnis ihrer Messung beunruhigt war.

Und plötzlich hatte er gewußt, daß der Engel des Todes ihn gestreift hatte, und ein Schauer war ihm über den Rücken gelaufen, als er zum erstenmal ernsthaft darüber nachgedacht hatte, wie es wohl sein würde, zu sterben. Einen Augenblick lang hatte er sogar gemeint, seinen Nachruf vor sich zu sehen – einen lobenden Nachruf natürlich.

Kapitel 2

Weißt du, warum wir den Toten mehr Gerechtigkeit widerfahren lassen? Wir sind ihnen gegenüber zu nichts verpflichtet, wir können uns Zeit lassen. Wir können ihnen unsere Ehrerbietung erweisen zwischen einer Cocktailparty und einer zärtlichen Geliebten – in unserer freien Zeit.

Albert Camus, *Der Fall*

Als Morse am nächsten Morgen erwachte, begann es draußen gerade zu dämmern. Die Uhr im Krankensaal zeigte zehn vor fünf, und durch einen Türbogen erspähte Morse die schlanke Gestalt einer Schwester, die, in warmen Lichtschein gehüllt, an einem Schreibtisch saß und Eintragungen in ihren Unterlagen machte. Vielleicht betraf die Eintragung ja ihn, dachte Morse. Wenn dem so war, so konnte es sich nur um einen kurzen Text handeln, denn abgesehen von einer kurzen Phase des Erbrechens irgendwann nach Mitternacht ging es ihm inzwischen wirklich sehr viel besser, und er hatte keiner weiteren Fürsorge bedurft. Der Infusionsschlauch, der von seinem rechten Handgelenk zu dem über seinem Bett aufgehängten Tropf führte, zog zwar unangenehm an seiner Haut, so als ob die Nadel nicht ganz exakt säße, aber er hatte beschlossen, die Nachtschwester wegen dieser Kleinigkeit nicht zu behelligen. Der Tropf verdammte ihn leider zur Immobilität – jedenfalls so lange, bis er über die gleiche Fähigkeit verfügte wie sein Bettnachbar, ein junger Mann, der gestern den Abend über im Krankenhaus umhergewandert war, den Tropf dabei hoch über seinen Kopf emporhaltend, als handele es sich um die Fackel, mit der die olympische Flamme entzündet werden sollte. Seiner eingeschränkten Bewegungsfreiheit war es auch zuzuschreiben gewesen, daß Morse, was ihm ausgesprochen peinlich gewesen war, um eine sogenannte «Ente» hatte bitten müssen. Immerhin, die Bettpfanne war ihm bisher erspart geblieben, und er hoffte, daß mangels fester Nahrung in den letzten Tagen sein Darm ihm diesbezüglich keinen Ärger machen würde.

Die Schwester draußen redete jetzt mit ernster Miene auf

einen schmächtigen jungen Medizinalassistenten ein, dessen weißer Kittel ihm bis fast zu den Knöcheln reichte. Aus seiner rechten Tasche ragte ein Stethoskop. Gleich darauf betraten die beiden mit ruhigen Schritten den Krankensaal und verschwanden hinter den Vorhängen, die man gestern abend zugezogen hatte, um dem Patienten im Bett schräg gegenüber von Morse ein gewisses Maß an Privatheit zu geben.

Morse hatte den Mann gesehen, als er hereingerollt worden war, einen älteren, distinguiert aussehenden Herrn Ende Siebzig, mit einem Schnurrbart, wie er früher von Angehörigen der indischen Armee getragen worden war, und einigen spärlichen schneeweißen Haaren. Einen Augenblick lang hatten sich ihre Blicke gekreuzt, und in den Augen des alten Soldaten hatte Morse so etwas wie Aufmunterung und ein Gefühl kameradschaftlicher Nähe aufblitzen sehen. Die in seinem Körper wütende Blutvergiftung, die seinen Wangen bereits einen verräterisch rosa Hauch verlieh, hatte es jedoch nicht mehr zugelassen, daß der sterbende Mann seine Gefühle in Worte kleidete.

Um zwanzig nach fünf schlug der Medizinalassistent die Vorhänge zur Seite, um halb sechs kamen die Pfleger und rollten den Toten hinaus. Und als genau eine halbe Stunde später, um sechs Uhr, das Licht im Krankensaal anging, waren die Vorhänge um das Bett, in dem Oberst Wilfried Deniston, OBE, MC, in den frühen Morgenstunden gestorben war, beiseite gezogen, so als sei nichts geschehen, und es war nichts zu sehen als ein frisch geplättetes Laken und zwei fachmännisch gefaltete Decken am Fußende. Hätte Morse gewußt, daß der Verstorbene zeit seines Lebens ein Wagner-Hasser gewesen war, so hätte er wohl bei ihm an Sympathie eingebüßt, andererseits hätte die Tatsache, daß Deniston das gesamte poetische Werk von A. E. Housman auswendig konnte, Morse wohl für ihn eingenommen.

Um Viertel vor sieben bemerkte Morse in der Umgebung des Krankensaales eine rege Geschäftigkeit, ohne jedoch ausmachen zu können, was genau vor sich ging. Er hörte Stimmen, das Klappern von Geschirr und das Quietschen schlecht geölter Räder, bis sich schließlich das Rätsel löste, als Violet, eine schwergewichtige, immer gutgelaunte Frau, die aus Westindien stammte, einen Teewagen vor sich herschiebend, den Krankensaal betrat. Die Aussicht auf eine Tasse heißen Tee war Morse mehr als willkommen. Zum erstenmal seit vier Tagen verspürte er wieder Lust, etwas zu sich zu nehmen, und erst vor ein paar Minuten hatte er mit Neid die Wasserkrüge und Saftflaschen auf den Nachttischen seiner Mitpatienten registriert. Nur der Patient gegenüber, ein gewisser Walter Greenaway, hatte keinerlei Getränk auf seinem Nachttisch stehen. Über seinem Bett hing ein Zettel mit der Aufschrift: NICHTS ORAL!

«Tee oder Kaffee, Mr. Greenaway?»

«Oh, wenn es Ihnen recht ist, dann hätte ich gern einen Gin mit Tonic.»

«Mit Eis und Zitrone?»

«Ohne Eis bitte, ich möchte den Gin unverdünnt genießen.»

Violet grinste und schob ihre massive Gestalt zum nächsten Bett, ohne Mr. Greenaway auch nur einen Schluck Tee hinzustellen. Doch den munteren Sechzigjährigen schien es nicht weiter zu kränken, daß er übergangen wurde. Verschmitzt zwinkerte er Morse zu. «Alles in Ordnung, Chef?»

«Danke, ich glaube, ich bin auf dem Weg der Besserung», sagte Morse vorsichtig.

«Ha! Das hat der alte Oberst auch gesagt. ‹Auf dem Weg der Besserung.› Der arme Teufel.»

«So, hat er das?» murmelte Morse unbehaglich.

Nachdem der Ausdruck pietätvoller Bekümmerung auf Greenaways Gesicht gewichen war, wagte Morse einen Vorstoß.

«Sie bekommen nicht einmal Tee?»

Greenaway schüttelte den Kopf. «Nein. Aber die werden schon wissen, was das Beste für mich ist, denke ich.»

«Meinen Sie?»

«Aber ja! Die Ärzte hier sind großartig! Und die Schwestern erst!»

Morse nickte. Er hoffte nur, daß Greenaway mit seiner Einschätzung recht hatte.

«Sie haben das gleiche wie ich, nicht wahr?» fragte Greenaway in vertraulichem Ton.

«Wie bitte?»

«Der Magen – oder?»

Morse nickte. «Es heißt, ich hätte ein Magengeschwür.»

«Meines war schon durchgebrochen.» Greenaway verkündete die Tatsache, als gebe sie Anlaß zu Stolz. «Um zehn werde ich operiert, deshalb durfte ich auch eben nichts trinken.»

«Ach so.» Einen Moment lang verspürte Morse den irrationalen Wunsch, sich ebenfalls mit einer gefährlich klingenden Diagnose brüsten zu können – mit einem ganzen Dutzend durchgebrochener Magengeschwüre am besten –, doch dann wurde seine Aufmerksamkeit abgelenkt, denn Violet mit ihrem Teewagen stand neben seinem Bett.

Sie begrüßte ihren neuen Schützling mit einem vergnügten Lächeln. «Morgen, Mister... äh (sie warf einen Blick auf sein Namensschild über dem Bett) äh... Mister Morse!»

«Guten Morgen», antwortete Morse freundlich. «Ich hätte gern einen Kaffee – mit zwei Löffeln Zucker.»

«So, so! Zwei Löffel Zucker!» Violet verdrehte in gespieltem Erstaunen die Augen, so daß nur noch das Weiße zu sehen war. Dann blickte sie zu Greenaway hinüber, und beide tauschten ein einverständiges Lächeln, als handele es sich bei Morse' Bitte um einen geglückten Scherz. «Ich muß Ihnen leider sagen», sagte sie dann zu Morse gewandt, «daß Sie weder Kaffee noch Tee und auch keinen Zucker bekommen dürfen.» Sie wies mit dem Zeigefinger auf die Wand hinter seinem Bett, und Morse verrenkte sich beinahe den Hals, um zu entziffern, was auf dem kleinen Kärtchen dort geschrieben stand: NICHTS ORAL!

Kapitel 3

Blumen, Schreibmaterial und Bücher sind im Krankenhaus stets willkommene Geschenke. Falls Sie jedoch dem Patienten etwas zu essen oder zu trinken mitbringen möchten, fragen Sie bitte vorher eine Schwester. Sie wird Ihnen sagen, was erlaubt ist.

Gesundheitsbehörde Oxford, *Merkblatt für Patienten und Besucher*

Abends, kurz nach sieben Uhr, betrat Detective Sergeant Lewis den Krankensaal. Er trug verstohlen eine Plastiktragetasche von Sainsbury unter dem Arm. Sein Gesichtsausdruck ähnelte dem eines Touristen, der mit schlechtem Gewissen eine Stange Zigaretten durch den Zoll zu schmuggeln versucht. Morse war über Lewis' Auftauchen erfreut und gerührt.

«Woher wußten Sie, daß ich hier bin?»

«Na, wofür bin ich denn bei der Polizei!»

«Ich nehme an, man hat Sie angerufen?»

«Ja. Strange höchstpersönlich. Er sagte, Sie hätten gestern morgen am Telefon ziemlich erbärmlich geklungen, deshalb hat er Dixon bei Ihnen vorbeigeschickt, aber der kam zu spät, man hatte Sie schon abtransportiert. Strange rief mich dann an und fragte, ob ich nicht Lust hätte, wieder einmal nachzuprüfen, wie unser Gesundheitssystem funktioniere – und mich zu erkundigen, ob Sie etwas brauchten.»

«Wie zum Beispiel eine Flasche Scotch?»

Lewis überhörte die Bemerkung. «Ich wäre schon gestern abend gekommen, aber man sagte mir, Besuche seien nicht erlaubt – das heißt, außer von nahen Angehörigen», setzte er zögernd hinzu.

«Warum denn plötzlich dieser mitleidige Ton?» fragte Morse. «Sie denken wohl, ich sei mutterseelenallein auf der Welt, was, Lewis? Dem ist aber nicht so. Ich habe nämlich eine Großtante. Sie wohnt oben in Northumberland. Der Ort heißt Alnwick.»

«Ein bißchen zu weit, um mal eben vorbeizukommen», sagte Lewis.

«Besonders, wenn man schon siebenundneunzig ist...»

«Strange ist eigentlich ganz in Ordnung, nicht?» bemerkte Lewis nach einer verlegenen kleinen Pause.

«Na ja, man muß ihn eben nur ziemlich gut kennen, um das festzustellen», entgegnete Morse.

«Würden Sie sagen, daß *Sie* ihn gut kennen?» fragte Lewis.

Morse schüttelte den Kopf. Die beiden Männer schwiegen.

«Übrigens, Sir, wie geht es Ihnen eigentlich? Was haben die Ärzte denn inzwischen festgestellt?»

«Festgestellt? Nichts haben sie festgestellt. Ein klarer Fall von Personenverwechslung.»

Lewis griente. «Also jetzt mal im Ernst!»

«Im Ernst? Nun, sie geben mir nur riesige, runde, weiße Tabletten, die pro Stück ein paar Pfund kosten – das behaupten jedenfalls die Schwestern. Wenn ich mir vorstelle, daß ich für den Preis *einer* Tablette schon eine kleine Flasche recht anständigen Clarets bekommen könnte...»

«Wie ist denn das Essen hier? Einigermaßen schmackhaft?»

«Essen! Was für Essen? Das einzige, was sie mir hier zu schlucken geben, sind die Tabletten.»

«Also auch kein Alkohol?»

«Sie wollen doch nicht meinen Gesundungsprozeß gefährden, Lewis, oder?»

Lewis starrte auf das kleine Schild am Kopfende von Morses Bett. «Das ist also damit gemeint», sagte er nachdenklich.

«Ach, das dürfen Sie nicht so wörtlich nehmen, eine reine Vorsichtsmaßnahme», sagte Morse mit schlecht gespielter Gleichgültigkeit.

Lewis warf einen bedauernden Blick auf seine Plastiktragetasche.

Morse war der Blick nicht entgangen. «Nun, kommen Sie schon, Lewis. Was haben Sie da drin?»

Lewis griff in die Tüte und holte eine Flasche Limonade hervor. Zu seiner Überraschung schien Morse ehrlich erfreut.

«Es ist nämlich so... Meine Frau meinte, daß Sie bestimmt nichts Alkoholisches würden trinken dürfen...»

«Eine sehr kluge Überlegung! Sagen Sie ihr, daß mir, so wie die Dinge nun einmal liegen, eine Flasche Limonade tausendmal lieber ist als eine ganze Kiste Whisky.»

«Ist das Ihr Ernst?» fragte Lewis ungläubig.

«Nein, aber richten Sie es ihr trotzdem aus.»

«Und dann habe ich hier noch ein Buch», sagte Lewis und zog einen dicken Schinken heraus mit dem Titel: *Maßstab der Ungerechtigkeit: Eine vergleichende Studie über Verbrechen und ihre Bestrafung, durchgeführt anhand von Akten der Grafschaft Shropshire aus den Jahren 1842 bis 1852.*

Morse nahm den Wälzer und überflog den ermüdend langen Titel ohne Zeichen der Begeisterung. «Hm», sagte er schließlich. «Macht einen ganz interessanten Eindruck.»

«Wirklich, Sir?» erkundigte sich Lewis eifrig.

«Nein.»

«Es ist eine Art Familienerbstück, und meine Frau meinte...»

«Sagen Sie Ihrer wundervollen Frau, daß ich mich sehr gefreut habe.»

«Sie täten mir einen großen Gefallen, wenn Sie es bei Ihrer Entlassung in der Krankenhausbibliothek abgeben könnten», sagte Lewis und registrierte befriedigt, daß Morses Mund sich zu einem breiten Grinsen verzog.

In diesem Augenblick trat die hübsche Schwester mit den Sommersprossen und dem rotbraunen Haar an sein Bett, wies auf die Limonadenflasche, die er auf dem Nachttisch abgestellt hatte, und drohte ihm mit dem Zeigefinger. Morse nickte und formte ein stummes O. K. «Wer war das?» flüsterte Lewis andächtig, als sie weiterging.

«Das, Lewis, war Fiona. Attraktiv, finden Sie nicht auch? Ich frage mich manchmal, wie es die Ärzte bloß schaffen, die Hände von ihr zu lassen!»

«Vielleicht schaffen sie es ja gar nicht», bemerkte Lewis nüchtern.

«Ich dachte, Sie seien gekommen, mich aufzuheitern.»

Doch die Chancen für Aufheiterungen jeder Art standen schlecht. Die Oberschwester (die Lewis beim Hereinkommen nur flüchtig wahrgenommen hatte, da er, in der Annahme, dies sei hier so üblich, gleich durchmarschiert war) hatte die ganze Zeit über mit Argusaugen über den Krankensaal gewacht, ihre besondere Aufmerksamkeit hatte jedoch der Ecke gegolten, wo der Chief Inspector lag. Von ihrem Schreibtisch bis zu seinem Bett waren es nur ein paar Meter, und mit ein paar raschen, energischen Schritten stand sie plötzlich an seiner Seite. Während sie mit geübtem Griff die anstößige Flasche an sich nahm, streifte ihr Blick den armen Lewis, der vor soviel Zorn unwillkürlich den Kopf einzog.

«Wir haben unsere Vorschriften in diesem Krankenhaus – die Hausordnung hängt gleich rechts neben der Tür zum Saal. Ich fände es sehr begrüßenswert, wenn Sie sich danach richten würden, und falls Sie vorhaben, den Patienten noch einmal zu besuchen, sich vorher bei mir oder bei meiner Vertretung melden. Es ist absolut notwendig, daß hier alles seinen geregelten Gang geht, und ich muß Sie dringend bitten, dafür Verständnis zu haben. Ihrem Bekannten hier geht es gar nicht gut, und wir tun alles, was in unseren Kräften steht, damit er wieder gesund wird. Unsere Bemühungen können aber nur dann Erfolg haben, wenn Sie uns nicht dazwischenkommen und irgend etwas mitbringen, von dem *Sie* meinen, daß es ihm gut täte, was ihm aber in Wahrheit nur schadet. O. K.? Das ist doch wohl einzusehen, oder?»

Mehr noch als ihre Worte wirkte ihre grimmige Miene auf die beiden Männer einschüchternd, und die dunkelblaue Schwesterntracht trug noch dazu bei, sie abweisend und unnahbar erscheinen zu lassen. Lewis, der bei ihren Worten abwechselnd rot und blaß geworden war, sah völlig geknickt aus, als sie verschwand, um endlich wieder ihren Platz hinter dem Schreibtisch einzunehmen.

«Und wer war das?» fragte er nun zum zweitenmal an diesem Abend.

«Sie durften eben einem Auftritt unserer verehrten Oberschwester beiwohnen, gleichermaßen humorlos wie effizient, geprägt von Calvin und Mrs. Thatcher.»

«Und ihr Wort...»

Morse nickte. «...ist Befehl. Sie ist diejenige, die hier auf der Station das Sagen hat. Aber das werden Sie sich sicherlich schon gedacht haben.»

«Aber warum konnte sie nicht ein bißchen freundlicher sein?»

«Was weiß ich! Vielleicht ist sie frustriert über ihr nicht existentes Sexualleben. Mit *dem* Gesicht hat sie vermutlich nie viele Chancen gehabt.»

«Wie heißt sie?»

«Wir nennen sie hier ‹Nessie›.»

«Weil sie aus der Umgebung vom Loch Ness stammt?»

«Aus dem Loch selbst, Lewis, aus dem Loch.» Die beiden Männer lachten, doch der Zusammenstoß mit der Stationsschwester war unerfreulich gewesen, und besonders Lewis konnte sich nur schwer davon erholen. Etwa fünf Minuten lang fragte er Morse aus nach den anderen Patienten, und der Chief Inspector erzählte ihm vom Tod des Obersten der Indischen Armee, Deniston, weitere fünf Minuten vergingen mit Small talk über Ereignisse im Präsidium, Lewis' Familie sowie die in dieser Saison nicht gerade rosigen Aussichten von Oxford United. Doch der Auftritt der, wie Morse sie nannte, «verdammten Schwester» hatte ihnen beiden die Laune verdorben. Die Stimmung blieb gedämpft. Morse war plötzlich unangenehm heiß, und er spürte, daß die Unterhaltung ihn zu ermüden begann.

«Ich glaube, es ist allmählich Zeit, daß ich gehe, Sir», bemerkte Lewis rücksichtsvoll.

«Aber erst sagen Sie mir, was Sie da noch in Ihrer Tragetasche haben.»

«Nichts...»

«Lewis! Mein Magen ist vielleicht im Moment nicht ganz in Ordnung, aber meine Sehschärfe ist ungetrübt!»

Lewis' düstere Stimmung begann sich ein wenig aufzuhellen, und als er nach einem vorsichtigen Blick zum Schreibtisch sicher war, daß die Oberschwester im Moment nicht Obacht gab, zog er mit schnellem Griff eine kleine, flache Flasche aus der Tüte. Das dunkelblaue Einwickelpapier hatte denselben Farbton wie Nessies Tracht.

«Aber erst, wenn man es Ihnen erlaubt!» zischte Lewis, während er Morse im Schutz der Bettdecke die Flasche in die ausgestreckte Hand schob.

«Marke Bell?» fragte Morse.

Lewis nickte.

Es war ein Augenblick vollkommenen Glücks.

Unvermittelt ertönte von irgendwoher ein Glockensignal, und die Besucher standen auf und begannen sich zu verabschieden, einige vielleicht etwas zögernd, doch die Mehrzahl mit kaum verhohlener Erleichterung.

Auch Lewis erhob sich, doch bevor er sich zum Gehen wandte, griff er noch einmal in die Tragetasche, um sein letztes Geschenk hervorzuzaubern: ein Taschenbuch mit dem Titel *Das blaue Billett.* Der Umschlag zeigte das aufreizende Foto eines mehr als spärlich bekleideten jungen Mädchens.

«Ich habe angenommen... Ich dachte, daß Sie vielleicht gern etwas Leichteres lesen würden, Sir... Meine Frau hat, denke ich, keine rechte Vorstellung...»

«Passen Sie bloß auf, daß sie Sie nicht eines Tages dabei erwischt, daß Sie solchen Schund lesen.»

«Aber, *ich* lese doch so etwas gar nicht, Sir.»

«Nun, der... äh... Titel ist ja schon mal sehr viel eingängiger, das muß ich schon sagen», bemerkte Morse grienend. Lewis nickte befriedigt.

«Jetzt muß ich aber wirklich gehen», sagte er dann.

Morse war das ganz recht. Nach einer Weile – auch der letzte Besucher hatte inzwischen den Krankensaal verlassen – begannen wieder die üblichen Prozeduren des Puls- bzw. Blutdruckmessens. Morse erhielt seine abendliche Dosis Pillen, und dann hatte er endlich die Gelegenheit, sich unbeobachtet dem von Lewis mitgebrachten Taschenbuch zu widmen. Er begann mit dem Klappentext:

> Durch einen kühnen Sprung ins Wasser ist es Steve Mingella gelungen, das kleine Mädchen zu fassen zu kriegen und sicher an Bord der Yacht zu bringen. Seine Wiederbelebungsversuche haben Erfolg: das Mädchen kommt wieder zu sich. Einige Tage lang ist Steve nun in sämtlichen Boot-Clubs der Florida-Keys der gefeierte Held. Bei seiner Rückkehr nach New York erhält er einen Brief mit einer Eintrittskarte. Absender ist der Vater des Mädchens, ein bekannter Playboy und Eigentümer eines sehr teuren, höchst exklusiven und exotischen Nachtclubs, der darauf spezialisiert ist, auch die ausgefallensten Phantasien

zu bedienen. Die Handlung setzt ein, als Steve, noch ein wenig zögernd, die Schwelle zu diesem erotischen Wunderland überschreitet und der barbusigen Blondine am Empfang seine Eintrittskarte vorweist – ein Billett in tiefstem Blau...

Kapitel 4

Meine abendlichen Besucher sollten, falls sie die Uhr nicht sehen können, die Zeit in meinem Gesicht ablesen.

Emerson, *Journals*

Eine halbe Stunde, nachdem Lewis sich verabschiedet hatte, trat Fiona an Morses Bett und forderte ihn auf, seine Schlafanzughose herunterzuziehen und sich auf die linke Seite zu legen. Morse tat, wie ihm geheißen, und gleich darauf erschien mit strenger Miene Nessie, allem Anschein nach, um ihm eine Spritze in den Po zu geben. Morse fand, daß sie die Spritze recht ungeschickt setzte, und zuckte unwillkürlich zusammen, als der Kolben heruntergedrückt wurde. Er hatte das Gefühl, als schöbe man ihm eine Eisenstange in den Rücken.

«Sie werden sich gleich etwas schläfrig fühlen», bemerkte Nessie. Fiona goß etwas Flüssigkeit auf ein Stück Mull, um die Stelle um den Einstich zu desinfizieren.

«Für die hätten sie in Buchenwald bestimmt Verwendung gehabt!» kommentierte Morse bissig. Doch der verständnislose Blick der jungen Schwester belehrte ihn, daß die Konzentrationslager der Nazis für sie ebenso weit in der Vergangenheit lagen wie für ihn der Entsatz von Mafeking. Und wieder einmal realisierte er schmerzlich, daß er nicht mehr der Jüngste war. Vor vierundvierzig Jahren war der Zweite Weltkrieg zu Ende gegangen... und die junge... Schwester... konnte... kaum älter sein als... Morse spürte, wie er plötzlich sehr, sehr müde wurde. «Was ich sagen wollte, war...» (mühsam zog er sich die Schlafanzughose wieder hoch) «... sie ist so... harsch und unbarmherzig!»

«Sie müssen wissen, daß dies meine erste Spritze überhaupt war», sagte die junge Schwester. «Es tut mir leid, wenn ich Ihnen weh getan habe. Beim nächsten Mal kann ich es bestimmt schon besser.»

«Und ich dachte...»

«Ja, ich weiß», sagte sie lächelnd. Morse fielen die Augen zu. Nessie hatte ja gesagt, er würde sich müde fühlen...

Sein Kopf fiel zur Seite, und die Schwester schob ihm behutsam ein Kissen unter. Einen Moment lang blieb sie an seinem Bett stehen und betrachtete ihn nachdenklich. Wie schon zuvor des öfteren fragte sie sich auch jetzt wieder, warum eigentlich alle Männer, zu denen sie sich hingezogen fühlte, entweder verheiratet waren oder viel zu alt.

Morse spürte, wie jemand vorsichtig mit dem Finger sein Handgelenk berührte, und öffnete die Augen. Vor ihm stand eine höchst ungewöhnlich aussehende kleine Frau. Sie mochte an die Achtzig sein, ihr Gesicht war von vielen Fältchen durchzogen und ihr weißes Haar dünn wie ein Flaum. Aus dem linken Ohr ragte der Knopf eines Hörgeräts des staatlichen Gesundheitsdienstes, das zugehörige Kabel endete in der Tasche einer schmuddeligen grauen Wolljacke. Sie lächelte ihn freundlich an, und es schien ihr gar nicht in den Sinn zu kommen, daß vielleicht eine Entschuldigung angebracht sein könnte, wenn man einen erschöpften Patienten so mir nichts, dir nichts weckte. Wer mochte sie sein? Wie war sie hereingekommen? Die Uhr im Krankensaal zeigte Viertel vor zehn, zwei Nachtschwestern taten Dienst. Verschwinde! Mach, daß du wegkommst, du häßliche alte Krähe!

«Mr. Horse? Sie sind doch Mr. Horse?» Ihre Augen starrten kurzsichtig auf das Namensschild über seinem Bett.

«Morse», sagte Morse. «Mein Name ist ‹Morse›. M-O-R-S-E.»

«Also, ich glaube, die hier haben Ihren Namen falsch geschrieben, Mr. Horse. Wenn ich daran denke, werde ich gleich Bescheid sagen...»

«Mein Name ist Morse. M-O-R-S-E», wiederholte Morse genervt.

«Ja, aber ich hatte ja damit gerechnet, wissen Sie. Sie hatten mir gleich gesagt, daß Wilfrid wohl nur noch ein paar Tage zu leben hätte. Und schließlich müssen wir ja alle einmal sterben.»

Ja, ja, aber jetzt verschwinde endlich. Siehst du denn nicht, daß ich verdammt müde bin?

«Wir sind zweiundfünfzig Jahre verheiratet gewesen.»

Endlich begriff Morse, wen er vor sich hatte, und ein wenig freundlicher gestimmt, nickte er ihr zu: «Das ist eine lange Zeit.»

«Ihm hat es hier im Krankenhaus gefallen, wissen Sie. Er war Ihnen allen so dankbar...»

«Ich habe ihn bedauerlicherweise kaum kennengelernt. Ich bin nämlich erst gestern eingeliefert worden...»

«Und deshalb hat er mich gebeten, Ihnen allen in seinem Namen noch einmal zu danken – allen seinen alten Freunden hier...» Sie sprach in dem präzisen, disziplinierten Ton einer pensionierten Lateinlehrerin.

«Er war ein... großartiger Mann», sagte Morse, ein wenig ratlos. «Ich wollte, ich hätte Gelegenheit gehabt, ihn näher kennenzulernen. Aber wie ich schon sagte, ich bin erst vor zwei Tagen eingeliefert worden – Ärger mit dem Magen – zum Glück nichts Ernstes...»

Das Hörgerät begann schrill zu pfeifen. Die alte Dame rüttelte ungeduldig an dem Kontakt in ihrem Ohr und drehte an einem der Regelknöpfe am Gerät selbst, aber es half nichts, der Pfeifton blieb.

«*Und außerdem* sollte ich Ihnen dieses kleine *Buch* hier geben», fuhr sie fort, einzelne Worte nachdrücklich betonend. «Er war *sehr* stolz darauf. Nicht daß er das *gesagt* hätte, aber ich kannte ihn ja. Er hat lange daran gearbeitet, und es war ein *sehr* schöner Tag für ihn, als er es endlich gedruckt in Händen hatte.»

Sie überreichte ihm ein dünnes, flaschengrün eingebundenes Büchlein. Morse nahm es freundlich lächelnd entgegen. «Das ist wirklich sehr nett von Ihnen. Denn, wie ich ja schon sagte, ich habe ihn ja kaum gekannt.»

«Es war Wilfrid ein dringendes Bedürfnis...»

Oje.

«Sie werden es doch lesen?»

«Aber ja, sicher.»

Die alte Dame hantierte erneut an ihrem Hörgerät, lächelte ihm dann mit der Hilflosigkeit eines verirrten Engels ernsthaft zu und sagte: «Dann auf Wiedersehen, Mr. Horse» und wandte sich seinem Bettnachbarn zu, um ihm ebenfalls den Dank ihres Mannes abzustatten.

Morse betrachtete den schmalen Band, der ihm so unverhofft geschenkt worden war. Er konnte kaum mehr als zwanzig Seiten umfassen. Morgen würde er ihn sich näher ansehen. Versprochen war versprochen. Im Moment hatte er allerdings nur das eine Verlangen: wieder die Augen zu schließen, und so packte er *Mord am Oxford-Kanal* von Wilfrid M. Deniston in seinen Nachttisch zu *Maßstab der Ungerechtigkeit* und dem *Blauen Billett.*

Unmittelbar darauf war er eingeschlafen. Im Traum erlebte er sich bei einem Geländelauf über die Felder seiner Jugend. An der in einiger Entfernung liegenden Ziellinie saß eine barbusige Blondine und streckte ihm ein Glas Bier mit einer verführerischen Blume entgegen.

Kapitel 5

Diese Art Literatur besitzt zuweilen eine gleichsam lethische Qualität: Sie bewirkt, daß die Leser vergessen zu fragen, was sie bedeutet oder ob sie überhaupt etwas bedeutet.

Alfred Austin, *Das Zäumen des Pegasus*

Die am nächsten Morgen (Montag) um zehn Uhr unter schwacher Narkose durchgeführte Endoskopie führte bei den behandelnden Ärzten im Radcliffe zu der Entscheidung, ihn nicht an die Chirurgie auszuliefern; insgesamt war die Prognose einigermaßen günstig, vorausgesetzt, der Patient legte sich in Zukunft (in den nächsten Monaten allemal, aber besser noch in den nächsten Jahren) in bezug auf Alkohol mehr Zurückhaltung auf. Darüber hinaus gestatteten sie ihm sogar, sozusagen als Zeichen ihres gedämpften Optimismus, allabendlich einen halben Teller Ochsenschwanzsuppe sowie eine Portion Vanille-Eiskrem. Bei Morse löste diese Nachricht eine Freude aus, als habe man ihm ein Feinschmecker-Menü in Aussicht gestellt. Gegen halb acht meldete sich Lewis bei Schwester Maclean (Nessie) und konnte mitsamt seinen Mitbringseln, einer Grußkarte (von Morses Sekretärin), einer Tube Zahnpasta mit Pfefferminzgeschmack (von Mrs. Lewis) sowie einem sauberen Handtuch (ebenfalls von Mrs. Lewis) ungehindert passieren. Die beiden Männer unterhielten sich eine Weile, und Lewis konstatierte zufrieden, daß sein Chef offenbar auf dem Wege der Besserung war.

Gerade als Lewis im Begriff war zu gehen, kam Fiona zu Morse ans Bett, schüttelte seine Kissen auf und stellte ihm einen Krug mit Wasser auf den Nachttisch.

«Hübsches Mädchen», bemerkte Lewis.

«Vergessen Sie nicht, daß Sie verheiratet sind, Lewis!»

«Haben Sie schon was gelesen?» erkundigte sich Lewis und deutete mit dem Kopf in Richtung Nachttisch.

«Warum fragen Sie?»

Lewis grinste. «Wegen meiner Frau. Sie wollte wissen...»

«Sagen Sie ihr, ich hätte es schon halb durch. Sehr fesselnder Stoff.»

«Das ist doch nicht Ihr Ernst!»

«Wissen Sie, wie man ‹fesselnd› schreibt, Lewis?»

«Sie meinen, ob mit ß oder Doppel-s?»

«Und könnten Sie ‹Stuhl› definieren?»

«Etwas, worauf man sich setzt?»

Morse lachte – es war ein herzliches, sorgloses Lachen, und das schönste war, es bereitete ihm keinerlei Schmerzen. Er freute sich, daß Lewis da war, und Lewis, obwohl ein wenig verwirrt angesichts dieser ungewohnt guten Laune, war erleichtert, daß Morse das Schlimmste hinter sich zu haben schien.

Plötzlich stand, wie aus dem Boden gewachsen, Schwester Maclean an Morses Bett. Stirnrunzelnd richtete sie die rechte untere Ecke der Decke und fragte dann in dem ihr eigenen leisen, aber dennoch höchst einschüchternden Ton: «Wer hat den Krug mit Wasser hierhergestellt?»

«Damit hat es schon seine Richtigkeit», beeilte sich Morse zu sagen. «Die Ärzte haben gesagt...»

«Schwester Welch!» Ihre Stimme, obwohl kaum lauter als vorher, trug nichtsdestotrotz bis in die letzte Ecke des Krankensaales. Lernschwester Welch kam nervös herbeigeeilt, und Lewis spürte, wie sich alles in ihm zusammenkrampfte, als er realisierte, daß der jungen Schwester eine Strafpredigt bevorstand. Jegliche Art von Flüssigkeit, so wurde die geknickte junge Schwester belehrt, sei dem Patienten erst nach dem folgenden Morgen erlaubt worden – *auf keinen Fall früher.* Hatte sie vergessen, sich die Krankenblätter anzusehen, bevor sie mit ihren Wasserkrügen die Runde machte? Und falls nicht – war ihr denn nicht klar, daß kein Krankenhaus seinen Aufgaben zufriedenstellend nachkommen konnte, wenn derartige Nachlässigkeiten passierten? Vielleicht war ihr Fehler *in diesem Fall* nicht so gravierend, aber hatte sie daran gedacht, daß ein solcher Fehler beim *nächsten* Patienten möglicherweise schlimme Folgen haben konnte?

Ein weiterer unangenehmer Zwischenfall, der besonders Lewis noch immer nachging, als er sich ein paar Minuten später von Morse verabschiedete. Morse hatte Nessies Verhaltensweise nicht kommentiert und sagte auch jetzt nichts. Niemals, so hatte er sich im ersten Moment gedacht, würde ich einen meiner Untergebenen in Gegenwart anderer derartig zusammenstauchen, doch dann hatte er sich selbstkritisch erinnert, daß auch er das schon getan hatte... und mehr als nur einmal. Trotzdem, oder vielleicht gerade deswegen, hätte es ihn gefreut, wenn er Gelegenheit gehabt hätte, der jungen Schwester vor dem Schichtende noch ein paar tröstende Worte zu sagen. Doch im Moment schien der Krankensaal beinahe völlig verlassen. Der junge Mann mit der Infusion machte wieder seine übliche Runde durchs Krankenhaus, und zwei andere Patienten hatte er in Richtung Klo schlurfen sehen. Nur eine Besucherin war da, eine blonde Frau um die Dreißig, schlank und attraktiv. Sie saß am Bett von Walter Greenaway. Vermutlich seine Tochter, dachte Morse. Beim Hereinkommen hatte sie kurz zu ihm herübergesehen, doch beim Weggehen war sie in Gedanken noch viel zu sehr mit ihrem Vater beschäftigt, um ihn bewußt wahrzunehmen. Sie registrierte jedoch flüchtig, daß er ihr nachsah. Wie hatte sein Name gelautet? «Morse»?

Es war jetzt zwanzig vor neun.

Er spürte leise Gewissensbisse, daß er dem kostbaren Familienerbstück von Mrs. Lewis noch keinerlei Aufmerksamkeit geschenkt hatte, und so holte er, etwas seufzend, den *Maßstab der Ungerechtigkeit* aus dem Nachttisch und überflog den ersten Absatz.

> Das kriminelle Verhaltensmuster in einer technologisch entwickelten Gesellschaft ist – wie man glaubt festgestellt zu haben – eher durch Diversifikation als Uniformität charakterisiert. Es scheint nun absolut unumgänglich, daß man versucht, die bei der Analyse bzw. Interpretation derartiger Muster (vgl. dazu Anhang III, S. 492 ff.) notwendigerweise auftretenden Widersprüche und/oder Unstimmigkeiten aufzulösen. Die solchermaßen unvermeidliche Re-Evaluation der permanent variablen Daten bildet das Rohmaterial für zahlreiche neuere Studien über die Ursachen kriminellen Verhaltens. Doch konfligierende strategische Selektionsprinzipien innerhalb heterogener Gebiete, kraß divergierende Überzeugungen, gesteigertes Wissen über variable ökonomische Leistungen sowie physische, physiologische und physiognomische Besonderheiten, alle diese Fakten können (wie wir postulieren) mögliche neue Richtungen markieren, die unseres Wissens von keinem der mit der Erforschung der Kriminalität im England des 19. Jahrhunderts befaßten Wissenschaftler bisher ausreichend in Betracht gezogen worden sind.

«Gräßlich!» murmelte Morse. Vor ein paar Jahren noch hätte er vermutlich überlegt, sich mit diesem unverständlichen Wissenschaftskauderwelsch auseinanderzusetzen. Aber die Zeiten waren nun vorbei. Einen Augenblick lang sann er darüber nach, was für ein Idiot dieser Verleger doch sein mußte, um so ein pompöses Geschwafel überhaupt in Druck gehen zu lassen, dann klappte er das Buch energisch zu, entschlossen, es nie wieder zu öffnen.

Wie sich herausstellen sollte, war dieser Entschluß nur von kurzer Dauer, doch jetzt und hier lockte ihn eine wesentlich verführerischere Lektüre: der Softporno, den Lewis ihm – dem Himmel sei Dank! – hereingeschmuggelt hatte.

Ein gelber Blitz quer über das Hochglanz-Titelbild versprach dem Leser verzehrende Lust und wilde Sinnlichkeit, ein Anspruch, der noch untermauert wurde durch das Foto der vollbusigen Schönheit, die sich, bis auf eine Perlenkette vollständig nackt, wollüstig an den Gestaden irgendeiner fernen Südseeinsel räkelte. Morse schlug das Buch auf und las genüßlich die erste Seite. Das war doch einmal guter Stil! Klar und eindeutig, lief es dem Soziologen-Kauderwelsch seiner Meinung nach glatt den Rang ab.

> Sie tauchte aus dem Pool auf und begann langsam ihre nasse Bluse, die ihre aufregenden Kurven mehr enthüllte als verbarg, aufzuknöpfen. Die jungen Männer am Rand des Pools verstummten alle gleichzeitig wie auf Befehl und baten sie in stummem Chor – flehten sie geradezu an –, sie möge sich vollständig ausziehen – und schnell. Wie gebannt folgten sie den schlanken Fingern, als sie mit geradezu quälender Langsamkeit einen weiteren Knopf öffneten...

Scharfes Zeug! Befriedigt lächelnd lehnte Morse sich in die Kissen zurück. Morgen würde er keine Langeweile haben, soviel war sicher. Der Buchdeckel ließ sich leicht zurückbiegen, und er würde sich beim Lesen darum bemühen, die Miene eines ernsthaften Theologiestudenten anzunehmen, der sich in das Studium der kleinen Propheten vertieft hat. Dies würde ihm, hoffte er, nicht allzu schwer fallen – darin hatte er Übung. Er packte das *Blaue Billett* zurück in den Nachttisch.

Kapitel 6

Ich genieße die Rekonvaleszenz. Es ist der Teil, um dessentwillen sich die Krankheit lohnt.

G. B. Shaw, *Zurück zu Methusalem*

Um zwei Uhr nachts geschah, was er die ganze Zeit gefürchtet hatte, doch gelang es ihm glücklicherweise noch rechtzeitig, die Aufmerksamkeit der Nachtschwester auf sich zu lenken. Sie zog geräuschvoll die Vorhänge um sein Bett zu, und Morse rutschte vor Scham ein Stück tiefer unter die Bettdecke: Der Lärm würde noch die ganze Station aufwecken. Doch seine Mitpatienten hatten offenbar alle einen festen Schlaf, und die junge Schwester erlöste, wie sich herausstellen sollte, Morse aus seiner Bedrängnis ohne viel Aufhebens.

«Ich weiß nicht einmal, wie herum man das Ding hält», gestand ihr Morse flüsternd.

Sachlich, ganz ohne Verlegenheit, hatte Eileen (so war ihr Name) es ihm erklärt. Sie gab ihm noch eine Rolle Toilettenpapier, dann verließ sie ihn mit dem Versprechen, in zehn Minuten wieder nach ihm zu sehen.

Es war alles schneller vorbei, als er gedacht hatte. Eine Schüssel mit warmem Wasser sowie ein kurzer Druck auf den Sprühknopf eines Luftreinigers – und schon waren auch die letzten peinlichen Spuren beseitigt. Puh! Es war alles nur halb so schlimm gewesen, das hatte er diesem himmlischen Geschöpf Eileen zu verdanken, und als er ihr erleichtert zulächelte, meinte er in ihren Augen einen Moment lang etwas zu sehen, was über bloß professionelle Freundlichkeit hinausging. So etwas dachte er des öfteren, er gehörte zu jener Sorte Männer, für die derartige Phantasien lebenswichtig sind. Bevor er wieder einschlief, versuchte er, sich noch einmal ihr Aussehen ins Gedächtnis zu rufen. Ungefähr einen Meter dreiundsiebzig – ziemlich groß eigentlich –, Mitte Zwanzig, grünbraune Augen, ein apartes Gesicht mit hohen Wangenknochen, kein Ring. Und wie adrett und kompetent sie wirkte in ihrer weißen Tracht!

Ach, Morse, du alter Esel, schlaf jetzt endlich ein!

Gegen halb acht, nachdem man ihm zum Frühstück nicht mehr als Weetabix mit sehr, sehr wenig Magermilch (und ganz ohne Zucker!) serviert hatte, sah Morse mit tiefer Befriedigung zu, wie man das kleine Schild über seinem Bett mit der Aufschrift «NICHTS ORAL» entfernte. Er fühlte sich wie eine befreite Geisel. Wieder wurden Puls und Blutdruck gemessen, er wurde gewaschen, sein Bett wurde gerichtet, er erhielt eine neue Karaffe mit Wasser, flirtete ein wenig mit Susi, erstand eine *Times* und empfing aus den Händen der gutgelaunten Violet eine Tasse Bovril. So ging ein Großteil des Vormittags in friedlicher Routine dahin, und nicht einmal Nessie unternahm etwas, diese erfreulich harmonische Atmosphäre zu stören. Gegen zehn vor elf tauchte eine Schar weißgekleideter Ärzte an Morses Bett auf, um sich über seine Fortschritte zu informieren. Der Oberarzt betrachtete Morse, nachdem er einen kurzen Blick in dessen Krankenakte geworfen hatte, mit einem ironischen kleinen Lächeln.

«Nun, wie fühlen Sie sich heute?»

«Ich denke, ich werde noch etwas am Leben bleiben – dank Ihrer Bemühungen», antwortete Morse und schämte sich gleich darauf ob seiner Anbiederei.

«Hier ist die Rede von Ihren Trinkgewohnheiten», fuhr der Oberarzt fort. Morses oberflächliche Dankesbezeigungen hatten ihn offenbar nicht besonders milde gestimmt.

«Ja?» fragte Morse vorsichtig.

«Sie trinken ziemlich viel.» Es war eine Feststellung.

«Sie finden das viel?»

Der Oberarzt schloß die Akte und reichte sie mit einem Seufzer zurück an Nessie. «Während der langen Zeit, die ich schon als Arzt tätig bin, Mr. Morse, habe ich gelernt, zwei Angaben grundsätzlich zu mißtrauen, und zwar was die Potenz von Diabetikern und den Alkoholkonsum von Männern der Mittelschicht angeht.»

«Ich bin kein Diabetiker.»

«Nein, aber wenn Sie weiter pro Woche eine Flasche Whisky trinken, wird es nicht mehr lange dauern.»

«Also jede Woche eine Flasche Whisky stimmt nicht.»

«Sie meinen, es sind oft auch zwei.»

Morse verschwörerisch zublinzelnd, forderte er die Ärzte in

seinem Gefolge mit einer Handbewegung auf, sich schon einmal mit dem nächsten Patienten zu beschäftigen, und setzte sich bei Morse auf die Bettkante.

«Haben Sie sich schon einen Schluck genehmigt?»

«Schluck von was?»

Der Oberarzt griente. «Das Einwickelpapier hat Sie verraten.»

«Oh!»

«Also: Heute noch nicht! In Ordnung?»

Morse nickte.

«Und noch einen guten Rat. Warten Sie, bis die Oberschwester ihren Dienst beendet hat.»

«Die würde mir bei lebendigem Leib die Haut abziehen», murmelte Morse.

Der Oberarzt nickte grinsend. «Ja, das könnte ich mir gut vorstellen. Aber daran habe ich nicht gedacht.»

«Noch etwas Schlimmeres?»

«Schwester Maclean ist, was die Dienstauffassung angeht, sicherlich die strikteste von allen Oberschwestern hier. Aber Sie dürfen nicht vergessen, sie kommt von nördlich der Grenze...»

«Ich glaube, ich weiß nicht so recht, was Sie damit...»

«Ganz einfach. Sie würde vermutlich, wenn sie Sie erwischte» (der Oberarzt beugte sich vor und flüsterte in Morses Ohr), «die Vorhänge zuziehen und darauf bestehen, daß Sie mit ihr teilen!»

Morse lachte. So langsam begann er sich hier richtig wohl zu fühlen. Nachdem er sich ungefähr zwanzig Minuten der *Times* gewidmet hatte (Leserzuschriften überflogen und Kreuzworträtsel gelöst), holte er mit einem wohligen Seufzer das *Blaue Billett* aus seinem Nachttisch, bog sorgfältig den Einbanddeckel zurück und begann mit dem ersten Kapitel.

«Ein spannendes Buch?»

Morse zuckte zusammen. «So lala!» Er hatte gar nicht gemerkt, daß Susi an sein Bett getreten war.

«Wie heißt es denn?»

«Das... äh... *Die blaue Stadt.*»

«Das ist ein Kriminalroman, nicht? Ich glaube, den hat meine Mutter auch gelesen.»

Morse nickte unbehaglich. «Und Sie? Lesen Sie viel?»

«Früher mal, als ich noch jung und hübsch war», sagte sie kokett. «Und jetzt setzen Sie sich bitte mal auf.»

Morse beugte sich nach vorn, damit sie ihm die Kissen aufschütteln konnte.

«Hübsches Mädchen, nicht wahr?» Die Bemerkung kam von Greenaway, der sich offenbar wieder etwas erholt hatte. Er hielt ein Buch in den Händen mit dem unverfänglichen Titel *Das Zeitalter des Dampfes.*

Morse schob das *Blaue Billett* so unauffällig wie möglich in die Nachttischschublade. Es war sowieso nicht ganz das, was er sich versprochen hatte.

«*Das blaue Billett*, der Titel lautet: *Das blaue Billett*», fuhr Greenaway fort.

«Wie bitte?» fragte Morse irritiert zurück.

«Der Titel, den Sie eben genannt haben, stimmte nicht. Das Buch heißt *Das blaue Billett.*»

«Habe ich tatsächlich eben einen falschen Titel gesagt? Na, egal, ich weiß sowieso nicht, warum ich es eigentlich lese.»

«Aus demselben Grund, aus dem ich es gelesen habe, nehme ich an», sagte Mr. Greenaway und lächelte wissend. «Weil Sie hofften, alle paar Seiten gäbe es etwas Sex.»

Morse nickte. Er gab sich geschlagen.

«Was den Sex angeht, ist es eine Enttäuschung», fuhr Greenaway mit der ihm eigenen, fürchterlich lauten Stimme ungerührt fort, «meine Tochter hat es mir auf gut Glück mitgebracht.»

«War das gestern abend Ihre Tochter?»

Der andere nickte. «Sie arbeitet, seit sie achtzehn ist, als Bibliothekarin. Das sind jetzt auch schon wieder zwölf Jahre. Die letzten sechs war sie bei der Bodleian beschäftigt.»

Morse hörte sich geduldig die von Greenaway schon mehr als einmal zitierten statistischen Angaben über die kilometerlangen Reihen von Bücherregalen in den labyrinthischen Magazinen in den Kellern der Bodleian Library an und erfuhr weitere Details aus dem Leben seiner Tochter, bis schließlich die Reinemachefrauen eintrafen. Sie schoben Morses und Greenaways Betten unsanft auseinander und beendeten die Unterhaltung.

Gegen halb zwei, nach einem mehr als spärlichen Mittagessen, wurde Morse eröffnet, daß er sich am Nachmittag weiteren Untersuchungen außerhalb der Station zu unterziehen habe und er zu diesem Zweck für ein paar Stunden von seiner Kochsalzinfusion befreit werde. Als der Pfleger ihn abholte, um ihn mittels eines Rollstuhls zu den anderen Abteilungen zu fahren, hatte Morse das Gefühl, daß er wieder mindestens zwei Stufen höher geklettert war auf der Leiter, die irgendwann hoffentlich zur völligen Gesundung führen würde.

Erst gegen halb vier war er wieder auf der Station – erschöpft, gereizt und sehr, sehr durstig, wobei der Durst das größte Übel war. Nessie hatte ihm noch, kurz vor Ende ihrer Schicht, schweigend und recht unsanft, nichtsdestoweniger geschickt, einen neuen Tropf angeschlossen. Eigentlich hätte er Lust gehabt, sich jetzt mit Steve Mingellas weiteren Abenteuern zu beschäftigen, aber er spürte Greenaways Blick auf sich ruhen, und so ließ er es bleiben. Statt Violet erschien kurz darauf eine kleine Frau mit verkniffenem Gesicht und füllte gerade so viel Suppe in Morses Schüssel, daß der Boden bedeckt war. Jetzt war ihm die Laune endgültig verdorben. Nicht einmal die Aussicht auf einen Besuch von Lewis bot Trost, denn dieser hatte sich für heute entschuldigt, er wolle mit seiner Frau ausgehen. Um fünf nach sieben stülpte sich Morse frustriert die Ohrhörer über, um wenigstens seine geliebten «Archers» zu hören, gegen zwanzig nach sieben entschied er, sich nun endlich dem *magnus opus* des Wilfrid M. Deniston zu widmen. Gegen halb acht war er so darin vertieft, daß er erst, nachdem er Teil I zu Ende gelesen hatte, bemerkte, daß Walter Greenaways Tochter inzwischen am Bett ihres Vaters Platz genommen hatte.

Kapitel 7

MORD AM OXFORD-KANAL

Der Autor dankt für die Hilfe, die ihm von allen Seiten in großzügiger Weise zuteil geworden ist, vor allem aber der Bodleian Library, Oxford. Wertvolle Unterstützung waren auch die *Proceedings of the North Oxford Local History Society* und die *Court Registers* of the City of Oxford Assizes, 1859 und 1860.

Weitere Einzelheiten über die auf den folgenden Seiten erwähnten Prozesse finden sich in den folgenden Ausgaben von *Jackson's Oxford Journal* vom 20. und 27. August 1859 sowie in zwei weiteren Ausgaben derselben Zeitschrift vom 15. und 22. April 1860.

TEIL EINS – EINE LASTERHAFTE BESATZUNG

Jene, die die Nebenstraßen unserer großen oder auch kleinen Städte zu erforschen suchen, stolpern bisweilen (und manchmal buchstäblich) auf alten Friedhöfen über versteckt liegende und halb zerfallene Grabsteine. Die Friedhöfe selbst liegen meist völlig abgesondert von der Kirche, zu der sie ursprünglich einmal gehört haben, und meistens entdeckt man sie nur zufällig hinter mannshohen roten Backsteinmauern oder eingezwängt zwischen Mietshäuser – ungepflegt, schweigend, vergessen. Einer dieser vergessenen Friedhöfe befand sich bis noch vor wenigen Jahren am unteren Ende jener hübschen kleinen Straße in Nordoxford, die heute Middle Way heißt und South Parade mit seiner Vielzahl kleiner Läden mit Squitchey Lane, der eleganten Villenstraße, verbindet. Doch Anfang der Sechziger wurden die meisten Grabsteine, die in unregelmäßigen Reihen auf dem *Friedhof der Gemeinde Summertown* (so lautete der offizielle Name) gestanden hatten, entfernt, um den potentiellen Besitzern von Eigentumswohnungen, die dort in der Gegend gebaut werden sollten, eine angenehmere, nicht ganz so melancholische

Aussicht zu gewähren. Zwar blieben die alten Grabstätten an sich erhalten, doch nach 1963 war es niemandem mehr möglich, ein bestimmte Grab ausfindig zu machen.

Einige wenige Grabsteine allerdings hat man zu erhalten versucht, sie stehen auch noch heute. Man findet sie am nördlichen Rand des Friedhofs, insgesamt mögen es kaum mehr als ein Zehntel der ursprünglich um die Mitte des 19. Jahrhunderts aufgestellten Steine sein. Einer dieser Steine, ein moosbedecktes Mal aus Kalkstein, von der verkehrsreichen Straße aus gesehen der drittletzte Stein von hinten, trägt eine Inschrift, die von einem geübten Auge auch heute möglicherweise noch entziffert werden kann, obwohl man jedem, der den Wunsch hat, dies zu tun, zur Eile raten muß, da der Stein mehr und mehr verwittert.

Dem Andenken von

Joanna Franks

geliebte Gattin von Charles Franks aus London
Sie wurde am 22. Juni 1859 ertrunken
aus dem Oxford-Kanal geborgen, nachdem sie vorher
aufs grausamste überfallen worden war.

Sie starb im Alter von 38 Jahren.
Dieser Stein wurde errichtet
von Mitgliedern des Gemeinderates von Summertown
um für alle Zeit an den vorzeitigen Tod
dieser unglücklichen Frau zu erinnern.
Gott sei ihrer Seele gnädig.
Requiescat in Pace Aeterna.

Hinter dieser anrührenden und ungewöhnlich ausführlichen Grabinschrift verbirgt sich eine Geschichte von ungezügelter Begierde und trunkener Wollust, die Geschichte auch einer unglücklichen und hilflosen jungen Frau, die sich vor rund einhundertfünfzig Jahren während einer für sie grauenvollen Reise auf Gnade und Ungnade einer höchst brutalen und ungezügelten Bootsmannschaft ausgesetzt sah. Der Verlauf dieser Reise ist Thema des hier vorliegenden Berichts.

Joanna Franks stammte ursprünglich aus Derby. Ihr Vater, Daniel Carrick, war als Versicherungsagent bei der Nottinghamshire and Midlands Friendly Society beschäftigt und scheint während eines Großteils seiner Zeit als Familienvater ein wohlhabender und angesehener Bürger gewesen zu sein. Im späteren Leben – mit Sicherheit in den Jahren unmittelbar vor dem tragischen Tod seiner einzigen Tochter – (es gab noch einen jüngeren Bruder namens Daniel) machte er harte Zeiten durch.

Joannas erster Ehemann war ein gewisser F. T. Donavan, dessen Familie aus der Grafschaft Meath stammte. Ein Zeitgenosse beschreibt ihn als «Ire mit vielen Talenten», und da er ein großgewachsener, breitschultriger Mann war, erstaunt es uns nicht zu erfahren, ja ist es beinah vorherzusehen, daß sein Spitzname «Hefty»* lautete. Von Beruf war er Zauberkünstler, d. h., vielleicht wäre es richtiger zu sagen, daß dies *einer* seiner vielen Berufe war. Er trat in Theatern und Varietés auf, und zwar sowohl in London als auch in der Provinz. Um die Aufmerksamkeit der Öffentlichkeit auf sich zu lenken, hatte er zu irgendeinem, heute nicht mehr feststellbaren Zeitpunkt den großspurigen Titel «Kaiser aller Illusionskünstler» angenommen und auf eigene Kosten Handzettel drucken lassen, von denen uns einer, auf dem er im September 1856 für sein Auftreten im Varieté-Theater in Nottingham warb, noch heute erhalten ist.

> MR. DONAVAN, Bürger der Welt und Sohn Irlands, teilt hiermit allen Angehörigen des hohen und niederen

* kräftig

Adels, der Gentry sowie den Bürgern der Stadt Nottingham respektvoll mit, daß ihm in Anbetracht seiner überlegenen und unvergleichlichen Künste in MAGIE UND TÄUSCHUNG vom höchsten Ausschuß der Versammlung der weltbesten Zauberkünstler im vergangenen Jahr der Titel KAISER ALLER ILLUSIONSKÜNSTLER verliehen worden ist, welchen Titel er insbesondere für das staunenswerte Kunststück erhielt, einem Hahn den Kopf abzuschneiden und dem Tier anschließend wieder zu seiner ursprünglichen Belebtheit zu verhelfen. Dieser selbe Donavan, größter Zauberkünstler der Welt, war es auch, verehrtes Publikum, der in der letzten Woche seine Zuschauer in Croydon auf das spannendste unterhielt, indem er sich für genau elf Minuten und fünfundvierzig Sekunden, wie mittels eines wissenschaftlichen Chronometers unabweisbar festgestellt wurde, völlig gefesselt in ein Bad mit ätzender Säure legte.

Drei Jahre zuvor hatte Donavan ein Buch geschrieben mit dem Titel *Umfassendes Handbuch der Zauberkunst.* Es war sogar verlegt worden. Doch den Zenit seiner Karriere hatte er bereits überschritten, und bis zu seinem Tod im Jahre 1858 wissen wir von keinen weiteren Auftritten mehr. Er starb kinderlos und verbittert, während er zusammen mit einem Freund in seiner Heimat Irland Ferien machte. Sein Grab liegt auf einem Friedhof über der Bucht von Bertnaghboy Bay. Kurze Zeit nach seinem Tod traf seine Witwe Joanna einen gewissen Charles Franks, einen Pferdeknecht aus Liverpool, verliebte sich in ihn und heiratete ihn.

Auch mit ihrem zweiten Mann scheint Joanna sich gut verstanden zu haben, und dies, obwohl die Zeiten hart und das Geld knapp waren. Immerhin gelang es ihr, bei einer gewissen Mrs. Russell in Liverpool, Runcorn Terrace 34, eine Anstellung als Schneiderin und Vorführmodell zu bekommen. Franks dagegen hatte keinen Erfolg bei seiner Arbeitssuche und entschloß sich deshalb, sein Glück in London zu versuchen. Tatsächlich sollten sich hier seine Erwartungen auch sofort erfüllen, er wurde im Frühjahr 1859 im vielbesuchten George & Dragon Inn an der Edgware Road als Hausknecht eingestellt. Ende Mai desselben Jahres schickte er seiner Frau eine Guinee (das war alles, was er erübrigen konnte) und bat sie, ihm so schnell wie möglich nach London zu folgen.

Am Morgen des 11. Juni, einem Samstag, verabschiedete sich Joanna Franks in Runcorn Terrace von Mrs. Russell. Sie hatte nur zwei kleine Kisten bei sich und wollte auf dem Wasserweg von Liverpool nach Preston Brook fahren, dem nördlichen Endpunkt des Trent-und-Mersey-Kanals, der acht Jahre zuvor eröffnet worden war. Von hier aus nahm sie eines der Expreß- bzw. ‹fliegenden Boote›* von Pickford & Co., die nach Stoke-on-Trent und Fradley Junction fuhren und von dort aus durch die Kanäle von Coventry und Oxford bis zur Themse und nach London. Der Fahrpreis von sechzehn Shilling und elf Pennies war erheblich billiger als der Preis für eine Fahrkarte Liverpool–London mit der Eisenbahn. Die Linie nach Norden bestand damals bereits seit etwas mehr als zwanzig Jahren.

Joanna war eine sehr zierliche und attraktive Erscheinung. Sie trug bei ihrem Aufbruch ein dunkelblaues Kleid und eine gemusterte seidene Haube mit einem hellrosa Band. Um den Hals hatte sie ein weißes Tuch geschlungen. Ihre Kleidung war vermutlich nicht neu, aber durchaus von guter Qualität, und Joanna muß sehr adrett ausgesehen haben und wohl auch sehr verführerisch, wie wir bald erfahren werden.

Der Kapitän der *Barbara Bray*, so hieß der Kahn, auf dem Joanna als Passagier mitfuhr, war ein gewisser Jack «Rory» Oldfield aus Coventry. Laut späteren Zeugenaussagen von Bootsleuten und anderen, die ihn kannten, war er im Grunde ein gutmütiger Bursche, der allerdings bisweilen etwas rauhe Umgangsformen hatte. Er war zweiundvierzig Jahre alt und verheiratet. Die Ehe war kinderlos. Der zweite Mann an Bord war ein gewisser Alfred Musson alias Alfred Brotherton, dreißig Jahre alt, ein hochgewachsener, fast mager zu nennender

* Ein ‹fliegendes Boot› fährt Tag und Nacht ohne Pause. Es ist mit zwei Mannschaften besetzt, die in Schichten arbeiten. Die Pferde werden in regelmäßigen Abständen entlang des Kanals gewechselt.

Mann, verheiratet, zwei Kinder. Weitere Mitglieder der Mannschaft waren Walter Towns allias Walter Thorold, sechsundzwanzig Jahre alt, Sohn eines Landarbeiters, der vor zehn Jahren seine Heimatstadt Banbury in Oxfordshire verlassen hatte und weder lesen noch schreiben konnte, sowie ein junger Bursche namens Thomas Wootton, von dem wir nichts weiter wissen, als daß seine Eltern wahrscheinlich aus Ilkeston in Derbyshire stammten.

Die *Barbara Bray* verließ Breston Brook am Samstag gegen halb acht Uhr abends, durchfuhr ohne weitere Zwischenfälle die Schleusen bei Fradley Junction am nördlichen Ende des Mersey-Kanals, erreichte eine Woche später, am Sonntag, dem 19. Juni, um zehn Uhr abends den nördlichen Teil des Coventry-Kanals und steuerte von da an auf fast genau südlichem Kurs Richtung Oxford. Sie waren überraschend schnell weitergekommen, und nichts deutete zu diesem Zeitpunkt darauf hin, daß der einzige Passagier an Bord, Joanna Franks, nur noch einige wenige Tage zu leben hatte.

Kapitel 8

Stil ist das Zeichen eines Temperaments, das sich dem zugrundeliegenden Material eingeprägt hat.

André Maurois, *Die Kunst des Schreibens*

Morse legte das Büchlein beiseite. Er hatte mehrere Fragen, zum Teil Kleinigkeiten, aber nicht nur. Da er die Seiten nicht durch Randbemerkungen verunzieren wollte, notierte er sich ein paar der Fragen auf der Rückseite des Speisezettels, der täglich im Krankenhaus verteilt und versehentlich auf seinem Nachttisch liegengeblieben war.

Der Stil des Obersten war zwar bisweilen etwas arg hochtrabend, doch lagen seine Schreibkünste entschieden über dem Durchschnitt, immerhin verfügte sein Bericht über einen gewissen Erzählfluß, der den Leser neugierig machte auf Teil II. Eines der hervorstechendsten Merkmale des Textes, schien Morse, daß offenbar Grays «Elegy Written in a Country Churchyard» einen starken Einfluß auf den Obersten gehabt haben mußte. Vermutlich war Deniston auf einer der weniger guten Public Schools so oft mit dem Gedicht traktiert worden, daß er am Ende dessen reichlich düstere Sicht des menschlichen Schicksals übernommen hatte.

Was das Schreiben anging – oder, genauer gesagt, das Schreiben von Büchern –, so mußte der alte Donavan (Joannas erster Mann) sich einigermaßen gut ausgekannt haben, dachte Morse, immerhin hatte er für sein Werk sogar einen Verleger gefunden. Und bis auf die letzten Jahre seines Lebens schien dieser offenbar doch einigermaßen gebildete irische Zauberkünstler die Fähigkeit besessen zu haben, an allen möglichen Orten zwischen Croydon und Burton-on-Trent die Menge anzuziehen... Er mußte das gewisse Etwas gehabt haben, dieser Mann mit den vielen Begabungen... «Größter Zauberkünstler der Welt» mochte vielleicht etwas übertrieben gewesen sein, doch ein klein wenig Größenwahn war vielleicht sogar nötig, wenn man die Masse auf sich aufmerksam machen wollte.

«Bertnaghboy Bay?» notierte Morse auf der Rückseite des Speisezettels. Seine Geographiekenntnisse waren mehr als spärlich. In der Grundschule hatte man ihn die damals für wesentlich erachteten Fakten über den Export Argentiniens, Boliviens, Chiles und der anderen Länder Südamerikas gelehrt, und im Alter von acht Jahren hatte er (mit Ausnahme von South Dakota) die Hauptstädte sämtlicher amerikanischer Bundesstaaten auswendig aufsagen können. Aber das war's dann auch schon. Nachdem es ihm gelungen war, ein Stipendium für den Besuch eines Gymnasiums zu erringen, hatte er vor der Wahl zwischen den drei G gestanden: Griechisch, Geographie, Geschichte, doch tatsächlich hatte er kaum ein Mitspracherecht gehabt und war mehr oder weniger zufällig in die Griechisch-Klasse gesteckt worden, wo die Beschäftigung mit Nomina und Verben jede Bekanntschaft mit irischen Grafschaften ausschloß. Wo mochte – wie war der Name? – Bertnaghboy Bay liegen?

Morse empfand es als typisch für die Launenhaftigkeit des Schicksals, daß ausgerechnet er jetzt Interesse am Oxford-Kanal entwickelte. Er war sich bewußt, daß es eine Menge Leute gab, für die das Leben auf einem Boot das höchste der Gefühle war, und hatte auch Verständnis dafür, daß es vielen Eltern wichtig war, bei ihren Kindern die Freude am Segeln, Wandern, Haustiere-Halten, Vögel-Beobachten oder was auch immer zu wecken. Aber Flußboot-Fahren war nach Morses zugegebenermaßen nicht sehr ausgedehnter Erfahrung auf diesem Gebiet ein doch sehr überschätztes Vergnügen. Dem Vorschlag eines wirklich sehr netten jungen Pärchens folgend, hatte er sich vor Jahren einmal dazu bereit erklärt, sich vom Endpunkt des Oxford-Kanals bei der Hythe Bridge Street zum Plough bei Wolvercote steuern zu lassen, eine Fahrt von nur wenigen Meilen, die man, so war ihm versichert worden, in weniger als einer Stunde würde zurücklegen können. Doch dann waren sie während der Fahrt auf so viele Widrigkeiten gestoßen, daß sie erst fünf Minuten, bevor der Pub schloß, den Zielpunkt erreicht hatten – und das an einem glühendheißen Sonntagnachmittag. Eine Katastrophe. Das Flußboot damals hatte mit mindestens zwei Leuten besetzt sein müssen, einem, um zu steuern, und einem zweiten, der aufs Ufer sprang, sobald eine Schleuse zu passieren war oder das, was im Führer euphemistisch als «entzückende kleine Zugbrücke» bezeichnet worden war. Joannas Kahn hatte vier Mann an Bord gehabt – mit ihr waren sie sogar zu fünft gewesen. Sie mußten sich sehr eng auf der Pelle gesessen haben auf dieser langen und sehr einsamen Fahrt, denn das Pferd, das sie den Treidelpfad entlang zog, war vermutlich nicht das feurigste gewesen. Zu eng und zu langsam, dachte Morse. Nachdenklich wiegte er den Kopf, allmählich gewann er ein Bild, wie sie an Bord miteinander gelebt hatten... Mit dem Zug wäre es natürlich wesentlich schneller gegangen, und der Fahrpreis von sechzehn Shilling elf Pence schien ihm für einen Passagier auf einem Lastschiff auch nicht gerade preiswert. Schließlich schrieb man 1859! Wieviel wohl die Bahnfahrt Liverpool–London gekostet hätte? Er hatte keine Ahnung. Aber das ließ sich herausfinden, es gab immer Leute, die solche Dinge wußten...

Vor seinem inneren Auge sah er wieder die Malerei in der Kabine des Flußkahns vor sich, auf dem er damals gefahren war: ein See, eine Burg, ein Segelboot und eine Bergkette, und das alles in den traditionellen Farben Rot, Gelb, Grün. Wie mochte es sein, wenn man nicht nur Stunden, sondern Tage hier verbringen mußte? Zu jener Zeit hatte man Männer aus ganz England als Besatzung angeheuert: aus dem Industriegebiet der Midlands, aus den Bergwerksdörfern um Coventry, Derby und Nottingham, aus den Reihenhaussiedlungen am Bahnhof von Oxford. Die Kähne hatten Kohle, Salz, Porzellan, landwirtschaftliche Produkte... und vermutlich noch anderes geladen. *Was* anderes? Und warum um alles in der Welt hatten zwei Männer der Besatzung sich noch einen zweiten Namen zugelegt? Hatten sie sich schon vor dem tragischen Tod von Joanna Franks etwas zuschulden kommen lassen? Oder hatte jeder, der die Kanäle befuhr, zwei Namen? Einen «Künstlernamen» sowie einen, der ins Taufregister eingetragen war? Jedes Gericht mußte doch bereits angesichts der Tatsache dieser doppelten Namen so etwas wie ein Vorurteil gehabt haben gegen solche... solche... schon gleich zu Anfang... Er wurde müde, zweimal schon hatte er sich wieder hochgerappelt, nachdem ihm der Kopf auf die Brust gesunken war.

Schwester Eileen Stanton trat um neun Uhr abends ihren Dienst an, und als sie um neun Uhr fünfundvierzig nach Morse sah, schlief er fest. Behutsam nahm sie ihm den Speisezettel aus der Hand und legte ihn auf den Nachttisch. Vermutlich träumte er, dachte sie, von einem Menü in Les Quat' Saisons, doch sie würde ihn bald wecken müssen, denn er sollte noch seine Abendtabletten einnehmen.

Kapitel 9

Wie erfreulich und angenehm ist doch die Welt der Bücher, vorausgesetzt, man betritt sie nicht belastet mit den Verpflichtungen eines Studenten oder in der Erwartung, hier von der Langeweile erlöst zu werden, sondern mit der Begeisterung eines wahren Entdeckungsreisenden.

David Grayson, *Adventures in Contentment*

Der folgende Morgen (es war inzwischen Mittwoch) brachte für Morse eine Reihe angenehmer Neuerungen. Violet servierte ihm zum Frühstück zwar Bran Flakes, halbverbrannten kalten Toast und lauwarmen Tee, doch Morse nahm alles mit großer Begeisterung zu sich. Gegen zehn Uhr kam Susi, um ihn von seiner Kochsalzinfusion zu erlösen, und Morse hatte deutlich das Gefühl, daß ihm die Götter wieder wohlgesonnen waren. Als er zum erstenmal ohne den lästigen Tropf den Korridor hinunter zum Waschraum ging, verglich er sich in Gedanken mit dem gerade aus dem Kerker entlassenen Florestan (Fidelio, 2. Akt). Beim Waschen genoß er das ungewohnte Gefühl, die Arme frei bewegen zu können, und auch das Rasieren würde von jetzt ab wieder leichter und besser gehen. Bei seiner Entlassung, so beschloß er, würde er den Schwestern ein angemessenes, nicht zu aufwendiges Geschenk machen und darüber hinaus seine Lieblingsschwester (entweder Susi oder Eileen, das war noch nicht entschieden) in ein griechisches Restaurant in Nordoxford einladen, wo er dann Gelegenheit haben würde, seine (ziemlich eingeschränkten) Griechischkenntnisse zur Geltung zu bringen. Er würde ein Mezéthes-Tavérnas-Menü bestellen, das auf der Karte als ein «epikureischer Genuß vom ersten bis zum letzten Bissen» angepriesen wurde. Ungefähr zehn Pfund pro Person, schätzte er, vielleicht auch ein bißchen mehr, plus der Kosten für Wein, Kaffee und vielleicht auch Likör – mit dreißig Pfund, so hoffte er, würde er auskommen … Eileen hatte heute nacht dienstfrei. Häusliche Verpflichtungen, hatte sie gesagt. Was sie wohl damit meinte? Morse war irritiert. Er hoffte nur, daß nicht ausgerechnet Nessie für sie den Dienst übernommen hatte, denn er hatte vor, heute nacht den goldenen Verschluß von der Flasche Bell's aufzuschrauben...

Wieder in seinem Bett im Krankensaal, verging die Zeit wie im Fluge. Gegen halb elf wurde ihm eine Tasse Bovril serviert, und anschließend lauschte er neuen Lobreden von Walter Greenaway auf die großartigen Fähigkeiten seiner Tochter. Wenn man seinen Worten Glauben schenken durfte, so wäre die Bibliothek ohne sie nicht in der Lage gewesen, auch nur eine ihrer Funktionen im Dienste der Wissenschaft ordentlich zu erfüllen. Kaum war Greenaway erschöpft eingeschlafen, erschien eine der zahlreichen Diätassistentinnen an seinem Bett, eine etwas langweilig aussehende, ernsthafte junge Frau, die ihm eine ganze Latte von Gemüsen mit geringem Kaloriengehalt aufzählte, von denen er soviel essen konnte, wie er wollte, als da waren: Spargel, Bambussprossen, dicke Bohnen, grüne Bohnen, Stangenbohnen, Brokkoli, Rosenkohl, Weißkohl, Rotkohl, Blumenkohl, Stangensellerie, Chicorée, Schnittlauch, Zucchini, Gurken und so weiter und so weiter. Morse war so beeindruckt von der Aufzählung dieser schier unerschöpflichen Möglichkeiten, daß er sogar ihre unglaubliche Behauptung, sowohl Tomaten- wie auch Steckrübensaft sei eine wunderbar delikate wie auch nahrhafte Alternative zu alkoholischen Getränken jeder Art, ohne Widerspruch hinnahm. Ab und zu nickte er pflichtschuldig seine Zustimmung zu dem, was sie sagte, wußte er doch im tiefsten Innern sehr genau, daß er tatsächlich in nächster Zeit abnehmen wollte, sollte, ja mußte. Gleichsam als erstes Zeichen für diesen Entschluß nahm er, als Violet gegen Mittag mit dem Essenswagen herumfuhr, nur *einen* Schlag Kartoffeln und verzichtete auf die Soße.

Am frühen Nachmittag, nachdem er sich im Radio die Wiederholung der Archers-Sendung vom Vorabend angehört hatte, streckte er sich wohlig in seinem Bett aus: kein Dienst im Präsidium, keine Mühe mit dem Abendessen und keine aktuellen Sorgen und Bedrängnisse, es sei denn eine gewisse Beunruhigung durch ein neu geschärftes Bewußtsein für die eigene Hinfälligkeit und den Gedanken an den Tod. Doch diese Beunruhigung hielt sich in Grenzen, wie er neulich Lewis zu erklären versucht hatte: Er besaß keine Angehörigen mehr, niemand war von ihm abhängig, er konnte ganz sich selbst und für die Befriedigung seiner Bedürfnisse leben. Und was er im Moment, als er so frischgewaschen und gutgelaunt im Bett saß, wollte, war klar. Er spürte in sich die Entdekkungslust eines Reisenden auf dem Oxford-Kanal. Das *Blaue Billett* konnte ihm gestohlen bleiben. Was ihn reizte, war, den zweiten Teil von *Mord am Oxford-Kanal* zu lesen.

Kapitel 10

TEIL ZWEI – EIN VERBRECHEN WIRD BEWIESEN

Obwohl es damals bezüglich einiger Einzelheiten widersprüchliche Aussagen gab, herrschte, was den Ablauf der Ereignisse im ganzen anging, doch Übereinstimmung.

Die ungefähr drei Meilen lange Strecke auf dem Coventry-Kanal (heute eher dem Industrie-Archäologen als dem Freund ländlicher Stille zum Besuch empfohlen) scheint man ohne irgendwelche Zwischenfälle passiert zu haben. Es gibt Aussagen, daß der Kahn unterwegs zweimal angelegt habe: bei dem Three Tuns Inn bei Fazely und weiter südlich bei den Atherstone-Schleusen. Ebenfalls steht mit an Sicherheit grenzender Wahrscheinlichkeit fest, daß die *Barbara Bray* am Montag, dem 20. Juni, ungefähr eine Stunde vor Mitternacht Hawkesbury Junction am nördlichen Ende des Oxford-Kanals erreichte. Heutzutage beträgt die Entfernung zwischen Hawkesbury Junction und Oxford ungefähr siebenundsiebzig Meilen, 1859 mag die Strecke ein wenig länger gewesen sein. Man darf deshalb davon ausgehen, daß selbst bei längeren Aufenthalten unterwegs der mit vier Männern doppelt besetzte Kahn *Barbara Bray* für die Fahrt kaum länger als sechsunddreißig Stunden gebraucht haben dürfte. Diese Annahme scheint auch tatsächlich zuzutreffen. Im folgenden soll nun versucht werden, die entscheidenden nächsten Stunden zu rekonstruieren, und zwar einmal vermittels der Zeugenaussagen in den beiden darauf folgenden Prozessen (es gab nämlich zwei), zum anderen basierend auf späteren Nachforschungen, die vom Verfasser selbst sowie anderen anhand der Unterlagen der Oxford Canal Company sowie der Archive der Firma Pickford & Co. durchgeführt wurden. Was nun die Beweise für das Vorliegen eines Verbrechens angeht, so ist vor allen Dingen das ebenso tragische wie unumstößliche Faktum zu nennen, daß am Mittwoch, dem 22. Juni, kurz nach halb sechs Uhr morgens Joanna Franks' Leiche im Oxford-Kanal aufgefunden wurde, und zwar in jenem dreieckig geformten Abschnitt mit Namen Duke's Cut, einem Abkürzungsweg zur Themse hinüber, der im Jahre 1796 auf Veranlassung des vierten Herzogs von Marlborough ausgehoben worden war. Er liegt zweieinhalb Meilen nördlich des (damaligen) Kanalendes am Hayfield-Pier in Oxford.

Lassen Sie uns jetzt jedoch zunächst einen zeitlichen Sprung nach vorn machen. Nach der Leichenschau im The Running Horses Inn (inzwischen abgerissen, früher am Ende der Upper Fisher Row an der Hythe Bridge in Oxford) wurden die vier Mann Besatzung der *Barbara Bray* des Mordes an Joanna Franks beschuldigt und demzufolge in das nahegelegene Gefängnis überstellt. Beim ersten Prozeß, der im August 1859 vor dem Oxforder Schwurgericht stattfand, wurden drei Anklagepunkte gegen die Männer vorgebracht: Sie hätten erst Joanna Franks vorsätzlich ermordet, indem sie sie in den Kanal geworfen hätten, sie hätten sie zweitens vergewaltigt, wobei die Anklage nach Tätern und Helfershelfern differenzierte, und sie hätten drittens verschiedene, aus dem Besitz ihres Ehemannes stammende Dinge gestohlen. Keiner der drei Männer bekannte sich schuldig (Wootton, der noch ein halbes Kind war, hatte ursprünglich auch unter Anklage gestanden; sein Name taucht jedoch später bei der Nennung der drei Anklagepunkte nicht mehr auf).

Mr. Sergeant Williams, der Vertreter der Anklage, wollte zunächst das Delikt der Vergewaltigung verhandelt wissen. Nach Abschluß der Beweisaufnahme entschied der Richter (Seine Ehren Mr. Traherne), daß sich für die Schuld der Angeklagten keine ausreichenden Beweise ergeben hätten, und instruierte die Geschworenen demzufolge, das Urteil «nicht schuldig» zu fällen. Daraufhin ersuchte Mr. Williams das Gericht, den eigentlichen Mordprozeß bis zur nächsten Sitzungsperiode des Schwurgerichts zu verschieben, und begründete seinen Antrag damit, daß ein wichtiger Zeuge, ein gewisser Joseph Jarnell, ehemals Häftling im Gefängnis von Oxford und unlängst der Bigamie überführt, erst vor Gericht erscheinen könne, wenn ihm der Innenminister die Begnadigung gewährt hätte. Es hieß, daß Oldfield, der Kapitän der *Barbara Bray*, dem Jarnell, mit dem er eine Zeitlang die Zelle geteilt hatte, einige bisher unbekannte Details mitgeteilt hätte. Obwohl Oldfields Verteidiger dem Antrag des Staatsanwalts aufs entschiedenste entgegentrat, stimmte Seine Ehren Mr. Traherne der Verschiebung zu.

Im April 1860 begann der zweite Prozeß. Zum Richter wurde ein Mr. Augustus Benham bestellt. Der erste Prozeß hatte in der Öffentlichkeit viel Staub aufgewirbelt, und die Straßen zum Schwurgericht waren dicht bevölkert mit einer feindseligen Menge. Auch unter Juristen hatte der Fall beträchtliches Interesse erregt. Die drei Angeklagten erschienen vor Gericht mit Westen und ledernen Gürteln, der Kleidung, wie sie damals bei Leuten, die den Kanal befuhren, üblich war. Die Anklage lautete, sie hätten Joanna Franks vorsätzlich ermordet, indem sie sie über Bord gestoßen und in den Kanal geworfen hätten, wo sie erstickt und ertrunken sei. Was, so fragen wir uns unwillkürlich, mag sich auf jenen letzten verhängnisvollen Meilen oberhalb Duke's Cut abgespielt haben? Werfen wir einen Blick zurück.

Es gibt hinreichend Grund zu der Annahme, daß die Reise von Preston Brook bis zum oberen Ende des Oxford-Kanals bei Hawkesbury verhältnismäßig ereignislos verlief, obwohl Oldfield sich, während der Kahn durch die Tunnel bei Northwich und Harecastle fuhr, zusammen mit Joanna Franks in der Kabine aufhielt. Das so harmonisch erscheinende Bild ändert sich beinahe schlagartig, als die *Barbara Bray* die einsame Schleuse bei Napton Junction erreicht – ungefähr dreißig Meilen südlich von Hawkesbury und noch etwas über fünfzig Meilen von Oxford entfernt.

William Stevens, ein am Kanal beschäftigter Angestellter

der Firma Pickford & Co., bestätigte in seiner Aussage *, daß die *Barbara Bray* am Dienstag, dem 21. Juni, gegen elf Uhr morgens an den Schleusen von Napton eintraf. Der Kahn habe für etwa anderthalb Stunden dort vor Anker gelegen. An Bord der *Barbara Bray* habe sich ein weiblicher Passagier befunden, eine gewisse Joanna Franks, die sich sofort nach ihrer Ankunft bei ihm, Stevens, über das Verhalten der Bootsleute, deren Gesellschaft sie gezwungenermaßen ertragen müsse, beschwert habe. Es wäre, so gab Stevens auf Befragen zu, korrekt gewesen, wenn er ihre Beschwerde förmlich aufgenommen und niedergeschrieben hätte (die *Barbara Bray* war schließlich im Auftrag von Pickford & Co. unterwegs), aber er hatte dies unterlassen und sich darauf beschränkt, ihr den Rat zu geben, sobald sie Oxford erreicht hätten, bei der dortigen Niederlassung der Firma ihre Klage vorzutragen. Außerdem würde sie in Oxford sicherlich die Möglichkeit haben, für den Rest ihrer Fahrt auf einen anderen Kahn überzuwechseln. Stevens war Zeuge gewesen, wie sich zwischen Joanna und einem Mitglied der Mannschaft ein lautstark geführter Wortwechsel entwickelt hatte, und erinnerte sich auch daran, daß Joanna geschrien habe: «Lassen Sie mich in Ruhe, ich will nichts mit Ihnen zu tun haben!» Zwei der Männer (er meinte, es seien Oldfield und Musson gewesen) hätten sich Joanna gegenüber einer sehr unflätigen Sprache bedient, gleichzeitig mußte er aber auf Vorhaltung des Verteidigers einräumen, daß die Sprache fast aller Bootsleute häufig das nötige Feingefühl vermissen lasse. Stevens war sich sicher, daß die Mannschaft zu diesem Zeitpunkt unter Alkoholeinwirkung stand, und äußerte die Überzeugung, daß sie sich offenbar über den Alkohol, den sie als Fracht mit sich führten, hergemacht hätten. Bevor der Kahn wieder ablegte, hatte sich Joanna Franks ein zweites Mal bei ihm über das Verhalten der Männer beklagt, und Stevens hatte seinen Rat wiederholt, sie möge warten, bis sie in Oxford sei, und dann die geeigneten

* Viele der in dem Bericht erwähnten Fakten stammen aus den Sitzungsprotokollen des Schwurgerichts zu Oxford von 1860 sowie der wörtlichen Mitschrift jener Teile des Prozesses, die sich in *Jackson's Oxford Journal* von April 1860 ff. veröffentlicht finden.

Schritte unternehmen. In Oxford würde die *Barbara Bray* auf jeden Fall einen Aufenthalt haben, da ein Teil ihrer Fracht bereits hier gelöscht werden sollte.

Allem Anschein nach dauerte die Fahrt nach Oxford Joanna jedoch zu lange, denn sie unternahm, wie wir hören werden, bereits in Banbury, ungefähr zwölf Meilen weiter südlich, den Versuch, den Rest ihrer Reise auf andere Art und Weise zurückzulegen. Matthew Laurenson, Kaimeister auf Tooley's Yard, erinnerte sich deutlich, daß Joanna «dringliche Erkundigungen» eingezogen hatte über die Abfahrtszeit «direkter Kutschen nach London sowie Kutschen von Oxford nach Banbury». Doch die Abfahrtszeiten waren nicht günstig, und wieder erhielt Joanna den Rat, zu warten, bis sie in Oxford sei, das jetzt nur noch zwanzig Meilen entfernt lag. Laurenson gab an, daß seine Begegnung mit ihr irgendwann zwischen sechs Uhr dreißig und sieben Uhr abends stattgefunden habe (es darf nicht überraschen, daß die Zeitangaben in den Zeugenaussagen sich des öfteren nicht decken – wir dürfen daran erinnern, daß der Mord bereits zehn Jahre zurücklag), und beschrieb ihre Stimmung auf Befragen als «aufgeregt und ängstlich».

Der Zufall wollte es, daß Joanna für kurze Zeit an Bord weibliche Gesellschaft hatte, da Agnes Laurenson, die Frau des Kaimeisters, auf der *Barbara Bray* bis zur Schleuse nach King's Sutton, circa fünf Meilen entfernt, mitfuhr. Mrs. Laurenson wurde bei dem Prozeß ebenfalls in den Zeugenstand gerufen. Sie konnte sich gut an Joanna erinnern und daß diese «hektisch und erregt» gewirkt habe. Ob Joanna Alkohol zu sich genommen hatte oder nicht, konnte sie nicht sagen, erklärte aber, daß sie auf sie vollkommen nüchtern gewirkt habe – ganz im Gegensatz zu Oldfield und Musson – und im übrigen deutlich in großer Angst um ihre persönliche Sicherheit gewesen sei.

Nachdem Mrs. Laurenson den Kahn bei der Schleuse von King's Sutton verlassen hatte, scheinen sich die Ereignisse überstürzt zu haben. In diesem Zusammenhang war vor allem die Aussage eines Gastwirtes, der den Crown & Castle bei Aynho (etwas unterhalb von Banbury) bewirtschaftete, für die Angeklagten verhängnisvoll. Nach den Worten des Wirtes hatte Joanna, nachdem Mrs. Laurenson wieder von Bord gegangen war, es offenbar nicht länger gewagt, sich in Gesellschaft der betrunkenen Seeleute länger an Bord aufzuhalten. Gegen zehn Uhr abends sei sie in ziemlich aufgelöstem Zustand im Gasthaus aufgetaucht und habe berichtet, daß sie solche Angst vor Übergriffen der betrunkenen Mannschaft gehabt habe, daß sie, ungeachtet der späten Stunde, lieber zu Fuß den Treidelpfad entlanggegangen sei, als an Bord zu bleiben, da ihr eine Gefährdung durch Wegelagerer geringer erschienen sei als die Gefahr, die ihr von den Männern der *Barbara Bray* drohte. Sie hoffte, so habe sie gesagt, später, wenn die Männer wieder etwas nüchterner wären, an Bord zurückkehren zu können. Der Wirt bot ihr, während sie auf die Ankunft des Kahnes wartete, ein Glas Starkbier an, doch sie lehnte dankend ab. Er behielt sie jedoch weiter im Auge und beobachtete, daß sie, während sie am Rand des Kanals saß, heimlich ein Messer hervorzog und am Algengitter des Schleusentores schärfte. (Wie sich später herausstellte, hatte Musson einen Schnitt in der linken Wange, und es ist gut möglich, daß er von ihrem Messer stammte.) Nachdem der Kahn am Kai von Aynho festgemacht hatte, habe einer aus der Mannschaft (der Wirt wußte nicht, wer), als er Joannas ansichtig wurde, zu fluchen begonnen, sie zur Hölle gewünscht und erklärt, er hasse und verabscheue ihren bloßen Anblick. Desungeachtet ging Joanna wieder an Bord, wo ihr, wie der Wirt gesehen zu haben glaubte, ein Drink angeboten wurde, und er meinte beobachtet zu haben, daß sie akzeptiert hatte. Man darf seiner Aussage an diesem Punkt jedoch offenbar keinen Glauben schenken, da Mr. Bartholomew Samuels, ein Arzt aus Oxford, nachdem man Joannas Leiche gefunden hatte, unverzüglich eine Obduktion vorgenommen und keine Spur von Alkohol hatte feststellen können. George Bloxham, der Kapitän eines nach Norden fahrenden Pickford-Kahnes, sagte aus, daß er kurz unterhalb von Aynho neben Oldfields Kahn längsseits gegangen sei und daß er und der Kapitän der *Barbara Bray*, wie das so üblich sei, ein paar Worte miteinander gewechselt hätten. Oldfield habe bei dieser Gelegenheit von einem weiblichen Passagier erzählt, und zwar auf eine Art und Weise, die Bloxham als «abstoßend» bezeichnete, und sei sich in obszönen Phantasien ergangen, was er im Laufe der Nacht mit ihr anstellen wollte, sonst würde er sie umbringen und ihre Leiche verkaufen, «genau wie Burke damals»*. Bloxham hatte hinzugefügt, daß Oldfield sehr betrunken gewesen sei und daß auch Musson und Towns «ziemlich hinüber» gewesen seien.

James Robson, der Wärter der Schleuse bei Somerton, sagte aus, daß er und seine Frau Anna gegen Mitternacht durch einen Schreckensschrei geweckt worden seien. Der Schrei sei aus der Richtung der Schleuse gekommen. Zunächst hätten sie angenommen, daß ein sehr kleines Kind geschrien habe, doch als sie aus dem Schlafzimmerfenster des Schleusenwärterhauses geblickt hätten, hätten sie an Deck des Kahns *Barbara Bray* ein paar Männer stehen sehen, und oben auf der Kabine habe eine junge Frau gesessen, deren Beine über den Rand des Kahnes gehangen hätten. Die Robsons konnten sich noch sehr deutlich an jede Einzelheit dieser schrecklichen Nacht erinnern, deshalb war ihre Aussage für den Ausgang des Prozesses auch von entscheidender Bedeutung. So wußten sie noch genau, daß Joanna geschrien habe: «Ich will nicht hinunter! Faßt mich nicht an!» Danach habe einer von der Mannschaft gebrüllt: «Gebt acht auf ihre Beine, gebt acht auf ihre Beine!» Dann habe Joanna wieder angefangen zu schreien: «Was habt ihr mit meinen Schuhen gemacht? Oh, bitte, sagt mir, was ihr mit meinen Schuhen gemacht habt!» Anna Robson habe das Fenster geöffnet und die Männer gefragt, was los sei, und zur Antwort erhalten, die junge Frau sei ein Passagier und habe Streit mit ihrem gleichfalls an Bord sich befindenden Ehemann. Es gebe keinen Grund zur Sorge.

Das große Schleusenwärterhaus mag in jener Nacht, wie es, einem strengen Wächter gleich, über dem dunklen Wasser des Kanals aufragte, wenig einladend ausgesehen haben, dennoch hätte es Joanna die Chance geboten, ihr Leben zu retten, wenn sie dort um Schutz gebeten hätte.

Doch eine solche Bitte stellte sie nicht.

* Burke war ein Mörder, der etwa dreißig Jahre vor diesen Ereignissen hingerichtet worden war, weil er seine Opfer erstickt und ihre Leichen dann zum Sezieren an Mediziner verkauft hatte.

Kurz nach dem Vorfall scheint Joanna, wie schon vorher einmal, den Kahn verlassen zu haben, um den Nachstellungen der betrunkenen Mannschaft zu entgehen, und ein Stück weit zu Fuß auf dem Treidelpfad gegangen zu sein. Als der Kahn Gibraltar-Lock erreichte, war sie jedoch bereits wieder an Bord. Unmittelbar nach Passieren dieser Schleuse muß sie ein weiteres Mal vom Kahn geflüchtet sein, da ein gewisser Robert Bond vom Kahn *Isis* aussagte, daß er ihr auf dem Treidelpfad begegnet sei. Bond berichtete, wie überrascht er gewesen sei, zu so später Stunde dort eine Frau ohne Begleitung zu treffen, und daß er sie gefragt habe, ob alles in Ordnung sei. Sie habe nur kurz genickt und sei schnell weitergegangen. Nachdem Bond wieder an Bord der *Isis* war, passierte sein Kahn die *Barbara Bray*, und einer der Männer dort erkundigte sich, ob er, Bond, auf dem Treidelpfad einer Frau begegnet sei. Der Mann habe dann noch ein paar schmutzige Bemerkungen gemacht, was er mit ihr vorhabe, sobald er sie wieder in seiner Gewalt hätte.

Niemand außer der verbrecherischen Mannschaft der *Barbara Bray* sollte Joanna jemals wieder lebend zu Gesicht bekommen.

Kapitel 11

> *«Mein Ehrenwort, Watson, Sie spielen wunderbar mit. Das haben Sie wirklich wunderbar gemacht. Sie haben zwar alles übersehen, was wichtig ist, aber Sie haben die Methode getroffen...»*
>
> Sir Arthur Conan Doyle, *Eine Frage der Identität*

Wie nach der Lektüre des ersten Teils hatte Morse auch jetzt wieder einige Anmerkungen zu machen, die er jedoch diesmal nicht aufschrieb. Aus irgendeinem Grund war er mit sich unzufrieden. Etwas, irgendein Detail in Teil I hatte ihn stutzen lassen, aber er wußte nicht, was. Vielleicht fiel es ihm ein, wenn er die Seiten noch einmal las. Aber das eilte nicht. Oder? Nein. Das Problem, dem sich sein Verstand hier gegenübersah, bedeutete nicht mehr als eine harmlose, amüsante Unterhaltung. Und doch gab die zweifelnde Stimme in ihm keine Ruhe: Konnte wirklich jemand, *irgend jemand*, diesen Bericht lesen, ohne zwei, drei Punkte in Frage zu ziehen – oder vielleicht sogar drei oder vier?

Auf welche Weise zum Beispiel hatten sich die Bootsleute, die die Kanäle befuhren, wohl gewöhnlich amüsiert bei längeren Fahrtpausen? Das wesentliche war natürlich, die Pferde zu wechseln, aber frische Pferde taugten sicherlich nur bedingt dazu, die Bootsleute glücklich zu machen. Waren sie vielleicht ins nächste Bordell gegangen? Diejenigen unter ihnen, die ohne Sex nicht leben konnten, sicherlich. Und welche Rolle hatte der Alkohol gespielt? Vertranken sie den Lohn in den vielen verräucherten Spelunken, die den Kanal säumten? Und warum auch nicht? Was sonst hätten sie tun sollen? Und Alkohol, obwohl er bekanntermaßen nicht gerade die Potenz stärkte, weckte doch Triebe und Begierden. In diesem speziellen Fall den Trieb, einen hübschen weiblichen Passagier zu vergewaltigen?

So viele Fragen. Aber wenn das Ganze im Grunde ein Sexualverbrechen gewesen war, warum hatte man dann im ersten Prozeß die Anklage wegen Vergewaltigung fallenlassen? Zugegeben, man hatte damals noch nicht die Beweismöglichkeiten von heute, es gab noch keine Methode, mittels deren ein Mann aufgrund seines Spermas der Tat überführt werden konnte. Aber irgendwie hatte man es damals auch schon geschafft, Vergewaltiger vor Gericht zu bringen, und der Spruch des Konfuzius bezüglich der mangelnden Bewegungsfreiheit eines Mannes, dem die Hose auf die Schuhe hängt, dürfte doch wohl hoffentlich schon damals als ziemlich zynisch empfunden worden sein.

Die Fußnote, die sich auf die Gerichtsprotokolle bezog, war eine Überraschung für ihn gewesen, und er dachte, daß es doch für die Allgemeinheit, vor allem aber für die Soziologen, von Interesse sein mußte zu erfahren, wie die öffentliche Meinung sich damals, 1859, zu Vergewaltigungen gestellt hatte. Vermutlich nicht ganz so mitfühlend, wie es ein unlängst ergangener Richterspruch widerspiegelte, den die *Times* heute morgen einer Schlagzeile für wert befunden hatte: «Grundsatzurteil in Zivilprozeß – 35 000 Pfund Schadenersatz für Vergewaltigungsopfer». Wo mochten die Protokolle sich befinden – falls sie überhaupt noch existierten? Vielleicht waren ja sie – so Morses Vermutung – der Grund für Denistons Andeutungen bezüglich «einander widersprechender Aussagen». Aber wo genau lagen diese Widersprüche? Deniston mußte an etwas Bestimmtes gedacht haben, an irgend etwas, das ihm aufgefallen war und ihn beunruhigt hatte. Im Griechischen gab es ein Wort dafür: parakrousis – das Erklingen eines leicht falschen Tones in einer ansonsten harmonischen Melodie.

Hatte dieser «falsche Ton» vielleicht mit Mrs. Laurensons Aussage zu tun? Wie auch immer Joannas Lage gewesen sein mußte, Mrs. Laurenson war an Bord der *Barbara Bray* bis King's Sutton gefahren (und das vermutlich doch mit Einverständnis ihres Ehemannes), das heißt, sie hatte sich freiwillig in die Gesellschaft einiger lüsterner Trunkenbolde begeben, denn genau das waren ja die Männer der *Barbara Bray*, wenn man dem Bericht Glauben schenken durfte. Nicht einfach zu schlucken, diese Tatsache. Es sei denn, der Kaimeister hätte nichts dagegen gehabt, seine Frau für eine Nacht – oder überhaupt – anderen Männern zu überlassen. Aber das erschien nun etwas weit hergeholt; und schließlich gab es ja auch eine ganz andere Lösungsmöglichkeit für dieses doch sehr rätselhafte Verhalten – eine einerseits sehr viel näherliegende, andererseits schon sehr überraschende Lösung: daß nämlich die Männer der *Barbara Bray* in Wahrheit gar nicht so betrunken gewesen waren. Aber die Zeugen hatten genau das ausgesagt, die Beschreibungen waren ja zum Teil so plastisch gewesen, daß man die Männer schon beinahe mit heruntergelassenen Hosen vor sich gesehen hatte, so wie der Vergewaltiger bei Konfuzius, dem ja auch die Hose auf die Schuhe gerutscht war...

Schuhe... Wieso hatte man Joanna die Schuhe weggenommen? Bei einer Vergewaltigung wurde eine Frau in der Regel doch sehr viel intimerer Kleidungsstücke beraubt – nicht ausgerechnet ihrer Schuhe. Es sei denn, einer der Männer hätte ein perverses sexuelles Interesse ausgerechnet an Schuhen gehabt – ein Schuhfetischist vielleicht...

Morse schalt sich einen Narren und überflog noch einmal die letzten beiden Seiten des Berichts. Ein bißchen melodramatisch, diese Stelle mit dem Schleusenwärterhaus, das wächtergleich über dem dunklen Wasser des Kanals aufragte, aber irgendwie auch ganz beeindruckend, so beeindruckend, daß er entschlossen war, sobald er aus dem Krankenhaus entlassen worden war, selbst einmal hinauszufahren und es sich anzusehen. Das heißt, falls die Stadtplaner und -entwickler es nicht hatten abreißen lassen.

So wie sie St. Ebbe's abgerissen hatten...

Soweit Morses Gedanken, nachdem er den zweiten Teil gelesen hatte. Es ist nur zu verständlich, daß er versuchte, über den Text hinausgehend eigene Überlegungen anzustellen, doch ist gleichzeitig festzuhalten, daß ihm das wirkliche Problem, das er enthielt, verborgen blieb. Gewöhnlich gelangte Morse aufgrund seines scharfen Intellekts sehr schnell zu den richtigen Ergebnissen, und auch jetzt waren seine Schlußfolgerungen ungewöhnlich und brillant zugleich. Doch nicht brillant genug. Er stand sozusagen zu dicht vor dem Bild, so daß die verschiedenen Farben ihm vor den Augen verschwammen, ohne daß er eine Struktur hätte erkennen können. Es wäre richtiger gewesen, er wäre einen Schritt zurückgetreten, dann hätte eine Zusammenschau der verschiedenen Farben und Formen ihm die wechselseitigen Verknüpfungen und Beziehungen erhellt. Überhaupt – «Zusammenschau»! Das war doch einer von Morses Lieblingsbegriffen, und nun wurde er selbst ihm sowenig gerecht. Eilig überflog er noch einmal Teil II, doch der Gesamteindruck wurde nicht deutlicher, wenn ihm auch ein paar weitere Details auffielen.

Die Fahrt durch die beiden Tunnel zum Beispiel, für deren Dauer Oldfield sich mit Joanna in der Kabine aufgehalten hatte und – so Morses Spekulation – seine Arme um die junge Frau gelegt und ihr beruhigend versichert hatte, sie brauche keine Angst zu haben...

Dann dieser letzte, verwirrende Abschnitt! Sie war doch offenbar heilfroh gewesen, dem Boot und seiner betrunkenen

Mannschaft zu entkommen, wieso war sie dann so bereitwillig wieder zurück an Bord gegangen?

Nun, darüber konnte er nur Vermutungen anstellen, aber zwei Dinge ließen sich wenigstens exakt nachprüfen. Das eine betraf die Postkutsche. «Die Abfahrtszeiten waren nicht günstig» hatte es in der Zeugenaussage geheißen, und diese Behauptung wenigstens müßte sich bei gründlicher Nachforschung auch heute noch verifizieren beziehungsweise falsifizieren lassen. Darüber hinaus konnte man sicherlich in Erfahrung bringen, welche Transportmöglichkeiten Joanna überhaupt zur Verfügung gestanden hatten, nachdem sie Banbury erreicht hatte, und ebenso mußte doch herauszufinden sein, was so eine Fahrt in der Postkutsche von Banbury nach London sie gekostet hätte. Wie hoch mochte der Preis für eine Bahnfahrkarte nach London damals gewesen sein? Und wenn er nun schon einmal bei Preisen für Bahnfahrkarten war: Was hatte wohl die Strecke Liverpool–London gekostet? Auf jeden Fall zuviel, als daß die Franks in ihren eingeschränkten finanziellen Verhältnissen es sich hätte leisten können.

Interessant...

Genauso interessant wie die Anführungszeichen in Denistons Bericht, die doch wohl zeigen sollten, daß hier Joanna direkt zitiert wurde. Morse sah sich den entsprechenden Abschnitt näher an. Joanna hatte sich nach den Abfahrtszeiten «direkter Kutschen nach London sowie der Kutschen von Oxford nach Banbury» erkundigt. Wenn das exakt Joannas Worte gewesen waren... *Wenn*... warum hatte sie dann die Abfahrtszeit der Kutsche von Oxford nach Banbury wissen wollen und nicht umgekehrt die der Kutsche von Banbury nach Oxford? Es sei denn...

Interessant, sehr interessant, wenigstens für Morse. Und dann diese merkwürdigen Aussagen bezüglich der Frage, ob Joanna Alkohol zu sich genommen hatte oder nicht. Die Auskünfte waren so überaus vage gewesen... War es dieser Punkt der Aussagen gewesen, der Deniston veranlaßt hatte, zu Beginn von Teil II von widersprüchlichen Aussagen zu sprechen? Aber nein, das war zu unwahrscheinlich. Im übrigen – Mr. Bartholomew Samuels, der Arzt, der an Ort und

Stelle die Obduktion durchgeführt hatte, hatte keinerlei Alkoholspuren in Joannas Körper finden können. Also war die Sache klar.

Oder wäre es für die meisten gewesen.

Morse verspürte auf einmal selbst den Wunsch nach etwas Alkoholischem und goß sich, nachdem er sich überzeugt hatte, daß man ihn nicht beobachtete, einen Fingerbreit Scotch und dieselbe Menge Wasser in das Glas auf seinem Nachttisch. Ah, herrlich! Es war wirklich schade, daß er so wenig Glauben fand mit seiner Behauptung, ein kleiner Scotch bringe die Gehirntätigkeit erst so richtig in Gang. Und tatsächlich wurde er, kaum ein paar Minuten später, von Ideen geradezu überschwemmt – ausgezeichneten Ideen zudem! Plötzlich fiel ihm ein, daß er noch heute abend Gelegenheit haben würde, zwei, drei seiner Hypothesen überprüfen zu lassen.

Das heißt, wenn Walter Greenaways Tochter auch heute wieder zu Besuch kam.

Kapitel 12

Das wichtigste in einer Bibliothek sind die Regale. Ab und zu kann man natürlich auch Literatur reinstellen. Aber die Regale sind die Hauptsache.

Finley Peter Dunne, *Mr. Dooley spricht*

Als sie am folgenden Morgen um zwanzig vor acht die Broad Street hinunterging, dachte Christine Greenaway wieder an den Mann, der sie am vergangenen Abend auf der Station 7C im obersten Stock des John-Radcliffe-Krankenhauses angesprochen hatte. Irgendwie ging er ihr nicht mehr aus dem Kopf. Es war nicht so, daß sie ständig bewußt an ihn gedacht hätte, eher war es eine Art unbewußten Gefühls. Dabei hatte er sich nur mit der Bitte an sie gewandt, ob sie wohl in der Bibliothek etwas für ihn nachschlagen könne. Aber er hatte sie eben so nett gebeten und war ihr so dankbar gewesen, als sie eingewilligt hatte. Er konnte ja nicht wissen, daß sie gerne half, ja daß sie genau aus diesem Grund Bibliothekarin geworden war: um Marksteine auf dem Feld der Geschichte und Literatur ausfindig zu machen und auf Nachfragen, wenn möglich, die richtigen Koordinaten anzugeben. Schon als fünfjähriges Mädchen, als ihr die blonden Zöpfe noch bis zur Taille reichten, hatte sie voller Bewunderung die Frau hinter der hohen Theke beobachtet, wie sie Buchlaufkarten in die Karteikästen einordnete, und voller Neid zugesehen, wie sie die Ausleihdaten vorn in die Bücher stempelte und jede Buchlaufkarte in die entsprechende längliche Tasche steckte. Inzwischen war sie selbst solch niederer Tätigkeit natürlich längst entwachsen. Die Zeiten, in denen sie Fragen nach dem Verfasser von *Der Wind in den Weiden* beantworten mußte, lagen hinter ihr, sie war jetzt eine von drei Bibliothekarinnen, die im unteren Lesesaal der Bodleian Library Professoren und Studenten bei ihrer Suche nach Literatur behilflich waren, indem sie Ausleihscheine überprüfte, Signaturen erläuterte, weiterführende Bücher empfahl und telefonische Anfragen beantwortete (gestern erst eine von der Universität Uppsala). Ihre Arbeit war wichtig, und das gab ihr ein Gefühl der Befriedigung. Natürlich hatte auch sie in ihrem Leben einige Enttäuschungen verkraften müssen, aber das ging wohl den meisten Menschen so. Sie hatte mit zweiundzwanzig Jahren geheiratet, zwölf Monate später war sie bereits wieder geschieden gewesen. Es waren weder eine andere Frau noch ein anderer Mann im Spiel gewesen – obwohl, was sie anging, sich jede Menge Möglichkeiten geboten hätten. Nein, sie hatte nach ein paar Wochen einfach gemerkt, daß ihr Mann unreif war und vollkommen unfähig, Verantwortung zu übernehmen. Aber der entscheidende Punkt war wohl gewesen, daß er sie schrecklich gelangweilt hatte. Nachdem sie zusammengezogen waren, zusammen wirtschafteten und sie den Überblick über seine Ausgaben bekommen hatte, hatte sie bald gewußt, daß er nicht der richtige Mann für sie war. Seitdem hatte die Befürchtung, ein neuer Bettgefährte könne sich als ebenso dümmlich und aggressiv wie ihr Ex-Mann entpuppen, sie vor einer festen Bindung zurückschrecken lassen. Da sie vollkommen unabhängig war, konnte sie sich ganz den Dingen widmen, die ihr wichtig waren. So war sie ein, wenn auch nicht sehr aktives, Mitglied mehrerer Organisationen, darunter Greenpeace, CND, the Ramblers' Association sowie der Königlichen Gesellschaft zum Schutz der Vögel. Und niemals, dessen war sie sich sicher, würde sie sich einer Heiratsvermittlung bedienen, da sie sich wenig Hoffnungen machte, auf diesem Weg ein interessanteres Exemplar Mann, als es ihr Ex-Gatte gewesen war, kennenzulernen. Wenn sie jemals wieder heiraten würde, dann würde es jemand sein müssen, den sie respektieren konnte: für seine Art, Gespräche zu führen etwa oder für seine Erfahrung oder für seinen Intellekt oder seine Kenntnisse oder sein – nun, was auch immer, solange er sich nicht ausgerechnet auf seine Potenz das meiste zugute hielt. Und was, so fragte sie sich, hatte das alles nun mit *ihm* zu tun? Er sah nicht einmal besonders gut aus. Sein Haar war schon sehr gelichtet, und er schleppte etliche Kilo Übergewicht mit sich herum. Obwohl – wenn sie ehrlich war, mußte sie sich eingestehen, daß sie seit einigen Jahren beinahe so etwas wie Bewunderung empfand für Männer mit ein paar Pfund zuviel. Das lag wahrscheinlich daran, daß sie selbst überhaupt nicht zunahm, auch wenn sie noch soviel fritierten Fisch mit Chips und hinterher Sahnetorte aß.

Sie kam am Balliol- und Trinity-College vorbei, überquerte kurz vor der Buchhandlung Blackwell die Straße und schritt, *sub imperatoribus*, die halbmondförmige Treppe zum kiesbestreuten Hof des Sheldonia-Theaters hinauf. Und die ganze Zeit über ermahnte sie sich, den Mann, der sie gestern abend im John-Radcliffe angesprochen hatte, doch endlich zu vergessen, aber es gelang ihr nicht. Sie wandte sich nach rechts, durchschritt den Torbogen mit dem Schild WIR BITTEN RUHE ZU HALTEN und gelangte so schließlich auf ihr vertrautes Gelände – den Hof des Prüfungsamtes der Universität Oxford.

Als sie vor sechs Jahren angefangen hatte, in der Bodleian Library zu arbeiten, war sie sich während der ersten Wochen noch täglich der Anmut ihrer Umgebung bewußt gewesen. Im Laufe der Jahre jedoch war ihr der Anblick dessen, was auf den Postkarten, die im Proscholium verkauft wurden, das «goldene Herz Oxfords» genannt wurde, so vertraut geworden, daß sie kaum noch hinsah. Gewöhnlich überquerte sie den Hof, ohne den *Tower of the Five Orders* zu ihrer Linken oder die Bronzestatue des dritten Grafen von Pembroke auch nur eines Blickes zu würdigen, bevor sie durch das große Eingangstor im Westflügel die Bibliothek betrat.

Doch heute war alles anders – ganz anders! Deutlich wie schon lange nicht mehr spürte sie plötzlich wieder unter den Sohlen ihrer hochhackigen Lederpumps die scharfen Kanten der Kieselsteine, und mit beinahe überschwenglicher Freude war sie sich unversehens wieder der gemalten Schriftzüge über den vertrauten Türen bewußt, die die verschiedenen Fakultäten bezeichneten. Voller Aufmerksamkeit betrachtete sie die kunstvollen Buchstaben ihrer Lieblingsinschrift: SCHOLA NATURALIS PHILOSOPHIAE. Die vergoldeten Großbuchstaben waren an den Rändern rötlichbraun gegen den tiefblauen Hintergrund abgesetzt. Als sie die Holztreppe zum unteren Lesesaal emporstieg, sann sie mit einem leisen Lächeln darüber nach, woran es wohl lag, daß ihr gerade heute die Schönheit ihrer Umgebung wieder neu aufgegangen war.

Sie hängte ihren Mantel in die Garderobe und wandte sich dann ihren Pflichten zu. Ihre erste Aufgabe morgens war es immer, die am Tage zuvor auf den Tischen liegengebliebenen Bücher wieder in die Regale zurückzuräumen, so daß die bald eintreffenden Bibliotheksbenutzer die von ihnen gesuchten Bücher wieder am richtigen Standort vorfinden würden. Sie mochte diese Arbeit nicht besonders, sie war langweilig und monoton. Während sie von Arbeitstisch zu Arbeitstisch ging und die Bücher einsammelte, rief sie sich noch einmal das kurze Gespräch in Erinnerung, das sie gestern abend im John-Radcliffe geführt hatte. Der Mann in dem Bett gleich rechts neben dem ihres Vaters hatte ihr zuerst höflich zugenickt, bevor er sie angesprochen hatte:

«Sie arbeiten in der Bodleian Library, habe ich gehört?»

«Mhm.»

«Ich hoffe, Sie finden mich nicht allzu unverschämt, aber ich möchte Sie bitten, ob Sie wohl etwas...»

«Ob ich wohl etwas für Sie nachschlagen könnte?»

Morse hatte genickt und ihr gewinnend zugelächelt.

Sie wußte, daß er bei der Polizei arbeitete – so etwas sprach sich immer schnell herum. Er hatte sie einen Augenblick lang direkt angesehen, doch hatte sie weder die Farbe seiner Augen bemerkt noch eine gewisse Strenge, die gewohnheitsmäßig in seinem Blick lag. Ihr war der Ausdruck aufgefallen, den sie als melancholisch und sehr verletzlich empfunden hatte. Doch gleichzeitig hatte sie gespürt, daß der Blick dieser Augen tief in ihr Inneres zu dringen schien *und daß er gemocht hatte, was er sah.*

«Du bist eine dumme Kuh», schalt sie sich. Sie benahm sich ja kaum weniger töricht als ein Schulmädchen, das sich plötzlich in einen seiner Lehrer verliebt hat. Doch Schulmädchen hin, Schulmädchen her – Tatsache war, daß sie jetzt und hier bereit gewesen wäre, für diesen merkwürdigen Mann mit dem spärlichen Haar, dem Bauchansatz und dem gräßlich gestreiften Schlafanzug zu einem Marathonlauf anzutreten – in Holzpantinen, wenn nötig.

Kapitel 13

Oh, füll den Becher: – was frommt die ew'ge Klage
Wie rasch den Sohlen entschlüpfen all die Tage:
Noch ungebornes Morgen, totes Gestern,
Nicht um die gräm dich, die Süße heut *zu kosten*
wage!

Die Sinnsprüche Omars des Zeltmachers

Er war in seinen Angaben ziemlich vage gewesen, und so hatte sie einige Schwierigkeiten gehabt, herauszubekommen, was genau er erfahren wollte, nämlich detaillierte Einzelheiten betreffs sämtlicher Versicherungsgesellschaften, die in der Mitte des letzten Jahrhunderts tätig gewesen waren, und besonders solcher Gesellschaften, die in den Midlands ansässig waren. Sie hatte, immer wieder unterbrochen durch andere Tätigkeiten, ungefähr eine Stunde gebraucht, die entsprechenden Kataloge herauszusuchen, und eine weitere Stunde, die relevante Literatur zu ermitteln. Doch gegen

Mittag hatte sie endlich alle erwünschten Angaben beisammen. So mußte sich ein Gelehrter fühlen, dachte sie, wenn es ihm gelungen war, in dem unendlichen Wissensschatz der Bibliothek das eine, ganz spezifische, für ihn wichtige Körnchen Gold ausfindig zu machen. Sie jedenfalls würde Morse nun genau die Informationen präsentieren können, um die er sie gebeten hatte.

Kurz nach zwölf Uhr ging sie zusammen mit einer Kollegin zum King's Arms, einem Pub direkt an der Ecke der Holywell Street, um dort ihren Lunch einzunehmen, der wie immer aus einem Lachs- und Gurkensandwich sowie einem Glas Weißwein bestand. Doch heute stand sie nach einer halben Stunde auf und erbot sich, neue Getränke zu holen. Ihre Kollegin sah sie überrascht an.

«Du hast doch immer gesagt, wenn du mehr als ein Glas Wein trinken würdest, schliefest du hinterher ein?»

«Habe ich das?»

Die Kollegin nickte. «Aber bring mir ruhig auch ein Glas mit – dann schlafen wir eben beide ein.»

Sie waren miteinander befreundet, und vermutlich hätte Christine ihr früher oder später von ihrem gestrigen Besuch im John-Radcliffe erzählt, wenn sich nicht ein paar Minuten später eine weitere Kollegin zu ihnen an den Tisch gesetzt hätte. Da diese Kollegin gerade einen Umzug hinter sich hatte, waren die drei bald in eine angeregte Unterhaltung über die Probleme des Einrichtens und die unzumutbare Höhe der gegenwärtigen Hypothekenraten vertieft.

Das heißt, genaugenommen beteiligten sich eigentlich nur zwei der Damen an dem Gespräch. Die dritte war stiller und nachdenklicher als sonst, und das blieb auch so, als sie gegen ein Uhr wieder an ihre Arbeit zurückkehrte. Nachdem sie das, was sie herausgefunden hatte, fotokopiert hatte, wartete sie ungeduldig auf den Dienstschluß, um endlich die Ergebnisse ihrer Suche vorführen zu können – oder, na ja, um *ihn* endlich wiederzusehen.

Gegen halb sieben Uhr saß sie zu Hause in ihrer Wohnung in Bletchington, einem Dorf ein paar Meilen außerhalb von Oxford in Richtung Otmoor, und lackierte sich die Fingernägel. Punkt sieben brach sie auf zum John-Radcliffe.

Auch Morse wartete, wenn auch vielleicht aus anderen Gründen, ungeduldig darauf, Christine Greenaway wiederzusehen. Gestern abend, als sie laut überlegt hatte, wie die gewünschten Angaben wohl zu beschaffen seien, hatte er sofort erkannt, daß sie offenbar sehr kompetent war. Darüber hinaus hatte ihm der offene und intelligente Ausdruck ihrer Augen gefallen und die bestimmte, ruhige Art, mit der sie sprach. Kurz vor halb acht Uhr saß er erwartungsvoll in seinem Bett, frisch gewaschen und die Haare sorgfältiger als sonst gekämmt, als er plötzlich einen stechenden Schmerz in der Magengegend verspürte. Zwei, drei Minuten lang krampfte sich alles in ihm zusammen. Fest ballte er die Fäuste, bis ihm der kalte Schweiß auf die Stirn trat, schloß die Augen und betete, ungeachtet seiner jüngsten Wandlung vom Agnostiker zum Atheisten, daß die Qual möglichst bald vorübergehen möge.

Vor drei Jahren hatte er auf einer Veranstaltung der Oxforder Literaturgesellschaft den Ausführungen eines recht misanthropisch wirkenden Malcolm Muggeridge gelauscht, der sich des langen und breiten über die beunruhigende Philosophie der «Gnadenlosen Symmetrie» ausgelassen hatte, welche besagte, daß Soll und Haben im Buch des Lebens unausweichlich und auf ewig ausgeglichen würden, und daß jeder, der versuchte, sich heimlich mehr Genüsse zu verschaffen, als ihm zustanden, früher oder später zur Kasse gebeten wurde, um die offenstehende Rechnung zu begleichen – oft mit happigen Extragebühren. Was für ein Aberwitz es doch sei zu glauben, hatte der weise alte Mann geendet, daß die Hedonisten dieser Welt zu beneiden seien!

Oje.

Warum bloß hatte er nicht auf seinen Whisky verzichten können! Der Tod ist der Sünde Sold, und die vorausgegangene Nacht verlor unweigerlich im Licht des nächsten Morgens an Wert (behaupteten jedenfalls manche). Alle Sterblichen, das wußte Morse, befanden sich auf einem schmalen Pfad, der unerbittlich zum Jüngsten Gericht führte, doch jetzt betete er, daß die letzten Schritte auf diesem Weg in seinem Fall doch bitte noch etwas verzögert werden möchten.

Dann waren die Schmerzen auf einmal genauso plötzlich,

wie sie gekommen waren, wieder vorbei. Dankbar öffnete Morse die Augen.

Die Uhr hinter dem Schreibtisch der diensttuenden Schwester (heute nacht, so wurde voll böser Ahnungen gemunkelt, hatte Nessie Nachtwache) zeigte halb acht Uhr, als die ersten Besucher eintrafen, die meisten mit einer Plastiktragetasche von Sainsbury oder St. Michael in der Hand, in der sie ihre Mitbringsel verstaut hatten. Manche, die einen gerade frisch eingelieferten Patienten besuchten, trugen Blumen in der Hand.

Das Leben ist betrüblicherweise voll unangenehmer Überraschungen, und so erhielt Morse an diesem Abend unerwarteten Besuch, auf den er gern verzichtet hätte. Doch er hatte keine Wahl. Mit einem Strauß schon reichlich welk aussehender Chrysanthemen in der Hand trat eine streng aussehende ältliche Frau an sein Bett und nahm wie selbstverständlich auf dem Stuhl daneben Platz.

«Mrs. Green! Wie nett von Ihnen, mich zu besuchen!»

Morse spürte, wie so etwas wie Panik in ihm hochstieg, ein Gefühl, das sich noch verstärkte, als seine Zugehfrau ihm klarzumachen begann, daß er unmöglich in der Lage sei, sich allein um Dinge wie Handtücher, Zahnpasta, Talkum und ganz besonders natürlich frische Schlafanzüge zu kümmern. Es war also wirklich sehr lobenswert (und wer hätte das bestreiten mögen), daß sie sich der Mühe unterzog, ihn hier aufzusuchen (*drei* Busse, wie sie Morse mehrmals erklärte). Und was dachte der Patient bei alldem? Er wünschte nichts sehnlicher, als daß sie endlich wieder verschwände.

Um fünf nach acht Uhr, nachdem sie mindestens ein halbes dutzendmal angekündigt hatte, daß sie nun aber wirklich gehen müsse, stand sie tatsächlich ächzend auf (die Füße!). Doch bevor sie ging, hielt sie es für ihre Pflicht, ihn noch über die weitere Pflege der Chrysanthemen zu instruieren, und als auch das glücklich vorüber war, mußte Morse noch einen Bericht über den letzten Besuch bei ihrer «Schiropodistin» über sich ergehen lassen. Dann schließlich nickte sie ihm ein letztes Mal zu und schleppte sich auf müden Füßen hinaus. Morse atmete erlöst auf.

Christine Greenaway, die schon eine ganze Weile am Bett

ihres Vaters saß, hatte sich zwischendurch immer wieder zu Morse umgedreht. Zwei-, dreimal hatten sich ihre Blicke getroffen, und sie hatten sich zugelächelt, sie verständnisinnig, er hilflos und in seiner Ohnmacht nicht unähnlich einem gestrandeten Wal.

Gerade als Mrs. Green ging, hatte sich einer der Ärzte rücksichtsloserweise entschlossen, noch einen Blick auf Mr. Greenaway zu werfen, erschien, begleitet von einer Stationsschwester, an dessen Bett und begann, nachdem er den alten Mann oberflächlich untersucht hatte, im Flüsterton eine Unterhaltung mit Christine Greenaway, vermutlich um ihr seine Meinung über den weiteren Krankheitsverlauf mitzuteilen.

Morse brachte diese Abweichung von der normalen Routine schier zur Verzweiflung, er spürte dieselbe Mischung von Ausgeliefertsein und Wut, wie er sie kannte, wenn er in seinem Urlaub morgens im Hotel vergeblich auf das Frühstück wartete.

Und dann kam auch noch Lewis.

Heute abend war Morse, entgegen seiner sonstigen Gewohnheit, alles andere als froh, seinen Sergeant zu sehen, dabei hatte er selbst ihn gebeten, ihm die Post aus der Wohnung zu holen und vorbeizubringen. Mit mühsam geheuchelter Dankbarkeit nahm er einige Briefe und Karten in Empfang: seine Schuhe (das andere Paar) waren jetzt fertig und konnten in der Grove Street abgeholt werden, die Kraftfahrzeugsteuer war in den nächsten drei Wochen fällig, Oxford University Press hatte ihm geschrieben, um ihm mitzuteilen, daß ein lächerlich teures Buch mit dem Titel «Die Übertragung klassischer Manuskripte» für ihn eingetroffen sei, vom Klempner war eine Mahnung gekommen, die Rechnung für die Reparatur des defekten Absperrhahns zu bezahlen, die Wagner-Gesellschaft fragte an, ob er an der Verlosung der Karten für Bayreuth teilnehmen wolle, und Peter Imbert hatte ihn eingeladen, im nächsten Jahr auf einem Wochenend-Symposion in Hendon einen Vortrag zu halten zum Thema «Die Entwicklung der Kriminalität in den Großstädten». Die Post bot eine Art Querschnitt seines täglichen Lebens, dachte er, auch was die Verteilung von Positivem und Negativem anging – eben so halbe-halbe.

Um zwanzig nach acht beugte sich Lewis vor und erkundigte sich, ob er noch irgend etwas für Morse tun könne.

«Ja, Lewis», sagte Morse entschlossen. «Gehen Sie, bitte. Ich möchte nämlich noch fünf Minuten ungestört reden können...» Er deutete mit dem Kopf in Richtung auf das Nachbarbett, wo Christine Greenaway sich leise mit ihrem Vater unterhielt.

«Wenn das alles ist, was ich für Sie tun kann... Sir.» Lewis stand langsam auf.

«Ja, ich habe mich wohl deutlich genug ausgedrückt, oder?»

Lewis holte eine große Traube weißer, kernloser Weintrauben (das Kilo zu fünf Pfund) aus seiner Tragetasche. «Ich dachte... Wir dachten, meine Frau und ich... Also, wir meinten, daß Sie vielleicht Appetit auf etwas Obst hätten...»

Gleich darauf war er gegangen, und Morse wußte, kaum daß er weg war, daß er sich sein rüdes Verhalten lange vorwerfen würde. Aber geschehen ist geschehen: *nescit vox missa reverti.*

Zwei Minuten später ertönte der Gong, der das Ende der Besuchszeit signalisierte, und Christine Greenaway kam herüber an Morses Bett und reichte ihm sechs große Fotokopien.

«Ich hoffe, dies ist, was Sie wollten.»

«Ich bin Ihnen sehr, sehr dankbar. Schade, daß wir heute abend keine Gelegenheit hatten...»

«Aber das verstehe ich doch, wirklich», sagte sie. «Und Sie lassen es mich wissen, wenn ich sonst noch etwas für Sie tun kann?»

«Hören Sie... vielleicht könnten wir...»

«Kommen Sie jetzt, bitte!» Der Ton der Stationsschwester klang, wie sie jetzt mit energischen Schritten die Reihe der Betten entlangging, kaum weniger gebieterisch als die von Nessie, dachte Morse.

«Ich bin Ihnen sehr dankbar», wiederholte er. «Bitte, glauben Sie mir. Und ich bedauere es außerordentlich...»

«Aber ja», sagte Christine sanft.

«Sind Sie morgen auch wieder hier?» fragte Morse.

«Nein, morgen nicht. Wir bekommen Besuch von einer Gruppe von Bibliothekaren aus Kalifornien...»

«Würden Sie jetzt bitte gehen!»

Mrs. Green, Sergeant Lewis, Christine Greenaway – sie alle waren gegangen, und schon hatte man den kleinen Wagen mit der Medizin hereingerollt, und die Schwestern begannen ihre abendliche Runde.

Morse fühlte sich todeinsam.

Es war schon fast halb zehn, als er sich endlich die Fotokopien durchsah, die Christine Greenaway mitgebracht hatte. Es dauerte nicht lange, da hatte seine Lektüre ihn ganz gefangengenommen, und seine Verzagtheit von vorhin war wie weggeblasen.

Kapitel 14

Unter den Lebenden zu sein war ein Privileg an sich, denn unzählige andere – die eigenen Brüder und Schwestern – waren auf der Strecke geblieben, waren gleich bei der Geburt gestorben oder noch im Säuglingsalter oder in der Kindheit.

Roy und Dorothy Porter, *In Gesundheit und Krankheit*

Die fotokopierten Unterlagen, die er in Händen hielt, dachte Morse, würden, seit man vor einigen Jahren dazu übergegangen war, im Geschichtsunterricht der Mittel- und Oberstufe vor allem mit Quellen zu arbeiten, jeden Geschichtslehrer, der mit der viktorianischen Periode befaßt war, in Entzücken versetzen. Selbst er fand ja die Unterlagen außerordentlich faszinierend, dabei war es bei seinem Examen im Fach Geschichte (er hatte mit Auszeichnung bestanden) noch völlig ausreichend gewesen, oberflächliche Kenntnisse über die ersten, im späten 18. Jahrhundert auftauchenden Sämaschinen und andere frühe landwirtschaftliche Maschinen zu besitzen. Besonders berührt hatte Morse das Vorwort zum «Führer durch das Versicherungswesen. Ein Handbuch für das Jahr 1860» (ein Hoch auf Christine Greenaway, sie hatte genau das richtige Jahr erwischt), in dem der ungenannte Verfasser seine Entschlossenheit bekundete, so lange wie möglich seine Pflicht zu tun in diesem, wie er sich ausdrückte, «irdischen Jammertal».

> ...Hieraus erklärt sich mein Rat, daß nämlich unsere Anstrengungen nicht darauf gerichtet sein sollten, das biblische Lebensmaß – jene berühmten drei mal zwanzig plus zehn Jahre – übertreffen zu wollen, sondern zu versuchen, ihm möglichst nahezukommen. Denn nur, wenn man seine Gesundheit ständig im Auge behält und Anstrengungen unternimmt, sie zu erhalten, wird das Erreichen dieses Lebensalters als Möglichkeit erscheinen und mit etwas Glück und vernünftigem Verhalten (und natürlich Gottes Hilfe) auch erreicht werden.

Morse fand es interessant, den lieben Gott in Klammern gesetzt zu sehen, und dachte, daß er den Verfasser des Vorworts gerne kennengelernt hätte. Doch als derselbe Autor nur ein paar Zeilen darauf die Behauptung aufstellte, daß die Sterblichkeit zwischen 1720 und 1820 um zwei Fünftel zurückgegangen sei, sah er sich doch genötigt, sein erstes positives Urteil wieder zu revidieren. Er fragte sich, was um alles in der Welt den Mann bewogen haben mochte, eine so völlig unwissenschaftliche – und überhaupt ganz unsinnige Angabe – zu machen. Im Moment allerdings wurde ihm, als er begann, das Kleingedruckte zu lesen, deutlich, daß die Lebensdauer der Menschen in jenen Jahren begonnen hatte zuzunehmen und daß die Versicherungsgesellschaften gegen Mitte des 18. Jahrhunderts auf das Phänomen reagierten, indem sie die Gebühren und Prämien attraktiver machten, und das, obwohl ungeachtet dieses positiven Trends Mitte des Jahrhunderts die Statistik der Todesfälle insgesamt doch noch recht düster aussah. Wie zum Beispiel die für das Jahr 1853. Der Versicherungsführer meldete für dieses Jahr eine halbe Million Tote. 55000 waren an Schwindsucht gestorben, 25000 an Lungenentzündung, 24500 an Krämpfen, 23000 an Bronchitis, 20000 starben eines vorzeitigen Todes und infolge von Debilität, 19000 verschieden an Typhus, 16000 an Scharlach, 15000 an Durchfall, 14000 an Herzkrankheiten, 12000 an Keuchhusten, 11000 an Wassersucht, 9000 an Schlaganfall, 8500 an Lähmungen, 6000 an Asthma, 5750 an Krebs, 4000 an Abszessen des Kiefers und der Zähne, 3750 an Masern, 3500 an Krupp, 3250 an Pocken. 3000 Mütter waren im Kindbett gestorben und so weiter, und so weiter, bis hin zu den zahlenmäßig geringen Todesfällen, die zurückgingen auf Krankheiten des Gehirns, der Nieren oder der Leber und anderer innerer Organe bis hin zu den Todesfällen infolge Altersschwäche. Während er die Anzahl der Todesfälle rasch im Kopf addierte, fiel Morse auf, daß es für ungefähr zwei Drittel der 500000 Todesfälle keinerlei Angaben gab, so daß anzunehmen war, daß selbst mit ein paar zusätzlichen Klassifizierungen der Todesursachen (wie zum Beispiel «Mord») bei einer großen Zahl von Sterbefällen in jenen Jahren offenbar auf die Angabe der Todesursache verzichtet worden war, ungeachtet der Tatsache, daß sie in der nationalen Statistik durchaus auftauchten. Vielleicht waren viele der Toten einfach nicht wichtig genug gewesen, als daß man es für nötig befunden hätte, die Ursache ihres Todes auf dem Totenschein zu vermerken. Vielleicht aber waren auch die Kenntnisse vieler Ärzte, Hebammen, Schwestern und Armenpfleger, oder wer immer solche Bescheinigungen ausstellte, oft einfach nicht ausreichend, oder aber es war ihnen schlechterdings egal.

Morse ließ sich in die Kissen zurücksinken, um über die unglücklichen Umstände nachzudenken, die zu Joanna Franks vorzeitigem Tod geführt hatten. In ihrem Fall war weder Schwindsucht noch Lungenentzündung die Ursache gewesen, sondern... Plötzlich nickte er ein und fiel in einen tiefen Schlaf, so daß er es nicht einmal bemerkte, als ihm die Nachtschwester gegen zehn Uhr seine Malzmilch und einen Teller mit Verdauungskeksen auf den Nachttisch stellte. Gegen Viertel vor elf wachte er plötzlich wieder auf, durstig, aber mit klarem Kopf. Auf der Station brannte nur gedämpftes Licht, die übrigen Patienten schienen alle fest zu schlafen, bis auf den Neuzugang von heute nachmittag. Ärzte und Schwestern waren auch jetzt wieder mit ernster Miene um ihn bemüht, während er selbst regungslos dalag und stumm an die Decke starrte. Vielleicht meditierte er über seinen bevorstehenden Tod, dachte Morse.

Nessie war nirgendwo in Sicht, ihr Schreibtisch war verwaist. Morse fiel auf einmal ein, daß er geträumt hatte. Es war ein unangenehmer Traum. Er war wieder Gymnasiast gewesen, sie hatten Kricket gespielt; als er an der Reihe gewesen war, den Ball zu schlagen, hatte er plötzlich seine Schuhe nicht finden können, und als er sie dann endlich hatte, ließen sie sich nicht zuschnüren, und er war kurz davor gewesen, in Tränen auszubrechen... Da war er aufgewacht. Ob Mrs. Green mit ihrer «Schiropodistin» etwas mit dem Traum zu tun hatte, oder vielleicht die Benachrichtigung des Schusters, der ihm mitteilte, er könne seine Schuhe nun abholen? Oder keines von beiden, sondern vielmehr eine junge Frau, die in einer Nacht des Jahres 1859 in Angst und Verzweiflung ausgerufen hatte: «Was habt ihr mit meinen Schuhen gemacht?»

Er spähte in Richtung Tür: Nessie saß noch immer nicht hinter ihrem Schreibtisch.

Es würde doch das Wohlbefinden seiner Mitpatienten wohl kaum beeinträchtigen, wenn er seine Nachttischlampe anmachte, oder?

Es war gewiß unwahrscheinlich, daß er das Wohlbefinden der Schwester gefährdete, wenn er seine Schwenklampe anmachte. Zumal wenn ihr Strahl nur einen kleinen Lichtfleck auf sein Kissen warf. Nein! Es würde niemanden stören, wenn er ein Buch las. Und der kranke Mann hatte *seine* Lampe schließlich die ganze Zeit angehabt.

Er drückte den Knopfschalter und machte seine Lampe an, ohne daß sich jemand rührte; und immer noch keine Spur von Nessie. Teil Drei von *Mord am Oxford-Kanal* wartete auf ihn; doch Morse zögerte, das Buch zu rasch zu Ende zu lesen. Er erinnerte sich, wie er, als er vor kurzem *Bleakhouse* gelesen hatte (für ihn immer noch der größte englische Roman), die Lektüre bewußt verzögert hatte, als die Seitenzahl immer mehr abnahm. Niemals hatte er sich so gewünscht, die Geschichte möge weitergehen! Das Werk des Colonels war zwar nicht von der Art, sie an Poesie zu übertreffen, und doch wollte Morse die Lektüre in die Länge ziehen – sagte er sich jedenfalls. Was ihm die nicht unangenehme Möglichkeit offenließ, noch ein paar Kapitel von *Das blaue Billett* zu lesen – wo Mr. Greenaway jetzt fest schlief. Das Verbrechen im Shropshire des 19. Jahrhunderts war bereits zu einem der vielen aussichtslosen Fälle geworden.

Morse hatte sich rasch in die Heldentaten einer Blondine vertieft, die auf ihren schwarzen Strümpfen gern nach Norden zeigende Pfeile mit der Aufschrift «Zum Schlüpfer hier entlang» – das heißt, wenn sie zu diesem Zweck überhaupt Strümpfe und Schlüpfer trug. Und so kam es, daß Morse inmitten zur Schau gestellter Leiber, betatschter Busen und aufgenestelter Knöpfe eine kurze Zeit angenehm erotischen Vergnügens verbrachte. Tatsächlich war er so vertieft, daß er ihr Näherkommen nicht bemerkte.

«Was treiben Sie da?»

«Ich wollte nur...»

«Die Lichter haben um zehn Uhr aus zu sein. Sie stören doch Ihre Mitpatienten.»

«Aber die schlafen doch alle.»

«Nicht mehr lange – so wie Sie sich verhalten!»

«Ich bitte um Entschuldigung.»

«Was lesen Sie denn da?»

Bevor er es verhindern konnte, hatte Nessie sich das Buch geschnappt, und er konnte nur hilflos zusehen, wie sie die erste Seite aufschlug und zu lesen begann. Sie gab ihm das Buch ohne Kommentar zurück, und Morse meinte sogar, in ihren strengen Augen ein amüsiertes Funkeln gesehen zu haben.

«Sie sollten jetzt versuchen zu schlafen», sagte sie – nicht einmal unfreundlich. Ihre präzise Stimme paßte perfekt zu ihrer gestärkten Tracht, und Morse verstaute das unglückselige Buch gehorsam in seinem Nachttisch. «Und denken Sie daran, hier oben steht noch ein Obstsaft!» Sie schob das halbvolle Glas ein wenig beiseite, löschte dann die Nachttischlampe und ging. Morse ließ sich genüßlich von der Wärme und Geborgenheit seines Bettes umfangen, ähnlich Tennysons Lilie, wie sie langsam auf den Grund des Sees gleitet...

Diese Nacht träumte er in Farbe (er war bereit, das zu beschwören!), obwohl er wußte, daß die Wissenschaft die Existenz farbiger Traumbilder glattweg bestritt. Er aber bestand darauf, daß er eine braunhäutige, spärlich bekleidete Schönheit gesehen hatte, die schwarze, mit Pfeilen verzierte Nylons getragen hatte, und er konnte sich sogar noch an ihre lavendelfarbige Unterwäsche erinnern. Es war der perfekte Traum gewesen. Oder doch fast perfekt. Denn irgend etwas in Morse verlangte beharrlich einen *realen* Namen und einen *realen* Ort und eine *reale* Zeit, ehe er sich – wenn auch nur in der Phantasie – der wollüstigen Schönen bemächtigen konnte. Und so verwandelte sich die kurvenreiche Sirene in Morses nun doch schon etwas verwirrtem Geist in Joanna Franks, wie sie in einer lauen Juninacht des Jahres 1859 mit aufreizendem Hüftschwung in Richtung Duke's Cut geschritten war.

Als er am nächsten Morgen aufwachte (oder, genauer gesagt, geweckt wurde), fühlte er sich wunderbar frisch und beschloß, nicht noch ein drittes Mal das Risiko einzugehen, beim Lesen des *Blauen Billetts* erwischt zu werden. Nachdem er gefrühstückt und die übliche Prozedur des Fiebermessens, Waschens und der Tabletteneinnahme geduldig über sich hatte ergehen lassen, griff er nach dem Buch des Obersten, um endlich zu erfahren, was der jungen Frau, die seine nächtliche Traumwelt beherrscht hatte, nun eigentlich zugestoßen war.

Kapitel 15

TEIL DREI – EIN SICH HINZIEHENDER PROZESS

Die Leiche von Joanna Franks wurde am 21. Juni gegen halb sechs Uhr morgens im Duke's Cut gefunden. Philip Tomes, ein Bootsführer, gab an, daß er, während er kanalabwärts in Richtung Oxford unterwegs gewesen sei, im Wasser etwas habe treiben sehen, das er zunächst für ein Frauenkleid gehalten habe, denn im dunklen Wasser sei es schwierig gewesen, etwas Genaues zu erkennen. Beim Näherkommen jedoch habe er dann festgestellt, daß es sich um die Leiche einer Frau handelte. Sie befand sich auf der dem Treidelpfad gegenüberliegenden Seite des Kanals und trieb parallel zur Böschung, den Kopf nach Norden, die Füße südwärts gerichtet und völlig regungslos. Sie habe mit dem Gesicht, das schwarz verfärbt schien nach unten gelegen, und trug weder Hut noch Schuhe. Tomes ließ stoppen und zog die Leiche mittels eines Bootshakens behutsam in Richtung Treidelpfad. Am Ufer angekommen, hob er sie, unterstützt von einem Fischer aus Kidlington, einem Mann namens John Ward, der zufällig schon so früh des Morgens unterwegs war, an Land. Der Umsicht von Ward ist es übrigens zu verdanken, daß die Leiche unverzüglich ins nahegelegene Wirtshaus Plough Inn in Wolvercote gebracht wurde.

Die verschiedenen Zeugenaussagen (ungeachtet der Tatsache, daß dazu natürlich auch die Angaben der Angeklagten zählen) erlauben den Schluß, daß Oldfield und Musson (und laut einer Aussage auch Towns) an ungefähr der Stelle, wo Joanna den Tod fand, von Bord der *Barbara Bray* gegangen waren. Mehrere Zeugen hatten gesehen, wie sie etwas unterhalb von Duke's Cut zusammen auf dem Treidelpfad gestanden hatten. Zur mutmaßlichen Todesstunde von Joanna, also gegen vier Uhr früh, sei – so die Aussage der Schiffer – ein Mann den Treidelpfad heraufgekommen. Sie hätten ihn angehalten und ihn gefragt, ob ihm unterwegs eine Frau begegnet sei. Der Mann habe verneint und sei gleich weitergegangen, obwohl sie versucht hätten, noch mehr aus ihm herauszubekommen.

(Es ist wohl ziemlich klar, daß die Aussage dieses Mannes die alles entscheidende Bestätigung für die Angaben der Angeklagten hätte sein können. Er war jedoch später nicht mehr aufzufinden, obwohl alle Anstrengungen dazu unternommen wurden. Tatsächlich war ein Mann, auf den die Beschreibung der drei Schiffer ungefähr zutraf, ein gewisser Donald Favant, am 20. oder 21. Juni im Nag's Head in Oxford abgestiegen, doch verschwand er, ohne eine Spur zu hinterlassen. So bleibt bis heute der Verdacht, daß die ganze Geschichte nichts war als ein letzter verzweifelter Versuch der Schiffer, sich zu entlasten.)

Jonas Bamsey, Kaimeister bei der Oxforder Kanalbehörde und zuständig für den Kai und die Lagerräume in Hayfield, gab vor Gericht an, daß die *Barbara Bray* einen Teil ihrer Ladung dort gelöscht habe, Oldfield jedoch keine Meldung erstattet habe, daß ihm ein Passagier abhanden gekommen sei, wie es ganz eindeutig seine Pflicht gewesen wäre. Die Schiffer hatten jedoch, wenn man den an diesem Punkt sehr spärlichen und auch etwas verworrenen Aussagen Glauben schenken darf, mit ein paar alten Bekannten in der Upper Fisher Row über Joanna Franks' Verschwinden gesprochen. Sie hatten erzählt, daß sie eine verrückte Frau an Bord gehabt hätten, die vermutlich Selbstmord begangen habe, und daß sie sie zuvor bereits einmal gerettet hätten, als sie versucht habe, sich kurz nach Preston Brook von Bord zu stürzen und zu ertränken.

An demselben verhängnisvollen Tag, etliche Stunden später, als die *Barbara Bray* die Schleusen bei Iffley zwei Meilen südlich von Folly Bridge passierte, sprach Oldfield den dortigen Wärter, einen gewissen Albert Lee, an und berichtete ihm und seiner Frau (die zufällig ebenfalls Joanna hieß), daß ihm ein weiblicher Passagier ertrunken sei. Die Frau sei geistesgestört gewesen und hätte ihm und seiner Mannschaft schon gleich nach ihrer Ankunft an Bord Probleme gemacht. Oldfield war zu diesem Zeitpunkt ganz offensichtlich noch sehr betrunken. Als das Ehepaar Lee in ihn drang, Genaueres zu erzählen, hatte Oldfield nur immer wieder geäußert, daß es eine «schlimme Geschichte» gewesen sei. Die Frau sei «völlig übergeschnappt» gewesen. Sie hätten sie zuletzt bei der Gibraltar-Schleuse gesehen. Von Lees Vorschlag, nach Oxford zurückzufahren, um den dortigen Behörden Meldung zu machen, wollte Oldfield jedoch absolut nichts wissen, und dies machte den Schleusenwärter mißtrauisch. Nachdem die *Barbara Bray* ihre Fahrt wiederaufgenommen hatte, machte er sich deshalb auf den Weg nach Oxford und wurde dort in dem Büro von Pickford vorstellig. Die Leute bei Pickford wiederum verständigten die Polizei.

Als das Boot dann in Reading eintraf (aus irgendeinem Grund mit fast zweistündiger Verspätung), wartete dort schon Constable Harrison mit ein paar Männern, um Kapitän und Mannschaft in Gewahrsam zu nehmen. Er sagte aus, daß alle, einschließlich des Jungen, noch immer sehr betrunken gewesen seien und wüste Beschimpfungen ausgestoßen hätten, als er ihnen die Handschellen anlegte, um sie nach Reading ins Gefängnis zu schaffen. Einer der Männer sei sogar schändlich genug gewesen, selbst noch die Tote zu beleidigen. Er habe deutlich gehört, wie er gemurmelt habe: «Zur Hölle mit dem verdammten Weib!»

Hannah MacNeill, Serviererin im Plough Inn, gab zu Protokoll, daß sie, als die Tote aus dem Wasser hereingebracht worden sei, von ihrem Wirt den Auftrag erhalten habe, sie auszukleiden. Es sei ihr aufgefallen, daß der linke Ärmel von Joannas Kleid oben aus der Schulter halb herausgerissen gewesen sei, auch die Manschette sei eingerissen gewesen. Tomes und Ward wiederum versicherten, daß sie die Leiche, als sie sie aus dem Wasser zogen, so vorsichtig behandelt hätten, daß die Risse in Joannas Kleid nicht durch sie verursacht worden sein könnten.

Eine gewisse Katharine Maddison sagte aus, daß sie Hannah MacNeill beim Entkleiden der Leiche behilflich gewesen sei. Sie hatte bemerkt, daß Joannas Kattun-Schlüpfer vorne eingerissen gewesen war. Der Schlüpfer wurde im Gerichtssaal als ein Beweisstück herumgezeigt, und viele waren später der Meinung, daß dies die allgemeine Abscheu vor den rohen Schiffern auf der *Barbara Bray* noch entschieden verstärkt habe.

Mr. Samuels, ein Arzt aus Oxford, der die Obduktion vorgenommen hatte, bezeugte, daß die Leiche am linken Arm unterhalb des Ellenbogens Quetschungen aufgewiesen habe und daß er Anzeichen für subkutane Quetschungen unter beiden Wangenknochen gefunden habe. Das Gesicht der Toten habe «Verfärbungen und Schwellungen» gezeigt. Mr. Samuels mochte auf Befragen nicht ausschließen, daß diese Verletzungen im Gesicht der Toten durch Hindernisse im Wasser oder aber später beim Herausholen zugefügt worden seien. Doch sowohl dem Richter wie auch den Geschworenen erschien diese Erklärung angesichts der Umstände als abwegig.

Dann wurde der junge Wootton aufgerufen und gab seine Schilderung der Ereignisse. In einem Punkt war er nicht zu erschüttern, daß nämlich Towns in der fraglichen Nacht «halb hinüber» gewesen sei und zu der Zeit, als der Mord geschah, tief und fest geschlafen habe, er selbst (Wootton) habe ihn «laut schnarchen» hören. Wir werden nie wissen, ob Wootton diese Aussage freiwillig gemacht hat oder nicht doch vielleicht von Towns durch irgendwelche Druckmittel dazu gezwungen wurde. Im Licht späterer Aussagen scheint es jedoch, als könne man dem Wort Woottons durchaus Glauben schenken.

Joseph Jarnell, ein Mithäftling, dessen Aussage wesentlich dazu beitrug, daß der Prozeß später neu eröffnet wurde, berichtete der Jury von belastenden Geständnissen Oldfields während der Zeit, als sie die Zelle miteinander teilten. Beim näheren Hinsehen waren diese «Geständnisse» Oldfields allerdings nichts anderes als der ziemlich plumpe Versuch, die Last der Schuld an dem, was geschehen war, auf Musson und Towns abzuwälzen. Trotz seiner ernsthaften Rede und obwohl das, was er vorbrachte, in sich logisch war, machte Jarnells Aussage auf die Jury kaum einen Eindruck. Jedenfalls überzeugte er sie nicht, wenn auch das, was er sagte, durchaus ihr Interesse fand. Eine der aufsehenerregendsten Behauptungen in Oldfields «Geständnissen» war, Joanna Franks zur Besitzerin von fünfzig Gold-Sovereigns zu machen, die sie angeblich in einer ihrer beiden Reisekisten mitgeführt hätte. Towns habe, so Oldfield, diese Tatsache entdeckt und sei von Joanna dabei überrascht worden, als er ihr Gepäck nach dem Geld durchstöberte. Sie habe gedroht, Towns im nächsten Büro von Pickford zu melden, wenn er es nicht sofort wieder zurückgebe und sich bei ihr entschuldige. (Niemanden im Gerichtssaal vermochte diese Geschichte zu überzeugen, und auch ich neige dazu, sie als reine Erfindung Oldfields zu betrachten.)

Das Messer, das der Wirt des Crown and Castle bei Joanna gesehen hatte, wurde später in einer ihrer Kisten gefunden. Der Strick, mit dem die Kiste verschnürt werden mußte, war zerschnitten, die Kiste offen. Man nahm an, daß die Männer sie irgendwann nach dem Mord geöffnet und das Messer wieder an seinen Platz gelegt hatten. Es kann als durchaus wahrscheinlich gelten, daß Oldfield und die Mannschaft vorhatten, einen Teil von Joannas Habe in ihren Besitz zu bringen. Die Anklage im ersten Prozeß erstreckte sich ja auch, wie wir wissen, auf Diebstahl. Es scheint jedoch, daß sich die Staatsanwaltschaft im zweiten Prozeß ihrer Sache so sicher war, daß sie auf eine Anklage des geringfügigeren Delikts (das ohnehin nur schwer zu beweisen gewesen wäre) verzichtete, jedenfalls taucht dieser Punkt in der Anklageschrift nicht auf. Auch im ersten Prozeß war man ja ähnlich selektiv verfahren, nur daß damals die Anklage wegen Vergewaltigung im Mittelpunkt gestanden hatte. Es sei hier noch angemerkt, daß befremdlicherweise die Anklage wegen Vergewaltigung und Diebstahl (sowie wegen Mordes) sich in jenem ersten Prozeß gegen jedes einzelne Mitglied der Mannschaft gerichtet hatte – einschließlich des jungen Wootton.

Von allen Zeugen, die bei jenem denkwürdigen Prozeß im April 1860 vor Gericht erschienen, weckte ganz sicher Charles Franks die größte Aufmerksamkeit und Anteilnahme. Kaum hatte er den Zeugenstand betreten, brach der arme Mann in Tränen aus, und es schien, als sei er kaum in der Lage, den Blick zu heben und die Angeklagten anzusehen. Es war deutlich, daß er Joanna sehr geliebt haben mußte. Während er dem Gericht erklärte, daß er, als er von Joannas Tod erfahren habe, unverzüglich nach Oxfordshire aufgebrochen sei, drehte er den Angeklagten demonstrativ den Rücken zu. Er hatte Joannas Leiche bei dem gerichtlichen Voruntersuchungstermin gesehen, und obwohl ihr Gesicht sehr entstellt war (an dieser Stelle seiner Zeugenaussage drohte der Bedauernswerte von seinen Gefühlen überwältigt zu werden), konnte er sie doch anhand einer kleinen Narbe hinter dem linken Ohr, die nur ihren Eltern oder aber einem ihr sehr vertrauten Geliebten bekannt sein konnte, identifizieren. Seine Identifizierung erfuhr eine zusätzliche Bestätigung (obwohl eine solche kaum notwendig scheint), als man später in der vorderen Kabine der *Barbara Bray* ein Paar Schuhe fand, das der Toten genau paßten.

Nachdem die Zeugenvernehmungen abgeschlossen waren und der Richter, Mr. Augustus Benham, den Sachverhalt noch einmal umständlich dargelegt hatte, baten die Geschworenen durch ihren Vorsitzenden um die Erlaubnis, sich zur Urteilsberatung zurückziehen zu dürfen.

Kapitel 16

In einem Hotel in Brighton mit Blick auf die See nahm er ein üppiges Frühstück, bestehend aus Schinken, Eiern, Toast und Orangenmarmelade zu sich, machte einen kleinen Rundgang durch die Stadt, kehrte dann zum Bahnhof zurück und bestieg den Zug nach Worthing.

Gerichtsprotokoll einer Zeugenaussage im Prozeß gegen Neville George Clevely Heath *über den Morgen nach dem Mord an* Margery Gardner

---

Vielleicht lag's an dem Traum.

Wie auch immer, Morse wußte, daß irgend etwas eine andere, unvoreingenommenere Einschätzung des Berichts in ihm bewirkt hatte. Auf einmal begann er, bestimmte Möglichkeiten in Betracht zu ziehen, die sich eigentlich schon die ganze Zeit angeboten hätten.

Seine erste Überlegung betraf den Charakter von Joanna Franks selbst. Wie erklärte es sich, daß – mochte ihr Tod nun auf zufällige Umstände oder einen Vorsatz zurückgehen – die Besatzung der *Barbara Bray* wieder und wieder darauf bestanden hatte, die Frau sei für sie alle, seit sie bei Preston Brook an Bord gekommen sei, nichts als eine Last und Plage gewesen. Wie kam es ferner, daß sie sie noch immer verfluchten und zur Hölle wünschten, selbst nachdem sie sie in den Kanal gestoßen und – wenn man der Mordanklage Glauben schenken durfte – ihren Kopf unter Wasser gedrückt hatten, bis sie sich unter ihren mörderischen Händen nicht mehr regte. Gab es hierfür irgendeine Erklärung? Nun gut, es gab immer noch Teil vier, den er noch nicht kannte, aber bis jetzt lautete die Antwort auf seine Frage eindeutig «nein».

Oder doch nicht? Vielleicht gab es ja eine Erklärung, die auch nur anzudeuten der gute Oberst allerdings, sei es aus Prüderie oder auch nur aus Mangel an Phantasie, unterlassen hatte, daß nämlich Joanna Franks ganz einfach eine Frau gewesen war, die Spaß daran gehabt hatte, Männer zu reizen. Eine Frau, die während der etliche Tage dauernden Reise die Männer durch ihr provozierendes Verhalten mehr und mehr verrückt gemacht und die Eifersucht unter ihnen geschürt hatte.

Ach, Morse, hör auf, alles Hirngespinste!

Ja, hör auf! Es gab nicht den kleinsten Beweis, der eine solche Annahme erhärtet hätte, nicht einen! Doch trotzdem wurde er den Gedanken nicht los. Eine attraktive Frau... Langeweile... Alkohol... ein Tunnel... noch mehr Langeweile... noch mehr Alkohol... wieder ein Tunnel... Dunkelheit... Begierde... Gelegenheit... immer noch mehr Alkohol... und die sich regenden Gelüste zwischen den Lenden... Selbst der Oberst hätte das wohl zugeben können. Aber was wäre, wenn Joanna aktiv an diesem Szenario mitgewirkt hätte? Was, wenn sie genau wie die Männer eine unstillbare Begierde verspürt hätte? Was (um es ganz einfach zu sagen), *wenn sie genauso scharf auf Sex gewesen war wie die Männer*, wenn sie eine Vorläuferin jener Sue Bridehead aus *Jude the Obscure** gewesen wäre, jener Frauengestalt im Roman von Thomas Hardy, die nicht nur den alten Phillotson, sondern auch Jude an seine Grenzen getrieben hatte.

Männerphantasien! hörte Morse eine Stimme sagen. Typische Männerphantasien!

Doch es gab außer Joannas Charakter noch einen weiteren Aspekt, der Morse vom Standpunkt formaler Gerechtigkeit aus wesentlich zwingender und unstrittiger erschien. Die Stimmung im Gerichtssaal war offenbar von Anfang an gegen die Männer der *Barbara Bray* gewesen; die jedem Angeklagten von Rechts wegen zustehende Unschuldsannahme ganz eindeutig ersetzt durch die Überzeugung von ihrer Schuld. Und selbst bei dem allem Anschein nach doch so sehr um Vorurteilslosigkeit bemühten Oberst hatte das Urteil festgestanden, das merkte man an kleinen Nebenbemerkungen, zum Beispiel wie er betonte, daß Oldfield bei seinem Gespräch mit dem Ehepaar Lee «ganz offensichtlich noch sehr betrunken» gewesen sei. Neigten Kriminelle eigentlich in der Regel nach der Tat dazu, sich noch mehr zu betrinken? Versuchten sie nicht doch eher, wieder nüchtern zu werden? Eine möglicherweise nicht unwichtige Überlegung...

* Rowohlt Jahrhundert, Band 76

Und da war noch ein dritter Punkt, der Morse aufgefallen war: die Tatsache, daß die Anklagen wegen Diebstahls und Vergewaltigung so einfach fallengelassen worden waren. War der Grund wirklich, wie der Oberst vermutet hatte, daß die Staatsanwaltschaft, im Vertrauen darauf, daß sie genug Beweise hatte, «Rory» Oldfield und seine Männer des Mordes zu überführen, darauf verzichtet hatte, die weniger schweren Delikte in die Anklageschrift aufzunehmen? Oder lag es nicht vielleicht eher daran, daß sie genau wußte, daß sie diese beiden Tatbestände nicht würde beweisen können? Doch wohl eher das letztere, dachte Morse. Mehrfache Vergewaltigung zu beweisen (denn *alle* Männer waren ja dieser Tat angeklagt gewesen) schien angesichts der Tatsache, daß das Opfer tot war und nicht mehr aussagen konnte, ziemlich aussichtslos. Blieb also nur der Diebstahl. Eine unumgängliche Voraussetzung für dieses Delikt war aber unzweifelhaft, daß es etwas zu stehlen gegeben hatte. Was aber konnte das gewesen sein? Nach allem, was man über Joanna wußte, war sie doch so gut wie mittellos gewesen. Das Geld für die Bootspassage war ihr von ihrem Ehemann aus London geschickt worden, und als ihr während der Fahrt, spätestens hinter Banbury, klargeworden sein mußte, in welcher düsteren Gesellschaft sie sich befand, hatte sie alle möglichen Gelegenheiten, auf anderem Weg nach London zu gelangen, verstreichen lassen. Die einzig plausible Erklärung hierfür schien Geldmangel zu sein. Oder? Aber was, wenn nicht Geld, konnte Joanna in ihren beiden Kisten mitgeführt haben, das sich zu stehlen lohnte?

Plötzlich fielen Morse wieder ihre Schuhe ein. Hatte sie sie absichtlich zurückgelassen? Hatte sie es genossen, während sie den Treidelpfad entlangschritt, die bloße Erde unter ihren Füßen zu spüren?

Was für eine Vielzahl von Merkwürdigkeiten es doch bei diesem Fall gab! Und je mehr er über alles nachdachte, um so mehr Fragen tauchten auf. Morse hatte eine Menge Erfahrung in Fällen wie diesem, wo die Auskünfte des Pathologen und der Spurensicherung entscheidend für den Ausgang gewesen waren. Was nun aber die Schlußfolgerung des Doktor Samuels aus Oxford anlangte, so war er eher skeptisch. Für Morse (obwohl er keinerlei medizinische Ausbildung besaß und überhaupt naturwissenschaftlich eher ungebildet war) deutete der Zustand von Joannas Kleid und die beschriebenen Quetschungen ziemlich eindeutig darauf hin, daß sie von hinten festgehalten worden war und daß der Angreifer/die Angreiferin mit seiner/ihrer Linken ziemlich brutal Joannas linke Hand gefaßt gehalten und ihr seine/ihre Rechte fest auf den Mund gedrückt hatte, wo dann Daumen und Zeigefinger genau die Abdrücke hinterlassen hatten, die sich im Obduktionsbericht von Samuels beschrieben fanden.

Und was war mit diesem Burschen Jarnell? Die Staatsanwaltschaft war doch offenbar anfangs sehr beeindruckt von dem, was er bereit gewesen war auszusagen. Warum sonst hätte sie auf das bloße Wort eines Sträflings hin darum gebeten, den Prozeß um sechs Monate aufzuschieben? Auch der Oberst hatte in seinem Bericht eine überaus wohlwollende Haltung gegenüber Jarnell eingenommen. Wie aber kam es dann, daß, als der Mann wie verabredet im zweiten Prozeß aussagte, ihm niemand so recht zuhörte? Hatte es in der Zwischenzeit irgendwelche Erkenntnisse gegeben, die das Gericht veranlaßten, die «Geständnisse», die Oldfield ihm angeblich während ihrer gemeinsamen Zeit in der Zelle gemacht hatte, mit Vorbehalt aufzunehmen beziehungsweise sie als ganz und gar unwahr abzutun? Merkwürdig, denn eines immerhin mußte man Oldfield zugestehen: er war die ganze Zeit über seiner anfänglichen Verteidigungsstrategie treu geblieben. Mindestens dreimal nach Joannas Tod hatte man ihn sagen hören, daß sie «verrückt», «geistesgestört», «nicht zurechnungsfähig» gewesen sei... Eine Einschätzung, die ja durchaus gestützt worden zu sein schien durch die übereinstimmenden Aussagen der übrigen Mannschaft, daß sie nämlich Joanna mit vereinten Kräften von einem Selbstmordversuch hätten abhalten müssen. Der einzig wirklich interessante Punkt, den Jarnell enthüllt hatte, war gewesen, daß Oldfield ihm gegenüber nicht nur seine Unschuld beteuert, sondern gleichzeitig seine Mannschaft des Mordes bezichtigt hatte. Kein besonders rühmliches Verhalten, wenn er selber schuldig war. Und wenn nicht? Wo sonst hätte er dann den oder die Schuldigen suchen sollen? Damals beim zweiten Prozeß schien es niemanden gegeben zu haben, der Jarnells beziehungsweise Oldfields Worte einer Prüfung für würdig befunden hätte. Aber wenn nun alles wahr gewesen wäre?

Unvermittelt durchzuckte Morse eine Idee. Im Moment ließ sie sich nicht verwerten, aber er würde sie in seinem Gedächtnis speichern, für späteren Gebrauch. Und dann überfiel ihn plötzlich eine Art Erleichterung, als er daran dachte, daß das Ganze ja nur ein Spiel war, nichts weiter als der Versuch, sich ein paar Krankheitstage möglichst angenehm und abwechslungsreich zu gestalten, indem er an einem kleinen intellektuellen Problem herumknobelte. Ganz so, als beschäftigte er sich mit einem komplizierten Kreuzworträtsel im *Listener*. Das heißt, eben nicht so ganz. Irgendwie war es ja doch beklemmend, festzustellen, wie damals eine Stimmung der Vorverurteilung gegenüber den Männern von der *Barbara Bray* geherrscht hatte.

Der bohrende Zweifel blieb. Wenn sie nun doch unschuldig gewesen wären…?

Kapitel 17

> *Die Kriminalschriftsteller als Gattung sind auf Originalität und Komplikationen aus, sie neigen dazu, das Offensichtliche geringzuachten und den Angeklagten freisprechen zu lassen. Sie ruhen denn auch nicht eher, als bis sie über das Erwartete und Bekannte hinausgegangen sind und eine neue und überraschende Lösung des Problems präsentieren können.*
>
> Dorothy L. Sayers, *Der Mord an Julia Wallace*

Die Überlegung, daß die Besatzung der *Barbara Bray* möglicherweise am Tod von Joanna Franks unschuldig sein könnte, erwies sich am nächsten Morgen als eine jener Ideen, die sich im hellen Licht der Vernunft schnell wieder verflüchtigen. Denn wenn nicht die Schiffer die Schuldigen waren, wer dann? Trotzdem war Morse überzeugt, daß, wenn der Fall ein Jahrhundert später zur Verhandlung gekommen wäre, die Angeklagten eine gute Chance gehabt hätten, freigesprochen zu werden. Nach damaligem Verständnis war der Schuldspruch vermutlich als rechtmäßig empfunden worden, besonders der Pöbel, der auf Blut aus war, war durch die drakonischen Urteile sicherlich befriedigt gewesen. Aber war das Urteil wirklich zu Recht ergangen? Unbestreitbar war, daß eine Menge von Umständen gegen die Männer sprach, aber gab es auch handfeste Beweise für ihre Schuld? Man hatte weder Tatzeugen, noch wußte man, wie die Tat begangen worden war, es fehlte vor allem auch das Motiv. Was man hatte, waren ein Ort und eine Zeit, die paßten – und Joanna Franks, die mit dem Gesicht nach unten im Wasser treibend gefunden worden war.

Es sei denn, daß einige der Aussagen im ersten oder zweiten Prozeß vom Obersten nur unvollständig wiedergegeben worden waren. Deniston hatte sich doch ganz offenbar mehr für die laxe Moral der Schiffer als für die Beweiskraft der Aussagen interessiert, und so wäre es ihm schon zuzutrauen, daß er die möglicherweise entlastende Aussage eines Zeugen, der ihm unwesentlich erschienen war, einfach ausgelassen hatte. Vielleicht wäre es ganz ratsam, dachte Morse, einmal einen Blick in die Gerichtsakte zu werfen, wenn es sie noch gab, oder aber sich die entsprechenden Ausgaben von *Jackson's Oxford Journal* anzusehen, die, wie Morse wußte, noch greifbar waren, und zwar auf Mikrofilm in der Oxford Central Library. (In der Bodleian Library vermutlich auch!) Aber er hatte ja das Buch des Obersten auch noch nicht zu Ende gelesen. Wer weiß, vielleicht wurden im letzten Teil noch entscheidende Dinge enthüllt.

Er begann zu lesen.

Plötzlich wurde er sich bewußt, daß jemand neben seinem Bett stand. Es war Fiona. Sie roch nach Desinfektionsmittel plus ein wenig Sommer. Ohne viele Umstände setzte sie sich zu ihm, und er spürte ihre weiche Brust, als sie sich über ihn beugte, um zu sehen, was er las.

«Interessant?»

Morse nickte. «Es ist das Buch, das mir die alte Dame neulich vorbeigebracht hat. Die Frau des Obersten.»

Fiona blieb einfach sitzen, und mit Morses Konzentration

war es vorbei. Er las jeden Satz vier-, fünfmal und verstand doch nichts. Ob ihr klar war, wie sehr sie ihn durcheinanderbrachte?

Doch im nächsten Augenblick machte sie alles wieder kaputt.

«Ich habe, seit ich aus der Schule bin, kein Buch mehr angefaßt. Das letzte, das ich gelesen habe, war *Jane Eyre*, das stand auf der Leseliste für die mittlere Reife.»

«Hat es Ihnen gefallen?» fragte Morse nicht ganz ohne Angst. (Charlotte Brontë war ihm seit langem lieb und teuer.)

«Nee, ziemlich langweilig.»

Oje!

Sie schlug die schwarzbestrumpften Beine übereinander, entledigte sich eines Schuhs und schüttelte ihn aus. Ein Steinchen fiel zu Boden.

«Wann ziehen Leute ihre Schuhe aus?» fragte Morse. «Ich meine, normalerweise.»

«Komische Frage.»

«Nur wenn sie ein Steinchen im Schuh haben, wie Sie jetzt eben?»

Fiona nickte. «Und wenn sie ins Bett gehen, natürlich.»

«Und wann sonst noch?»

«Tja – wenn sie in Blackpool paddeln, zum Beispiel.»

«Und weiter?»

«Wenn sie beim Fernsehen die Füße hochlegen und, so wie ich, eine pingelige Mutter haben.»

«Ja... und?»

«Warum interessiert Sie das so?»

Morse überging die Frage. «Und wenn sie Hühneraugen haben oder Schwielen oder sonst was und zum Chiropodisten gehen», fuhr er unbeirrt fort.

Fiona nickte. «Oder Blasen, oder wenn sie müde Füße haben. Oder Frauen, wenn sie aus irgendeinem Grund ihre Strumpfhose ausziehen wollen...»

«Aus was für einem Grund?»

Morse sah ein amüsiertes Funkeln in ihren Augen, dann stand sie abrupt auf, strich die Bettdecke glatt und schüttelte seine Kissen auf. «Wenn Sie das in Ihrem Alter noch nicht wissen...»

Oje.

Alter.

Morse fühlte sich genauso alt oder jung wie immer, aber in einer Art momentaner Erleuchtung sah er sich auf einmal so, wie er in den Augen dieses jungen Mädchens erscheinen mußte.

Alt!

Doch seine trübe Stimmung hellte sich bald wieder auf, als unerwartet Sergeant Lewis an seinem Bett auftauchte. Er war auf dem Weg zur Intensivstation, wo er eine Frau befragen sollte, die auf der A34 in einen Unfall verwickelt gewesen war.

«Und wie fühlen Sie sich heute, Sir?»

«Ich werde mich sofort besser fühlen, wenn ich erst einmal Gelegenheit gehabt habe, mich bei Ihnen zu entschuldigen. Ich war letztes Mal sehr unhöflich zu Ihnen.»

«Letztes Mal? Wann soll das denn gewesen sein? Sie sind doch immer unhöflich!»

«Es tut mir leid», sagte Morse ruhig.

Lewis, der noch immer wütend gewesen war und nur aus Pflichtbewußtsein einen Abstecher zu Morse gemacht hatte, war sofort besänftigt. Und als er zehn Minuten später wieder ging, war er sogar glücklich, wie immer, wenn er die Erfahrung machte, daß Morse ihn brauchte, und sei es auch nur, um ein paar banale Informationen einzuholen, zum Beispiel, ob die Gerichtsakten der Schwurgerichtsperiode 1859/60 noch verfügbar waren.

Nachdem Lewis gegangen war, fühlte sich Morse mit sich und der Welt im reinen. Lewis hatte ihm verziehen, gern verziehen, und das stimmte ihn froh, obwohl er, hätte man ihn gefragt wieso, keine Antwort gewußt hätte. Und was für ein beruhigender Gedanke, daß er außer Lewis noch eine weitere, zuverlässige Person kannte, die sich hoffentlich bald um *Jackson's Oxford Journal* kümmern würde. Heute abend konnte er allerdings nicht mehr mit ihr rechnen.

Geduld, Morse!

Gegen drei Uhr nachmittags hatte Morse dann endlich die nötige Ruhe, um sich in den vierten und letzten Teil von Oberst Denistons Buch zu vertiefen.

Kapitel 18

TEIL VIER – DAS URTEIL WIRD GEFÄLLT

Ein Gerichtsdiener wurde vereidigt, um die Geschworenen zu begleiten, die sich daraufhin unverzüglich zur Urteilsberatung zurückzogen. Nach einer Dreiviertelstunde kehrten sie in den Gerichtssaal zurück. Man verlas noch einmal die Namen der Angeklagten, die währenddessen angstvoll auf ihr Urteil warteten. Richter Benham stellte dann die vorgeschriebenen Fragen, worauf der Sprecher der Geschworenen antwortete, daß sich die Geschworenen einig seien, daß jeder der drei Angeklagten des Mordes an Joanna Franks schuldig sei. Es heißt, daß den Angeklagten keinerlei Reaktion anzumerken gewesen sei, mit Ausnahme Oldfields, der ein wenig blasser geworden sei.

Man setzte dem Richter das schwarze Barett auf, Symbol des Todes, und nachdem dieser die Angeklagten gefragt hatte, ob sie noch etwas zu sagen hätten, begann er mit den folgenden furchterregenden Sätzen den Urteilsspruch zu begründen:

> Jack Oldfield, Alfred Musson, Walter Towns – nach langer und geduldiger Würdigung der Umstände dieses Falles und nach sorgsamem Abwägen durch die Geschworenen seid ihr alle des abscheulichen Verbrechens des Mordes für schuldig befunden worden, des Mordes an einer friedfertigen und hilflosen Frau, die unter eurem Schutz stand und die ihr, daran haben wir keinen Zweifel mehr, zum Objekt eurer Lüste und Begierden machtet und die ihr anschließend, um eine Entdeckung eures ruchlosen Tuns zu verhindern, ermordetet. In dieser Welt wird euch keine Gnade mehr zuteil werden! Bittet darum den gütigen Gott, in dessen Macht allein es steht, dem reuigen Sünder seine Taten zu vergeben, um Hilfe, und bereitet euch nunmehr vor auf den schmachvollen Tod, der euch erwartet. Dieser Fall ist der schmerzlichste und der verabscheuungswürdig-

ste, der vor diesem Gericht je verhandelt worden ist, und so bleibt mir nichts übrig zu tun, als euch den furchtbaren und gerechten Spruch zu verkünden, daß ihr nämlich dorthin zurückgebracht werden sollt, wo ihr herkommt, und von dort zum Platz der Hinrichtung geführt werden sollt, wo man euch am Halse aufhängen wird, bis zum Eintritt eures Todes, und daß eure Leichen innerhalb der Gefängnismauern beigesetzt werden sollen und nicht in geweihtem Grund. Gott sei euren Seelen gnädig!

Auch nachdem der Prozeß vorüber und das Urteil gesprochen war, blieben die drei Männer bei ihrer Behauptung, unschuldig zu sein. Die Frau von Oldfield war, als sie ihren Mann im Gefängnis besuchte, von seinen Unschuldsbeteuerungen derartig bewegt, daß sie nach einem Weinkrampf ohnmächtig zusammenbrach.

Aufgrund verschiedener Zeugenaussagen, nicht zuletzt der Einlassungen von Oldfield und Musson, war während des Prozesses deutlich geworden, daß Towns mit Joanna Franks so gut wie nichts zu tun gehabt hatte. Es war deshalb keine besondere Überraschung, als sich herausstellte, daß einige Juristen sich dafür einsetzen wollten, daß das Urteil im Falle von Towns sozusagen in letzter Minute aufgehoben wurde. Ein Anwalt machte sich, mit einem entsprechenden Brief versehen, auf den Weg nach London und wurde dort vom zuständigen Minister zu einem Gespräch vorgelassen. Das Ergebnis der Unterredung war, daß Towns, beinahe buchstäblich fünf Minuten vor zwölf, begnadigt wurde. Die frohe Botschaft wurde ihm überbracht, als die drei Männer gerade vom Gefängnisgeistlichen die Sterbesakramente empfingen. Towns brach, als er die Nachricht hörte, in Tränen aus, nahm Oldfield und Musson bei der Hand, küßte sie und wiederholte in einem fort: «Gott segne euch, meine Freunde! Gott segne euch, meine Freunde!» Er wurde später nach Australien deportiert und war dort im Jahre 1884 noch am Leben. Ein gewisser Samuel Carter, der wie Oldfield und Towns aus Coventry stammte und reges Interesse an lokaler Geschichte hatte, besuchte ihn dort und befragte ihn über den Fall Franks. Nachdem er nach England zurückgekehrt war, veröffentlichte er ein Buch über seine Reisen mit dem Titel «Reisen und Gespräche auf den Antipoden». Es erschien 1886 bei der Farthinghill Press in Nottingham.

Oldfield und Musson wurden in Oxford öffentlich gehängt, und wenn man den Zeitungsberichten Glauben schenken darf, haben an die zehntausend Menschen dem makabren Schauspiel beigewohnt. Schon im Morgengrauen sollen die ersten Schaulustigen auf Mauern, Bäumen und sogar Dächern gesessen haben, um einen ungehinderten Blick auf das grausige Geschehen werfen zu können. Der Direktor des Gefängnisses ließ am frühen Morgen am Tor einen Anschlag anbringen, daß die Hinrichtung erst gegen elf Uhr stattfinden werde, aber obwohl dies bei der Menge lautstark geäußerten Unmut hervorrief, wich sie doch nicht von der Stelle, und zur festgesetzten Stunde war auch nicht ein Fußbreit Boden mehr frei.

Der erste, der aus dem Gefängnistor trat, war der Geistliche, der mit ernster Stimme die Beerdigungsliturgie der Kirche von England verlas, hinter ihm kamen Oldfield und Musson, gefolgt vom Henker sowie dem Direktor des Gefängnisses und einigen höheren Beamten. Nachdem den Hinzurichtenden zunächst die Hände gefesselt worden waren, betraten die beiden mit festen Schritten das Gerüst und kletterten dann ohne fremde Hilfe die Leiter zum Fallbrett empor. Nachdem er ihnen den Strick um den Hals gelegt hatte, schüttelte der Henker jedem von ihnen die Hand, dann, während der Geistliche einen Gesang anstimmte, wurde der todbringende Hebel bewegt, und zwei Minuten später schieden die beiden Mordgesellen nach vielen heftigen Zuckungen aus dem Leben. Das Ausrenken der Halswirbel und das Reißen der Jugularvene hatte, wenn auch nicht unmittelbar, so doch zuverlässig, den Tod bewirkt. Und wieder einmal scheint das grauenhafte Spektakel des Hängens die sadistischen Gelüste des Pöbels für eine Weile befriedigt zu haben, jedenfalls zerstreute sich die Menge anschließend, ohne daß es zu irgendwelchen Störungen oder Gewalttätigkeiten gekommen wäre. Später wurde bekannt, daß Oldfields letzte Handlung auf dieser Erde gewesen war, dem Geistlichen eine Postkarte anzuvertrauen, die dieser an seine, Oldfields, junge Frau überbringen sollte. Auch hier betonte er noch einmal, daß er die Tat, für die er nun mit dem Tod sühnen sollte, nicht begangen hatte.

Schon kurz nach der Hinrichtung wurden auf den Straßen Oxfords eilig hergestellte Flugschriften, die detailliert über den Prozeß und die Hinrichtung berichteten, verkauft und den Verkäufern buchstäblich aus den Händen gerissen. Selbst die letzte Predigt, die die Männer um sechs Uhr nachmittags am Sonntag vor ihrer Hinrichtung angehört hatten, war – einschließlich der genauen Angabe der Bibelstelle, auf die sie sich bezog – wiedergegeben. Der Text mußte mit zynischer Gefühllosigkeit ausgesucht worden sein und kann den zum Tode Verurteilten kaum viel Trost gespendet haben: «Aber sie gehorchten mir nicht, schenkten mir kein Gehör, sondern waren halsstarrig, trieben es ärger als ihre Väter.» (Jeremia 7, 26)

Das Entsetzen der Bevölkerung angesichts des Mordes an Joanna Franks wollte auch nach der Bestrafung der Täter nicht weichen. Geistliche wie auch einfache Gläubige waren der Meinung, daß etwas unternommen werden müsse, um dem zügellosen Treiben der Schiffer auf dem Kanal ein Ende zu setzen. Ein großes Hindernis hierbei war natürlich, daß die Schiffer größtenteils auch sonntags arbeiten mußten und deshalb kaum eine Gelegenheit hatten, an einem Gottesdienst teilzunehmen. Ein Brief von Hochwürden Robert Chantry, Pfarrer der Gemeinde Summertown, mag hier stellvertretend stehen für viele andere, in denen die Schiffahrtsgesellschaften, denen die Kähne gehörten, aufgefordert wurden, sich mehr um das geistliche Wohl der ihnen anvertrauten Leute zu kümmern und ihnen sonntags einige Stunden freizugeben, damit die, die die Neigung dazu verspürten, eine Möglichkeit hatten, in die Kirche zu gehen. Wenn Oxford regulärer Anlaufhafen gewesen wäre, hätte für die Mannschaft der *Barbara Bray* sogar durchaus die Möglichkeit bestanden, an einem Gottesdienst teilzunehmen, da ein gewisser Henry Ward, ein reicher Kaufmann, der mit Kohlen handelte, im Jahre 1838 eine «Schiffer-Kapelle» gestiftet hatte, eine schwimmende Kirche, die an der Hythe Bridge vor Anker lag und in der jeweils am Sonntagnachmittag und Mittwochabend Gottesdienste abgehalten wurden. Wer weiß, ob nicht Joanna Franks noch am Leben wäre, wenn die Schiffer Gelegenheit gehabt hätten, sich regelmäßig in Gottesdiensten erbauen zu lassen.

Aber all dies liegt nun lange zurück. Die schwimmende Kirche gibt es nicht mehr, und niemand kann heute noch mit Sicherheit sagen, welches genau die schäbige Ecke auf dem Gefängnisgelände war, wo Mörder und die anderen vermeintlich Verdammten zur letzten Ruhe gebettet liegen.

Kapitel 19

Wir bekommen beim Lesen eine Menge kluger Einsichten mitgeteilt, aber wir können ihre Wahrheit erst wirklich nachempfinden, wenn wir denselben Weg zurückgelegt haben wie der Autor.

John Keats, *Briefe an John Reynolds*

Morse war froh, daß der Oberst den Rat Doktor Johnsons an Autoren, nämlich wenn sie etwas besonders Gutes geschrieben hätten, es wieder auszustreichen, offenbar mißachtet hatte. Der vierte Teil seines Berichts war jedenfalls entschieden der beste. Morse blätterte zurück, um noch einmal einige der gelungensten Formulierungen Revue passieren zu lassen. «sadistische Gelüste des Pöbels befriedigt» fand er großartig, ebenso «zynische Gefühllosigkeit». Aber es ging um mehr als nur gelungene Formulierungen. Es schien Morse nämlich, als deute sich hier im vierten Teil ein Meinungsumschwung an. War der Oberst zunächst ganz eindeutig *gegen* die Schiffer gewesen, so schien er im Laufe seines Berichts zunehmend mehr Mitgefühl für diese vom Schicksal verdammte Mannschaft zu empfinden.

Genau wie Morse.

Es war wirklich eine faszinierende Geschichte! Deshalb war es eigentlich gar nicht weiter erstaunlich, daß der Oberst unter den vielen hundert Prozessen im vergangenen Jahrhundert ausgerechnet diesen hier wieder ausgegraben hatte, denn hier hatte er mühelos alle Facetten gefunden, die ein großes Publikum anzusprechen vermochten, sobald erste Details an die Öffentlichkeit gedrungen waren. Im Grunde genommen war es, dachte Morse, die uralte, stets aufs neue interessierende Geschichte von der Schönen und dem Biest.

So jedenfalls hatte es allem Anschein nach der Oberst gesehen.

Für Morse, der schon lange auf die billigen Tröstungen konventionellen Glaubens verzichtete, schien die den armen Sündern angebotene Möglichkeit, das Heilige Sakrament zu empfangen – bevor sie dann mittels des Stricks brutal umgebracht wurden –, in krassem Widerspruch zu stehen zu der Tatsache, daß man ihnen hinterher die Bestattung in «geweihtem Boden» verweigerte.

Morse erinnerte sich plötzlich wieder an einen Abschnitt aus Hardys Roman *Tess of the D'Urbervilles*, ein Buch, das ihn jahrelang begleitet hatte. Hardy erzählte dort, wie Tess ihr uneheliches Kind begräbt, und zwar dort, wo «die Nesseln wachsen; und wo all die ungetauften Kinder, Alkoholiker, Selbstmörder und andere...» wie hieß es doch noch? Ja, natürlich! «...die anderen vermeintlich Verdammten zur letzten Ruhe gebettet liegen». Soso. Da hatte der Oberst also bei Hardy abgeschrieben. Er hätte die Formulierung ruhig in Anführungszeichen setzen können, der alte Schummler. Ob er noch mehr von Hardy und anderen abgeschrieben hatte? Vielleicht sogar unbewußt?

Sollte er es nachprüfen?

Auch die «schwimmende Kirche» interessierte Morse sehr, da er vor kurzem erst in der *Oxford Times* einen Artikel darüber gelesen hatte. Er glaubte sich zu erinnern, daß das Schiff, auf dem die Kirche untergebracht gewesen war, obwohl die Oxford-Company regelmäßig Geld zu ihrer Instandhaltung gezahlt hatte, irgendwann gesunken war und man später statt dessen ganz in der Nähe auf dem Lande, und zwar in der Hythe Bridge Street, eine Kirche für die Schiffer errichtet hatte. Und diese Kirche – und das war der Anlaß für den Artikel gewesen – war nun gerade modernisiert und mit großen Doppelfenstern versehen worden.

Morse wußte nicht mehr genau, wer von der Mannschaft

verheiratet, wer ledig gewesen war, aber es war doch irgendwie tröstlich zu wissen, daß Oldfields Frau ihrem Mann, ganz wie sie es bei der Eheschließung versprochen hatte, in guten wie in schlechten Tagen beigestanden hatte. Wobei die schlechten Tage wirklich verdammt schlecht gewesen waren, dachte Morse. Es hätte ihn interessiert, auch über ihr Leben etwas zu erfahren. Wenn er damals Journalist gewesen wäre, so hätte er sie befragt. Ob sie den Unschuldsbeteuerungen ihres Mannes, zuletzt auf jener Karte, die er am Fuß des Galgens dem Gefängnisgeistlichen anvertraut hatte, geglaubt hatte? Insgesamt hatte sie nur eine kleine Rolle in dem Drama gehabt, nur ein paar Auftritte, von denen der erste in einer Ohnmacht endete. Morse nickte betrübt. Heutzutage wäre die arme Frau von einer Heerschar von Sensationsreportern verfolgt worden, die versucht hätten, sie über alles mögliche auszuquetschen, ob er geschnarcht hätte, ob er tätowiert gewesen sei und ob, wo, wie oft sie miteinander geschlafen hätten, wie er sie denn so begrüßt hätte, wenn er von einer seiner früheren Mordtaten zu ihr zurückgekehrt sei.

Wir leben in einer Zeit des moralischen Verfalls, dachte Morse. Doch im Grunde wußte er, daß eine solche Einschätzung Unsinn war. Im Grunde war er ja selbst auch nicht besser als die sensationslüsternen Reporter, die er in seiner Phantasie auf Mrs. Oldfields Spuren gesehen hatte. Er hatte sich doch selbst eben gerade erst vorgestellt, daß er sie nur zu gern interviewt hätte.

Aber dieser Wunsch ließ sich ja nun schließlich nicht mehr realisieren. Alle der damals Beteiligten waren inzwischen längst tot. Plötzlich durchzuckte Morse ein Gedanke. Was war mit Samuel Carters *Reisen und Gespräche auf den Antipoden*. Da ließ sich vielleicht doch noch etwas Neues entdecken. Und (der Gedanke freute Morse außerordentlich) in einer der drei oder vier großen Bibliotheken des Königreichs würde das Buch ganz gewiß aufzutreiben sein, und die erste Anlaufstelle war natürlich die Bodleian Library.

Lewis hatte bereits seinen Auftrag erhalten, und seine zweite Feldforscherin war nun auch bald mit Arbeit mehr als genug eingedeckt: erst *Jackson's Oxford Journal* und nun auch noch das Buch von Carter. Ob der Oberst es wohl in Händen gehabt hatte? Vermutlich, dachte Morse – und war ein wenig enttäuscht.

Am Freitagabend kamen Sergeant Lewis und Christine Greenaway zu Besuch, die letztere hatte eigentlich eine Einladung zu einem Cocktail-Empfang am Wellington Square gehabt, den sie in letzter Minute abgesagt hatte. Nein, sein neuer Auftrag sei ihr nicht lästig. Ganz im Gegenteil.

Morse war glücklich.

Kapitel 20

Diese hassenswerten Leute, die sich Quellenforscher nennen

J. M. Barrie, *My Lady Nicotine*

Wie immer, wenn sie samstags nach Oxford hinein wollte, fuhr Christine Greenaway mit dem Wagen zum Pear-Tree-Kreisverkehr und nahm von dort aus den Bus. In Cornmarket stieg sie aus, ging in Richtung Carfax, wandte sich dort nach rechts in die Queen's Street, gelangte durch eine belebte Fußgängerzone zum Bonn Square, passierte dort das Kaufhaus Selfridges und stand schließlich vor dem Eingang der Westgate Central Library. Morse hatte gestern abend die Vermutung geäußert, daß es für sie in ihrer Position doch das reinste Kinderspiel sein müsse, den Mikrofiche jeder beliebigen englischen Zeitung herauszusuchen, und daß sie darüber hinaus in ihrer Bibliothek doch sicher die nötigen Einrichtungen besäßen und sie selbst über die erforderlichen Kenntnisse verfüge, die entsprechenden Zeitungen auch zu lesen. Doch da hatte er sich gründlich getäuscht. Sie hatte ihn jedoch in seinem Glauben gelassen, ihm weder erzählt, daß die Bodleian Library keineswegs sämtliche, jemals im 19. Jahrhundert erschienenen englischen Zeitungen komplett auf Mikrofiche hatte, und daß, darüber hinaus, sie selbst zu jenen bedauernswerten Leuten gehörte, gegen die sich alle elektrischen Geräte irgendwie verschworen zu haben schienen. Sie hatte ihm, als er sie gefragt hatte, nur einfach zugestimmt, ja, es sei vermutlich ganz einfach, und es würde ihr Freude machen, ihm noch einmal zu helfen. Und letzteres stimmte auch. Gleich frühmorgens hatte sie eine Bekannte, die bei der Westgate Central Library an der Auskunft arbeitete, angerufen und erfahren, daß die Jahrgänge 1859/60 von *Jackson's Oxford Journal* sofort zugänglich seien. Wie lange wollte sie sie ausleihen? Eine Stunde, zwei? Christine hielt eine Stunde für ausreichend. Von halb elf bis halb zwölf also?

Vielleicht hatte Morse ja doch recht gehabt. So schwer, wie sie es sich vorgestellt hatte, war es jedenfalls nicht.

Kurz nach halb elf Uhr saß sie im zweiten Stock der Bibliothek in der Ecke, die für Regionalgeschichte und Studienzwecke reserviert war, auf einem Stuhl mit olivgrünem Plastiksitz, vor sich ein Mikrofilmgerät, auf dessen senkrecht stehendem, ungefähr 60 cm breitem Bildschirm nun die abgefilmten Zeitungsseiten erschienen, aufgeteilt in Spalten von je 5 cm. Die Zeiten, wo man die zu Jahrgängen gebundenen, schweren Zeitungsbände hatte herumschleppen müssen, waren wohl endgültig vorbei. Irgendwie hatte Morse schon recht. «Kinderspiel». Die verschiedenen Bedienungsknöpfe wie «Bildschärfe», «Vergrößerung», «Helligkeit» waren ihr alle schon von einem hilfsbereiten jungen Bibliotheksangestellten eingestellt worden, so daß sie nur noch in dem ihr gemäßen Tempo an der Kurbel zu drehen brauchte, um *Jackson's Oxford Journal* überfliegen zu können.

Obwohl alles so unerwartet einfach war, war Christine doch sehr erleichtert festzustellen, daß die Zeitung nicht, wie sie befürchtet hatte, täglich, sondern nur wöchentlich erschienen war, so daß sie die Berichte über den Prozeß von 1859 ziemlich schnell fand. Sie machte sich von allem, was ihr wichtig schien, Notizen und wurde, genau wie Morse, zunehmend neugieriger. Als sie mit Lesen beim April 1860 angelangt war, dem Ende des zweiten Prozesses, war sie geradezu fasziniert. Am liebsten hätte sie noch einmal zurückgedreht, um ein paar Dinge zu überprüfen, aber sie merkte, daß das Starren auf den Bildschirm sie ermüdete. Die Buchstaben begannen ihr schon vor den Augen zu tanzen, und sie wußte, daß es langsam Zeit war, Schluß zu machen. Sie hatte ein paar interessante Details entdeckt, die Morse vielleicht würde brauchen können. Das hoffte sie jedenfalls.

Sie war gerade dabei, ihre hastig hingekritzelten Notizen noch einmal zu überfliegen, um sicherzugehen, daß sie sie später noch würde lesen können, als sie plötzlich eine bekannte Stimme hörte. Der Mann stand am Schreibtisch der Auskunft.

«Ja, im Rathaus habe ich es schon versucht. Die haben nichts.»

«Dann gehen Sie doch mal ins Stadtarchiv. Das ist in der...»

«Von dort komme ich ja gerade!»

«Ach so!» Das Telefon klingelte, und der Bibliotheksangestellte bat, ihn zu entschuldigen.

Christine nahm ihre Notizzettel, schaltete das Mikrofilmgerät aus und ging zum Tisch der Auskunft.

«Wir sind uns gestern im Radcliffe begegnet», begann sie.

Sergeant Lewis lächelte ihr zu. «Hallo.»

«Es scheint, als hätte ich mehr Glück als Sie, Sergeant.»

Lewis verzog mißmutig das Gesicht. «Die unerfreulichen Sachen muß immer ich machen. Ich weiß eigentlich gar nicht, warum ich mich jedesmal darauf einlasse. Ich hätte heute nämlich frei.»

«Ich auch.»

Der Bibliothekar legte auf und wandte sich wieder an Lewis. «Tut mir leid, daß ich Ihnen nicht helfen kann, Sir. Aber wenn sie im Stadtarchiv nichts haben...»

Lewis nickte. «Vielen Dank auch.»

Lewis und Christine waren schon auf dem Weg zur Schwingtür, als der Angestellte plötzlich noch eine Idee hatte: «Versuchen Sie es doch einmal auf dem Polizeipräsidium in St. Aldates», rief er ihnen nach. «Ich habe gehört, daß während des Krieges eine Menge Dokumente und Papiere dorthin ausgelagert worden sind.» (Fragt sich bloß, welchen Krieges, dachte Lewis sarkastisch). «Vielleicht, daß Sie dort...»

«Vielen Dank!»

«Sie sind natürlich dort nicht auf solche Anfragen eingestellt und deshalb vielleicht nicht besonders entgegenkommend, aber wenn Sie das nicht abschreckt...»

Lewis nickte.

Das Telefon klingelte wieder, und der Angestellte war mit einer neuen Anfrage beschäftigt.

Allein in belebten Straßen war ihr oft ein wenig unbehaglich, doch jetzt, als sie neben der untersetzten Gestalt des Sergeants in Richtung Carfax ging, fühlte Christine sich angenehm beschützt. Eine Kirchturmuhr schlug zwölf.

«Kommen Sie noch mit auf ein Glas Bier oder Wein?» fragte Lewis.

«Nein, vielen Dank. Ich trinke kaum Alkohol und – es ist ja auch noch ziemlich früh, nicht?»

Lewis griente. «Da ist der Chef aber ganz anderer Meinung.» Er fühlte sich erleichtert. Konversation war nicht seine starke Seite, und obwohl sie ein nettes Mädchen zu sein schien, war er doch froh, jetzt seine eigenen Sachen erledigen zu können.

«Sie mögen ihn sehr, nicht wahr, den ‹Chef›, meine ich?»

«Er ist der beste.»

«Ach, wirklich?»

«Gehen Sie heute abend hin?»

«Ich denke schon. Und Sie?»

«Wenn ich bis dahin fündig werde – aber ich habe da so meine Zweifel.»

«Lassen Sie sich nicht entmutigen. Man kann nie wissen.»

Kapitel 21

Hure: Von der Wiege bis zur Bahre,
zuerst die Wäsche!

Bertolt Brecht, *Die Dreigroschenoper*

In den späten Achtzigern hatte man begonnen, das Polizeipräsidium in St. Aldates gründlich zu renovieren beziehungsweise zu erweitern, und die Arbeiten dort dauerten noch immer an, wie Sergeant Lewis, als er an diesem Samstagmorgen in die Eingangshalle trat, unschwer feststellen konnte. Bei der Polizei achtete man wie eh und je auf die Einhaltung hierarchischer Strukturen, und so entwickelten sich Bekanntschaften zwischen höheren Beamten und niedrigeren Rängen kaum je zu Freundschaften. Trotzdem wußte Lewis, daß er auf Chief Superintendent Bell, den er noch aus seiner Zeit in Kidlington kannte, rechnen konnte, und war froh, ihn an diesem Morgen im Präsidium anzutreffen.

Ja, natürlich würde er ihm helfen, wenn das in seiner Macht stünde, erklärte Bell sofort. Und im übrigen sei der Zeitpunkt seines Besuchs glücklich gewählt, weil gerade jetzt eine Menge Ecken und Winkel ausgeräumt worden seien und der Inhalt unzähliger Schränke und staubbedeckter Kisten und Kästen zum erstenmal seit Menschengedenken wieder ans Tageslicht befördert worden sei. Bells Anordnungen angesichts der Fülle von Dokumenten und Dingen, die da ausgegraben worden waren, waren eindeutig gewesen. Alles, was irgendwie als wichtig angesehen wurde, sollte aufgehoben, das übrige weggeworfen werden. Eigenartigerweise hatte es bis jetzt bei fast allen Dingen, die man wieder entdeckt hatte, irgendeinen gegeben, der dafür plädiert hatte, es aufzuheben, und das Endergebnis war gewesen, daß man einen Raum zur Verfügung stellen mußte, in dem die Relikte aus vergangenen Zeiten – die frühesten datierten aus den 1850ern – so lange aufbewahrt werden sollten, bis Historiker, Soziologen, Kriminologen, an Lokalgeschichte Interessierte und nicht zuletzt Schriftsteller über ihren Wert oder Unwert befunden hatten. Im Moment, so glaubte Bell, sei wohl ein weiblicher Constable gerade dabei, eine Art vorläufiger Bestandsaufnahme zu versuchen, wenn Lewis sich also umsehen wolle...»

Bell hatte recht vermutet. Constable Wright, eine hübsche Brünette von Mitte Zwanzig, hatte jedoch, wie sie erklärte, gerade Mittagspause, und so lud sie Lewis, nachdem er sein Anliegen vorgetragen hatte, mit einer großzügigen Armbewegung ein, sich anzusehen, was er wolle.

«Möchten Sie nicht vielleicht den ganzen Krempel gleich mitnehmen?» fragte sie mit gespielter Hoffnung und wandte sich gleich darauf wieder einem Stapel Weihnachtskarten zu, die sie noch während der Pause zu Ende schreiben wollte.

Lewis konnte ihren Wunsch verstehen. Morse hatte ihm Denistons Buch mitgegeben (auf der Station waren mehrere Exemplare im Umlauf gewesen), aber im ersten Augenblick vermochte Lewis unter dieser Anhäufung von Kisten und Kästen, Aktenordnern und Bergen von gelb gewordenen, zerknitterten Dokumenten mit Eselsohren nichts zu entdecken, das mit den Ereignissen des Jahres 1859 in irgendeiner Beziehung hätte stehen können. Beim zweiten Hinsehen erkannte er immerhin, daß offenbar tatsächlich schon ein erster Versuch unternommen worden war, das Chaos zu lichten: An die fünfzig Aktenordner waren in einer Ecke separiert, mit einem Datumsaufkleber versehen und in chronologischer Reihenfolge aufgestellt worden. Die Jahre 1859 und 1860 waren aber nicht dabei. Lohnte es sich überhaupt, das übrige noch durchzuforsten?

Es war Viertel vor zwei, als sich Lewis' Hauptcharakterzug, seine Gründlichkeit, wieder einmal auszahlte. Er pfiff leise durch die Zähne.

«Haben Sie etwas gefunden?» erkundigte sich Constable Wright neugierig.

«Wissen Sie, wie das hierhergekommen ist?» antwortete Lewis mit einer Gegenfrage und hob aus einem der großen Holzbehälter eine angestoßene und an zwei Seiten schon gesplitterte flache Kiste heraus, ungefähr 60 cm lang, 30 cm breit und 25 cm hoch, eine ziemlich kleine Kiste also und gut zu tragen, da oben in der Mitte des Deckels eine rechteckige kleine Kupferplatte eingelassen war, an der ein schön geformter, halbrunder Griff, ebenfalls aus Kupfer, befestigt war. Doch was Lewis so in Aufregung versetzt hatte, waren die Initialen, die in das Kupferplättchen eingraviert waren: «J. D.» Lewis hatte Denistons Bericht nicht sehr aufmerksam gelesen (er interessierte sich nicht besonders für derartige Beschreibungen von Mordfällen), doch war ihm noch in Erinnerung, daß er von «zwei Kisten» sprach, die Joanna mit sich geführt hätte und die vermutlich nach der Verhaftung der Mannschaft der *Barbara Bray* in der Kabine sichergestellt worden waren. Bis zu diesem Moment hatte sich Lewis unter «Kisten» Behälter vorgestellt, wie man sie in Oxford jedesmal am Beginn der Trimester sieht, wenn die neue Studentengeneration Einzug hält. Und war nicht sogar die Rede davon gewesen, daß Joanna die Kisten *getragen* hatte? So wie der Griff aussah, war die Kiste oft getragen worden, und der Name von Joannas erstem Ehemann hatte Donavan gelautet.

Constable Wright kam hinter ihrem Schreibtisch hervor und kniete sich neben die Kiste. Die beiden kleinen Haken links und rechts des Deckels ließen sich leicht aus den Ösen heben, und das Schloß vorne war anscheinend offen, denn der Deckel ließ sich ohne Schwierigkeit zurückklappen. Innen war die Kiste mit grünem Samt ausgeschlagen. Sie enthielt eine kleine Segeltuchtasche, die mit gelber, inzwischen verblichener Wolle eingestickt die Initialen «J. D.» trug.

Lewis pfiff ein zweites Mal, diesmal lauter.

«Könnten wir... vielleicht...?» Die Stimme versagte ihm fast vor Jagdeifer, und Constable Wright sah ihn einen Augenblick lang überrascht an, bevor sie die Tasche langsam umdrehte, so daß der Inhalt herausfiel. Ein kleiner, rostiger Schlüssel, ein Taschenkamm, ein Blechlöffel, fünf Knöpfe, eine Häkelnadel, ein Briefchen Nähnadeln, ein flaches, nicht sehr haltbar aussehendes Paar Schuhe und ein Baumwollschlüpfer.

«Glauben Sie, daß ich die Schuhe und den... äh... mitnehmen könnte?» fragte Lewis etwas verlegen.

Constable Wright musterte ihn mit unverhohlener Neugier.

«Nicht für mich», beeilte sich Lewis hinzuzufügen.
«Nein?»
«Für Morse – ich arbeite nämlich für Morse.»
«Soll das heißen, daß Morse in seinem Alter plötzlich ein Wäschefetischist geworden ist?»
«Kennen Sie ihn?»
«Nein, aber ich hätte nichts dagegen!»
«Er ist momentan im Krankenhaus, deshalb ...»
«Es heißt, daß er zuviel trinkt.»
«Ein bißchen zuviel vielleicht schon», gab Lewis etwas unglücklich zu.
«Kennen Sie ihn denn gut?»
«Also richtig gut kennt ihn keiner.»
«Sie müssen unterschreiben ...»
«Kein Problem.»
«... und versprechen, daß Sie die Sachen auch wirklich wieder zurückbringen.»
Lewis grinste. «Keine Sorge. Die wären sowieso ein bißchen klein für mich – ich meine natürlich die Schuhe.»
«Vom Schlüpfer gar nicht zu reden», bemerkte Constable Wright nüchtern.

Kapitel 22

Halt! Tue nichts wegen deinem Namen! Ein Name ist etwas Unsicheres: darauf kannst du nicht bauen!

Bertolt Brecht, *Mann ist Mann*

Im Laufe des Samstags, während Sergeant Lewis und Christine Greenaway seinetwegen einen Teil ihrer Freizeit opferten, merkte Morse, daß er wirklich auf dem Weg der Genesung war. Vielleicht hatte es damit zu tun, daß man ihm erlaubt hatte, nach dem Mittagessen neues Terrain zu erobern, das heißt, nach eigener Lust und Laune die Krankenhausflure zu durchwandern. So kam es, daß er gegen halb drei im Aufenthaltsraum landete, der mit Sesseln, einem Farbfernseher, einem Tischkegelspiel sowie einem Bücherregal ausgestattet war. Das Regal enthielt ein paar Dutzend schon reichlich zerlesener Bücher sowie einen großen Stapel alter Zeitschriften. Das oberste Heft war eine Ausgabe von *Country Life*, die Augustnummer von vor neun Jahren. Der Raum lag verlassen, und nachdem Morse sich zur Vorsicht noch einmal umgeschaut hatte, warf er eines der drei Bücher, das er bei sich hatte, rasch entschlossen in den Papierkorb. Das *Blaue Billett* hatte ihn bisher nur in Verlegenheit gebracht und ihm Demütigungen eingetragen; jetzt, nachdem er es los war, fühlte er sich wie ein Pilger, der am Ziel seiner Reise angekommen, seiner Sünden ledig ist.

Alle vier Seiten des Fernsehgeräts waren gleichermaßen glatt und abweisend, ohne irgendeinen Knopf, Schalter oder auch nur eine Einbuchtung, die darauf hingedeutet hätte, daß dieses Gerät irgendwie in Betrieb genommen werden könnte, und so setzte Morse sich nach einigen Momenten des Überlegens resigniert in einen Sessel und dachte über den Fall Joanna Franks nach.

Die Frage der Geschworenen war natürlich nicht gewesen: «*Wer* hat das Verbrechen begangen?», sondern nur: «Haben die Angeklagten es begangen?» Für einen Polizeibeamten hatte aber natürlich die erste Frage Vorrang. So fiel es ihm, während er in dem leeren Aufenthaltsraum saß, auch nicht allzu schwer, sich ohne Vorbehalte zu überlegen: «O. k., wenn es die Schiffer nun nicht waren, wer dann?» Wenn sich ein Schwurgericht dieser Frage stellen würde, müßten sie den Prozeß gleich einstellen, dachte Morse. Er selbst jedenfalls hätte nicht zu sagen gewußt, wer außer den Schiffern für den Mord an Joanna in Frage gekommen wäre. In dieser Richtung zu denken hatte also wenig Sinn. Was er tun konnte, war, sich Gedanken zu machen über die tatsächliche Schuld der Bootsleute. Oder ihre Unschuld...

Viele Fragen fielen ihm ein.

Erstens: Traf es zu, daß die Geschworenen zu der Überzeugung hatten gelangen können, daß die Schiffer mit an Sicherheit grenzender Wahrscheinlichkeit Joanna Franks ermordet hatten? Antwort: Nein. Die Staatsanwaltschaft hatte nicht einen durch Zeugen erhärteten Beweis erbringen können, daß sie den Mord begangen hatten – und wegen nichts anderem waren sie ja angeklagt.

Zweitens: Galt eigentlich für die Angeklagten vor diesem Gericht jene seit alten Zeiten bewährte «Unschuldsvermutung», die doch als Krönung des britischen Rechtssystems angesehen wurde? Antwort: Nein, ganz sicher nicht. Im Gegenteil. Vorgefaßte Meinungen – und zwar negative – waren schon beim ersten Prozeß von Beginn an spürbar gewesen, und die Vertreter der Justiz hatten ihren Abscheu gegenüber der ungehobelten, ungebildeten und irreligiösen Mannschaft der *Barbara Bray* kaum weniger deutlich bekundet als die sensationslüsternen Zuhörer.

Drittens: Traf es zu, daß die Schiffer sich, wenn auch nicht des Mordes, so doch vielleicht einer anderen Straftat schuldig gemacht hatten? Antwort: Ja, mit ziemlicher Sicherheit. Und ironischerweise vermutlich genau der beiden Straftaten, die als Anklagepunkte beim zweiten Prozeß fallengelassen worden waren – Notzucht und Diebstahl. Dafür, daß die Schiffer Joanna Franks nachgestellt hatten, gab es mehr als genug Zeugenaussagen, die dies belegten. Und es war doch durchaus vorstellbar, daß alle drei – vielleicht sogar alle vier – Joanna gezwungen hatten, ihnen zu Willen zu sein.

Viertens: Gab es so etwas wie ein Gefühl – selbst wenn die Beweise an sich unzureichend schienen, selbst wenn die Geschworenen Vorurteile gehabt hatten –, daß ihr Spruch trotzdem angemessen war, «sicher», wie manche juristischen Handbücher es zu nennen pflegen? Antwort: Nein, und abermals nein. Einen Moment lang hatte Morse den Eindruck, als ließe sich sein diffuses Unbehagen jetzt präzisieren. Es hatte auf jeden Fall irgend etwas zu tun mit dieser Vielzahl von Unterhaltungen, über die vor Gericht ausgesagt worden war, Unterhaltungen zwischen der Mannschaft und Joanna, zwischen der Mannschaft und anderen Bootsleuten, zwischen der Mannschaft und verschiedenen Schleusenwärtern, Kaimeistern und Polizisten – und irgendwie hatten sie alle falsch geklungen, jedenfalls wenn man davon ausging, daß sie tatsächlich unschuldig waren. Es war, als hätte man einem unerfahrenen Dramatiker ein Mordszenario geliefert, und der arme Mann hätte sich nun darangesetzt und Seite um Seite unpassende, irreführende und sich zum Teil offen widersprechende Dialoge geschrieben. Denn da gab es in den vor Gericht in aller Ausführlichkeit wiedergegebenen Unterhaltungen Momente, da erschein Joanna plötzlich wie der Racheengel persönlich, und die Mannschaft wirkte plötzlich eher als das Opfer ihrer tödlichen Macht. Ein anderes solch widersprüchliches Element war das Verhalten von Oldfield und Musson *nach* dem Mord. Morse jedenfalls fand es ungewöhnlich und fragte sich, warum ihre Verteidiger nicht versucht hatten, dem Richter und den Geschworenen klarzumachen, wie unwahrscheinlich ihr Verhalten gewesen war – wenn sie tatsächlich die Täter waren. Natürlich gab es Psychopathen, deren Handlungen irrational und unvorhersehbar waren. Aber die Männer von der *Barbara Bray* waren keine Psychopathen gewesen. Und hinzu kam, daß sie – und das kam Morse nun wirklich sehr, sehr merkwürdig vor –, nachdem sie – so jedenfalls behauptete es die Anklage – Joanna umgebracht hatten, daß sie also nach der Tat, einen Tag und sogar mehr als einen Tag danach, noch immer tranken und außerdem Joanna noch immer mit aller Inbrunst zum Teufel wünschten. Morse hatte viele Mörder kennengelernt, aber nicht einer von ihnen hatte nach dem Verbrechen ein ähnliches Verhalten an den Tag gelegt – und nun gleich vier? Nein, irgend etwas stimmte einfach nicht, die Dinge paßten nicht zusammen. Aber war das jetzt eigentlich noch wichtig – nach so vielen Jahren?

Morse griff gedankenverloren nach einem der beiden Bücher, die ihm noch geblieben waren, und zwar nach der dickleibigen *Studie über Verbrechen und ihre Bestrafung, durchgeführt anhand von Akten der Grafschaft Shropshire* und schlug mehr aus Langeweile das Ortsregister auf. Zufällig blieb sein Blick an der Eintragung «Shropshire Union Canal (The)» hängen. Noch immer ziemlich unlustig blätterte er zur angegebenen Seite zurück und begann den entsprechenden Abschnitt zu lesen. Von Zeile zu Zeile wuchs sein Interesse (vielen Dank auch, Mrs. Lewis!). Der Verfasser schrieb zwar einen ziemlich verquasten Stil, offenbar gehörte er zu der

Sorte Leute, die, wenn sie einen Spaten meinen, von einem «Arbeitsgerät mit breitem stählernem Blatt» sprechen müssen. Die Aussagen des Textes waren dennoch klar genug:

> Bei der großen Zahl von Verbrechen, die an und auf dem Kanal begangen werden, kann es kaum überraschen, wenn wir auf seiten der Schiffer ein gerütteltes Maß an Undurchsichtigkeit feststellen können, was das Registrieren von Namen angeht, und zwar sowohl die der Kähne, auf denen sie fahren, als auch ihre eigenen. Besonders im Hinblick auf letzteres haben wir feststellen müssen, daß viele der Männer, die den Kanal befahren beziehungsweise auf einer der Werften entlang des Kanals arbeiten, zwei Namen haben und oft unter ihrem zweiten, angenommenen Namen besser bekannt sind als unter ihrem ursprünglichen. Aus verschiedenen soziologischen Gründen (von denen einige noch zur Analyse anstehen) kann mit großer Wahrscheinlichkeit davon ausgegangen werden, daß Schiffer im allgemeinen prädisponiert sind zum Verbrechen, und mit Sicherheit läßt sich behaupten, daß ihr Beruf (wenn man ihre Tätigkeit denn einen Beruf nennen will) ihnen günstige Gelegenheiten bietet, diese Dispositionen zu realisieren. So verkaufen sie mitunter einen Teil ihrer Ladung, zum Beispiel Kohlen, und ersetzen sie durch dieselbe Menge Geröll oder Steine; des öfteren wurden auch schon Klagen laut über Bootsleute, die von ihrer Wein- beziehungsweise Whiskyladung einige Flaschen abzweigen und die leeren Flaschen hinterher mit Wasser auffüllen. (Siehe dazu auch den Bericht der *Kommission für Kanäle und schiffbare Wasserwege* von 1942, Band 9, S. 61–64, 72–75, 83–86 *et passim.*) Leider muß man sagen, daß auch Zollbeamte sich mitunter in die illegalen Geschäfte mit hineinziehen lassen, indem sie gegen eine gewisse Bestechungssumme die Augen vor dem üblen Treiben verschließen…

Morse wurden die Lider schwer, und er legte das Buch beiseite. Wichtig war: Unter Bootsleuten gab es viele mit kriminellen Neigungen, die sich auch schon einmal an ihrer Ladung vergriffen. Jetzt wußte er also, warum Walter Towns ein Alias besaß, alles ganz einfach, wenn man die Antwort einmal hatte. Vielleicht würde es eines Tages auf alle Fragen eine Antwort geben, würden sich alle Probleme, mit denen sich unzählige Generationen von Denkern und Philosophen herumgeschlagen hatten, dadurch lösen lassen, daß man in der großen himmlischen Computer-Bibliothek einfach die entsprechenden Daten abrief.

Der Junge mit der tragbaren Kochsalzinfusion kam herein, nickte Morse kurz zu, griff sich von irgendwoher die Fernbedienung und begann in schneller Folge einen Kanal nach dem anderen zu wählen. Es war Zeit, daß er zurückkam auf die Station, dachte Morse.

Beim Hinausgehen ließ er ganz automatisch seinen Blick über die Reihen der Bücher schweifen. Plötzlich blieb er stehen. Auf dem untersten Brett standen, gleich nebeneinander, zwei Bücher, die ihn sehr interessierten, der Titel des einen lautete *Viktorianisches Banbury*, der des anderen *OXFORD* (Nr. 11 der Reihe *Bahnknotenpunkte*). Mit den beiden Büchern unter dem Arm kehrte er befriedigt in sein Zimmer zurück.

Walter Algernon Greenaway saß im Bett und versuchte schon seit einiger Zeit, wenn auch nur mit geringem Erfolg, das Kreuzworträtsel in der *Oxford Times* zu lösen. Er besaß wenig Übung, aber Kreuzworträtsel hatten ihn schon immer fasziniert, und als er am Tag zuvor beobachtet hatte, wie Morse in nur zehn Minuten das Kreuzworträtsel in der *Times* ausgefüllt hatte, hatte er einen Stich von Neid gefühlt. Morse lag kaum wieder im Bett, als Greenaway (von seinen Freunden natürlich «Waggie» genannt – wie auch sonst) ihn ansprach.

«Sie haben doch Übung mit Kreuzworträtseln...»

«Etwas.»

«Hier steht: drei waagerecht ‹berühmteste Ente›.»

«Wie viele Buchstaben?»

«Sechs.»

«Na, vielleicht denken Sie mal an Walt Disney.»

Greenaway leckte an der Spitze seines Bleistifts und dachte an Walt Disney. Vergeblich.

«Wer hat denn das Kreuzworträtsel diese Woche gemacht?» erkundigte sich Morse.

«Ein Bursche, der sich ‹Quichote› nennt.»

Morse lächelte. «So ein Zufall. Wie lautet denn dann wohl sein Vorname?»

«Ah! Ich glaube, ich habe es!» krähte Waggie und füllte glücklich die sechs Felder aus.

Kapitel 23

> *Alles, was die Menschheit je getan, gedacht oder erreicht hat, und alles, was sie je gewesen ist, findet sich wundersam bewahrt auf den Seiten von Büchern.*
>
> Thomas Carlyle

Embarras de richesses – selbst wenn Morse den ganzen Tag zwischen den Regalen der Summertown Bibliothek herumstöberte, würde er vermutlich kaum zwei informativere Bücher finden als die beiden, die er soeben durch Zufall entdeckt hatte.

So bezog er aus dem Buch *Viktorianisches Banbury* die Information, daß um 1850 die Fernkutschen-Routen über Banbury nach London wegen der Neueröffnung der Bahnstrecke Oxford–London fast ganz aufgegeben worden waren. Aus demselben Grund war der Kutschenverkehr zwischen Banbury und Oxford jedoch noch verstärkt worden, so daß die Verbindung zwischen den beiden Orten, die ja nur etwa dreißig Kilometer auseinanderlagen, in den fünfziger und sechziger Jahren des letzten Jahrhunderts ausgesprochen günstig war. Darüber hinaus nannte das Buch jedoch auch noch die genaue Zahl der Kutschen, die an einem bestimmten Tag fuhren, und gab die Abfahrtzeiten an, Angaben, die auch Joanna

Franks auf ihre Nachfragen vermutlich mitgeteilt worden waren. An jenem Tag im Jahre 1859 hätte sie die Wahl gehabt zwischen drei verschiedenen Kutschen, die alle am Swan Inn in Banbury abgingen und zum Angel Inn in der Oxforder High Street fuhren. Der Preis für die Strecke Banbury–Oxford betrug damals zwei Shilling, einen Penny. Fast noch aufschlußreicher war für Morse das zweite Buch, das über die damaligen Zugverbindungen zwischen Oxford und Paddington Station in London informierte. Die Züge hatten damals sehr viel häufiger verkehrt und waren auch wesentlich schneller gewesen, als Morse angenommen hatte. Und auch hier war wieder davon auszugehen, daß Joanna dieselben Informationen gehabt hatte, daß es nämlich werktags regelmäßig zehn verschiedene Züge gab, die jeweils um 2.10 Uhr, 7.50 Uhr, 9.00 Uhr, 10.45 Uhr, 11.45 Uhr, 12.50 Uhr, 14.45 Uhr, 16.00 Uhr, 17.50 Uhr und 20.00 Uhr fuhren. Der Fahrpreis war allerdings ziemlich happig: Für die Reise erster Klasse verlangte man sechzehn Shilling, für die zweiter zehn und für die dritter Klasse immer noch sechs Shilling. Dabei betrug die Entfernung zwischen Oxford und London doch nur etwa neunzig Kilometer! Der Verfasser des Werkes über den Bahnknotenpunkt Oxford war aber immerhin fair genug zuzugeben, daß der damalige Reisende auch eine von drei Kutschen hätte nehmen können. Die Fahrt hätte allerdings viel länger gedauert als mit der Bahn. Die Kutschen benutzten die gebührenpflichtigen Landstraßen über Henley und Reading. *The Blenheim* und *The Prince of Wales* fuhren beide um 10.30 Uhr morgens los, die dritte Kutsche, *The Rival*, eine Stunde später. Der Fahrpreis lag bei allen drei Kutschen um einen Shilling niedriger als die Bahnfahrkarte dritter Klasse. Endpunkt aller Fahrten nach London war (ausgerechnet!) die Edgware Road.

Morse versuchte für ein paar Minuten, sich in Joanna hineinzuversetzen, eine Joanna, die sich (davon mußte er doch schließlich ausgehen) in großer Bedrängnis befunden hatte. Bei ihrer Ankunft in Banbury am späten Abend war sie vermutlich sehr bald im Bilde gewesen über mögliche Fahrverbindungen. Sofort weiterzureisen war ausgeschlossen, aber es hätte jederzeit für sie die Möglichkeit bestanden, irgendwo in Banbury zu übernachten, vielleicht in einem der kleinen Wirtshäuser am Kai. Zugegeben, das waren keine vom Englischen Automobilclub empfohlenen Vier-Sterne-Hotels, aber als Quartier für eine Nacht doch sicherlich gut genug und vermutlich auch sehr billig. Morse schätzte, daß eine Übernachtung in einem dieser kleinen Wirtshäuser damals so um die zwei Shilling gekostet haben mochte. Am nächsten Morgen dann hätte sie eine Kutsche nach Oxford nehmen können, die um halb zehn zum Beispiel, und wäre gegen dreizehn Uhr in der dortigen High Street angekommen. Das hätte geheißen, daß sie ohne Schwierigkeiten noch den Zug um 14.45 Uhr nach Paddington bekommen hätte, aber es hätte auch noch drei spätere Züge gegeben, für den Fall, daß die Pferde etwa nicht ganz frisch gewesen wären und die Kutsche Verspätung gehabt hätte. Alles im Grunde also ganz einfach. Wenn sie irgendwann also tatsächlich entschlossen gewesen wäre, ihren Peinigern zu entkommen, dann hätte sie auch die Möglichkeit dazu gehabt. Morse überlegte. Zwei Shilling für die Übernachtung, zwei Shilling und einen Penny für die Fahrt mit der Kutsche und sechs Shilling für eine Fahrkarte dritter Klasse Oxford–London, das hieß, daß sie für wenig mehr als zehn Shilling die Chance gehabt hätte, sich in Sicherheit zu bringen. Sie hätte ohne große Mühe und Kosten ihr Leben retten können.

Aber sie hatte die Möglichkeit nicht genutzt. Warum nicht? Während des Prozesses war angeklungen, daß sie kein Geld bei sich gehabt hatte, nicht einen Penny, geschweige denn fast eine halbe Guinee. Aber hatte sie denn gar nichts, wirklich gar nichts bei sich gehabt, was sie hätte verkaufen oder verpfänden können? Was, zum Teufel, war denn in den beiden Kisten gewesen, die sie mit an Bord gebracht hatte? Sollten sie wirklich nur wertloses Zeug enthalten haben? Und wenn dem so war, wieso war dann die Mannschaft der *Barbara Bray* des Diebstahls verdächtigt worden? Morse zog irritiert die Stirn in Falten. Gütige Götter – wenn ich doch nur einen Moment die Möglichkeit hätte, einen Blick in Joannas Kisten werfen zu können! Es war siebzehn Uhr, gleich würde der Tee kommen, und Morse wußte noch nicht, daß sein Wunsch erhört worden war – oder beinahe.

Kapitel 24

Magnus Alexander corpore parvus erat
Nicht einmal Alexander der Große hätte den Größenanforderungen der Polizei genügt

Lateinisches Sprichwort

Am John-Radcliffe-Krankenhaus wurde in drei Schichten gearbeitet: Frühschicht (7.45 Uhr bis 15.45 Uhr), Spätschicht (13.00 Uhr bis 21.30 Uhr) und Nachtschicht (21.00 bis 8.15 Uhr). Eileen Stanton, deren biologischer Rhythmus mehr dem einer Eule als dem einer Lerche glich, hatte nichts gegen die Nachtschicht einzuwenden. Die Nacht war ihr mit ihrem eher melancholischen Gemüt wesensverwandt. Aber diese Woche war keine normale Woche gewesen, und so arbeitete sie heute in der Spätschicht.

Sie hatte mit neunzehn Jahren geheiratet, war mit zwanzig schon wieder geschieden gewesen und lebte jetzt, fünf Jahre nach dieser Enttäuschung, mit einem fünfzehn Jahre älteren Mann zusammen draußen in Wantage. Gestern nun hatte er seinen vierzigsten Geburtstag gefeiert (deshalb die Umstellung ihres Dienstplanes). Die Party war zunächst ein voller Erfolg gewesen, die Gäste hatten sich großartig amüsiert, bis der Gastgeber kurz nach Mitternacht plötzlich aus lächerlichem Anlaß einen Streit vom Zaun gebrochen hatte, der mit tätlichen Auseinandersetzungen geendet hatte. Und sie selbst war der Anlaß dafür gewesen. Wenn im Kino oder im Fernsehen der Held so richtig mit der Eisenstange eins über den Kopf bekommt, dann steht er danach sofort wieder auf, schüttelt sich ein bißchen, und weiter geht's. Im tatsächlichen Leben enden Gewalttätigkeiten allerdings meistens nicht so glimpflich, nicht selten landen die Opfer auf der Intensivstation, wenn sie Pech haben, mit Hirnschaden. Auch ihr Freund hatte gestern ganz schön etwas abbekommen. Durch einen Faustschlag ins Gesicht war die Oberlippe geplatzt (es hatte schrecklich geblutet), und einer der beiden Vorderzähne war an der Wurzel abgebrochen. Alles in allem hatte der Streit weder seinem Aussehen noch seinem Stolz gutgetan, die Party war vorbei gewesen, und sie selbst schrecklich enttäuscht.

Während der Fahrt mit dem Auto nach Oxford, während sie den apfelgrünen Metro auf dem Parkplatz (nur für Mitarbeiter des Krankenhauses) abstellte und noch während sie sich in der Garderobe im Keller umzog – die ganze Zeit über ging ihr der Zwischenfall von gestern abend, oder besser: heute früh, nicht aus dem Kopf. Die Arbeit gleich würde sie ablenken, das wußte sie, und das war gut so. Sie hatte es bisher geschafft, zu allen Patienten ein freundliches, aber distanziertes Verhältnis zu unterhalten – bloß nicht auch noch emotionale Verwicklungen am Arbeitsplatz –, und sehnte sich jetzt geradezu nach ein paar Stunden friedlicher Routine, bei denen sie den gestrigen Abend vergessen konnte. Ja, es stimmte schon, sie hatte tatsächlich ein bißchen zuviel getrunken und ein bißchen zu heftig geflirtet – und dabei hatte sie den Mann erst an diesem Abend kennengelernt. Zum Glück hatte sie keinen Kater – oder vielleicht doch? Durch den ganzen Streß hatte sie gar nicht richtig darauf geachtet, wie sie sich fühlte. Aber das war jetzt auch egal. Es war höchste Zeit, daß sie ihre eigenen Schwierigkeiten beiseite schob, um offen zu sein für die Probleme anderer.

Sie hatte gesehen, wie Morse zum Aufenthaltsraum gegangen war (und er hatte sie gesehen!), und hatte auch registriert, wie er eine halbe Stunde später zurückgekehrt war, sich ins Bett gelegt und zu lesen begonnen hatte. Anscheinend ein Büchernarr, dachte sie. Aber sympathisch. Vielleicht würde sich im Laufe des Nachmittags die Gelegenheit ergeben, sich ein bißchen mit ihm zu unterhalten – vorausgesetzt, er legte sein Buch mal beiseite. Doch das tat er nicht.

Um zwanzig vor acht, sie war gerade mit dem Verteilen der Medikamente für die Nacht fertig geworden, blickte sie wieder zu ihm hinüber und bemerkte die Frau, die an seinem Bett saß. Sie trug ein dunkelblaues Kleid, ihr Haar schimmerte zwischen Rot und Gold. Das regelmäßige, feingeschnittene Gesicht war ganz Morse zugewandt. Sie schienen ihre Unterhaltung zu genießen, die so ganz anders wirkte als die übliche Patienten-Besucher-Konversation, die sich meist, nach lebhafter Begrüßung, nur so dahinschleppt. Zweimal sah sie, wie die Frau, während sie redete, Morse mit der Hand leicht am Arm berührte. Ihre Hände waren schmal und langfingrig –

Musikerinnenhände. Und Morse? Seine Strategie schien es zu sein, sie durch ein halb überhebliches, halb entgegenkommendes Lächeln und intensiven Augenkontakt für sich einzunehmen. O ja, sie konnte sich sehr gut vorstellen, was in den beiden jetzt vorging – eigentlich schon peinlich, wie sie sich benahmen. Aber gleichzeitig wußte Eileen, daß sie sie beneidete – vor allem die Frau, Waggies raffinierte Tochter. Von den wenigen Malen, die sie mit Morse ein paar Worte gewechselt hatte, glaubte sie zu wissen, daß es interessant sein mußte, sich mit ihm zu unterhalten. Vielleicht, weil er ein interessantes Leben führte? Sie hatte bisher nur selten Männer wie ihn kennengelernt, Männer mit Bildung, die Bescheid wußten über Architektur, Geschichte, Literatur, Musik... alles Dinge, über die sie sich nur zu gerne unterhalten hätte. Plötzlich fühlte sie sich erleichtert, daß ihr Freund sie heute abend sicherlich in Ruhe lassen würde. So hatte die Prügelei doch noch ihr Gutes!

Da bemerkte sie, daß ein Mann vor ihrem Schreibtisch stand, er wartete offenbar schon länger.

«Kann ich etwas für Sie tun?» erkundigte sie sich etwas verlegen.

Sergeant Lewis nickte und beugte sich vertraulich zu ihr nieder: «Spezielle Anordnung. Ich muß jedesmal, wenn ich dem Chief Inspector wieder Plastiksprengstoff bringe, beim Boss Bescheid sagen. Der sind Sie doch, oder?»

«Sie dürfen Schwester Maclean wegen ihrer Anordnung nicht böse sein!» sagte Eileen lächelnd.

Lewis schüttelte den Kopf. «Ich doch nicht – er!» Er deutete zu Morse hinüber. «Er sagt, sie sei eine streitsüchtige, zickige, alte... na, Sie wissen schon.»

Eileen mußte wieder lächeln. «Sie ist manchmal nicht besonders taktvoll», gab sie zu.

«Es... äh... sieht so aus, als hätte er gerade Besuch.»

«Ja.»

«Dann sollte ich ihn jetzt vielleicht lieber nicht stören, er kann manchmal ziemlich gereizt reagieren.»

«So?»

«Besonders wenn...»

Eileen nickte und blickte etwas genervt zu ihm hoch. Sie wußte nur zu gut, wovon er sprach. Doch als sie sein treuherziges Lächeln sah, war sie schon fast wieder mit den Männern versöhnt.

«Wie ist er denn so – der Chief Inspector?» fragte sie leise.

Christine Greenaway stand auf, um zu gehen, und Morse realisierte plötzlich, als er sie so dicht neben sich sah, wie klein sie war, trotz der hochhackigen Schuhe, die sie immer trug. Ihm fiel wieder ein, was er vor ein paar Tagen in Denistons Bericht gelesen hatte: ‹...sehr zierliche und attraktive Erscheinung. Sie trug bei ihrem Aufbruch ein dunkelblaues Kleid...›

«Wie groß sind Sie eigentlich?» fragte er.

«Sie meinen, wie klein?» Sie sah ihn aus blitzenden Augen kampfeslustig an. «In Strümpfen bin ich genau einen Meter vierundfünfzig groß. Aber normalerweise trage ich hochhakkige Schuhe, dann bin ich so einen Meter sechzig.»

«Und welche Schuhgröße haben Sie?»

«Fünfunddreißigeinhalb. Sie würden Ihnen kaum passen.»

«Ich habe gar nicht so besonders große Füße», sagte Morse ernsthaft.

«Ich glaube, ich sollte mir lieber Gedanken machen über die Gesundheit meines Vaters, als mir anzuhören, was Sie mir über Ihre Füße zu erzählen haben», flüsterte sie mit einem verschwörerischen Lächeln und strich ihm mit der rechten Hand über den Arm. Morse hielt ihre Hand ganz leicht fest, und beide standen einen Moment lang wie unter einem Zauber.

«Und Sie werden es für mich nachsehen...?» fragte er schließlich.

«Ich werde bestimmt daran denken.»

Sie drehte sich um und ging, und nur der Hauch ihres teuren Parfüms, der noch in der Luft hing, erinnerte an sie.

«Ich überlege gerade», sagte Morse beinahe geistesabwesend, nachdem Lewis Christine Greenaways Platz an seinem Bett eingenommen hatte, «ich überlege gerade, welche Schuhgröße Joanna Franks wohl gehabt hat. Falls es damals so etwas gab wie Schuhgrößen. Vielleicht ist das ja auch erst eine moderne Erfindung, so wie die schrecklichen Strumpfhosen. Was meinen Sie, Lewis?»

«Wenn Sie wollen, Sir, so zeige ich Ihnen ihre Schuhe, dann können Sie selbst schätzen, welche Größe sie wohl gehabt hat.»

Kapitel 25

Wer unfähig ist, große Verbrechen zu begehen, argwöhnt sie auch nicht bei anderen.

La Rochefoucauld, *Maximen*

Morse stand bei seinen Kollegen in dem Ruf, eine überdurchschnittliche Intelligenz zu besitzen, eine Intelligenz, die sich weniger im alltäglichen Leben zeigte, die ihm aber bei der Aufklärung von Verbrechen einen immensen Vorsprung sicherte. Doch wenn er auch mit großen mentalen Fähigkeiten ausgestattet sein mochte, eine Begabung war ihm versagt geblieben, nämlich schnell lesen zu können. So brauchte er auch an diesem Abend, als er endlich gegen neun Uhr Ruhe dazu hatte – Christine Greenaway und Lewis waren längst gegangen, er hatte brav seine abendliche Malzmilch getrunken, die Medikamente geschluckt und sich seine Spritze geben lassen –, ziemlich lange, bis er die Fotokopien der relevanten Spalten aus *Jackson's Oxford Journal* zu Ende studiert hatte. Christine hatte ihm allerdings nichts davon gesagt, daß sie, unzufrieden mit den von ihr angefertigten Mitschriften, am frühen Nachmittag noch einmal in die Bibliothek zurückgekehrt war. Von ihrer Bekannten an der Auskunft war sie an der Schlange der Wartenden vorbeigeschleust worden und hatte direkt aus den schweren, unhandlichen Folianten, in die die einzelnen Jahrgänge jeweils zusammengefaßt waren, die ihr wichtig erscheinenden Abschnitte kopiert. Aber hätte er gewußt, wie sehr sie sich abgemüht hatte, hätte Morse es zur Kenntnis genommen – mehr nicht. Denn einer seiner Charakterfehler war, Engagement für *seine* Ziele stillschweigend vorauszusetzen, ohne sich jemals klarzumachen, welche Opfer das den Leuten in seiner Umgebung manchmal abverlangte.

Als Junge war er bei mehreren Gelegenheiten zu antiken Ausgrabungsstätten geschleppt worden, doch es war ihm unmöglich gewesen, die leidenschaftliche Begeisterung nachzuempfinden, die manche Leute dazu trieb, stundenlang andächtig vor einem zerbröckelnden Gemäuer aus der Römerzeit zu verharren. Ganz zu schweigen davon, daß er diese Begeisterung etwa hätte teilen können. Schon damals war es das geschriebene Wort, nicht das konkrete Artefakt gewesen, das seine Neugier gereizt hatte, so daß er, wenn auch auf Umwegen, doch noch zu einem begeisterten Kenner der Antike geworden war.

Morses Desinteresse gegenüber antiken Gegenständen jedweden Alters einmal vorausgesetzt, hätte man deshalb leicht voraussagen können, daß Lewis' ungewöhnliche Entdeckung im Präsidium von St. Aldates, obwohl der bisher einzige und noch dazu höchst dramatische Durchbruch in diesem Fall, Morse keineswegs in Begeisterungsschreie ausbrechen ließ. Was Lewis ihm da präsentierte, ein doch recht kläglich wirkendes Paar abgetragener Schuhe und eine womöglich noch kläglicher wirkende, zerknitterte, schmuddelige Unterhose, vermochten in Morse auch nicht annähernd die Gefühle auszulösen, die Christines Gabe in ihm bewirkt hatte. Das Studium der fotokopierten Zeitungsseiten hatte Morse bald gezeigt, daß der Oberst in seinem Bericht kein ihm wichtig scheinendes Detail ausgelassen hatte. Doch wie bei vielen Kriminalfällen waren es gerade die unbedeutend wirkenden, irrationalen Einzelheiten, die plötzlich blitzartig etwas erhellen und den Weg weisen konnten für eine völlig neue Deutung der bekannten Tatsachen. Bei seiner Lektüre der Auszüge aus dem *Oxford Journal* waren Morse gleich etliche Dinge aufgefallen, die ihn – milde gesagt – in Erstaunen versetzt hatten. Erstens wurde, wenn man verstand, zwischen den Zeilen zu lesen, ziemlich schnell deutlich, daß die Anklage wegen Diebstahls beim ersten Prozeß deshalb fallengelassen worden war, weil die Beweise (sofern man überhaupt von Beweisen sprechen konnte) sich fast ausschließlich gegen den jungen Wootton gerichtet hatten. Das bedeutete, daß man einen abgetrennten Prozeß hätte führen müssen – und zwar gegen einen Minderjährigen. Der einzige Angehörige der

Mannschaft, der eventuell noch mit dem Diebstahl hätte in Verbindung gebracht werden können, war Towns gewesen (der Mann, der begnadigt und nach Australien deportiert worden war). Gegen Oldfield und Musson jedenfalls, die später wegen Mordes gehängt worden waren, hatte es in dieser Sache auch nicht die Spur eines Beweises gegeben. Aber was aus Joannas Besitz hatte überhaupt die Begehrlichkeit des jungen Wootton geweckt? Im Prozeß hatte es darauf keine Antwort gegeben. Aber, so dachte Morse – lebensweise –, im Grunde war es doch wahrscheinlich dasselbe gewesen, was auch heute, im Jahr 1989 noch Begehrlichkeit auslöste: *Geld.*

Hm.

Zweitens war ihm aufgefallen, daß es deutliche Hinweise dafür gab, daß in ihrer zweiten Ehe Joanna es war, die «die Hosen anhatte». Aus welchem Grund auch immer sie sich zu Charles Franks, dem Pferdeknecht aus Liverpool, hingezogen gefühlt hatte, sein Optimismus und seine Vitalität konnten es nicht gewesen sein, denn sie war es gewesen, die ihn in den ersten, von Unglück geprägten Monaten ihrer Ehe anflehen mußte, nicht den Mut zu verlieren. Einer ihrer Briefe an Charles Franks war auszugsweise vor Gericht verlesen worden, vermutlich (so dachte Morse), um deutlich zu machen, daß, ganz entgegen der Behauptung der Schiffer, nicht Joanna verrückt gewesen war, sondern wenn überhaupt einer, dann höchstens ihr Mann. ‹Mein lieber Mann! Dein etwas verwirrter Brief hat mich sehr betrübt – versuch doch, mit Deiner ganzen Kraft anzugehen gegen das, was, wie ich fürchte, Dich erwarten könnte, wenn Du Deinem gequälten und gepeinigten Geist keine Ruhe gönnst. Der Verlust der Verstandeskraft ist eine schreckliche Sache und würde alle unsere Hoffnungen zunichte machen. Sei stark, und vertraue darauf, daß wir beide bald wieder zusammensein werden, und unter besseren Umständen als jetzt!›

Ein ebenso kurzer wie beredter Brief.

Waren möglicherweise beide etwas labil gewesen?

Hm.

Drittens ließen verschiedene Aussagen in beiden Prozessen den Schluß zu, daß die sogenannten «fliegenden Boote» zwar am schnellsten vorwärtskamen, wenn man sich strikt an das

Knallhart.

Ein Angebot, das Sie nicht ablehnen können...

Prinzip – zwei im Dienst, zwei außer Dienst – hielt, daß es aber tatsächlich gang und gäbe gewesen war, daß die vier Schiffer auch «über Kreuz» tauschten, je nach persönlichen Vorlieben oder Erfordernissen. Oder auch Begierden, dachte Morse. Mit großem Interesse hatte er in einem der Prozeßberichte des *Oxford Journal* gelesen (wieso ist Ihnen das entgangen, Oberst Deniston?), daß laut Aussage von Towns Oldfield ihm sechs Shilling gezahlt habe, damit er, Towns, ihm die mühevolle Arbeit, den Kahn mit Hilfe der Beine * durch den Tunnel bei Barton zu stoßen, abnähme. Morse nickte wissend: Er konnte sich nur zu gut vorstellen, warum.

Hm.

Sah man viertens alle Aussagen gleichsam «synoptisch», so ergab sich das Bild, daß Joanna zu Beginn der Reise offenbar nichts gegen die Gesellschaft der Schiffer einzuwenden gehabt hatte, im Gegenteil: Bei mehreren Aufenthalten unterwegs hatte sie mit ihnen am Tisch gesessen und gegessen, mit ihnen getrunken und mit ihnen zusammen über ihre Witze gelacht. Nach der Hälfte der Fahrt mußte ihr das Lachen dann plötzlich vergangen sein, auf einmal erschien sie als hilfloses, gepeinigtes Wesen, das ausgesprochen und unausgesprochen um Hilfe, Beistand, Schutz und Gnade flehte. Und noch etwas gab Morse zu denken. Je mehr die Männer sich betranken, um so nüchterner schien Joanna zu werden. Die Aussage des Arztes, Mr. Bartholomew, der ihre Leiche obduziert hatte, war in diesem Punkt eindeutig. *In ihrem Körper fand sich keine Spur von Alkohol.*

Hm.

Morse machte sich daran, verschiedene unflätige Äußerungen, die die Schiffer irgendwann während der Reise, beziehungsweise nachdem sie wegen Mordverdachts festgenommen waren, von sich gegeben hatten und die im Prozeß durch Zeugenaussagen zur Sprache gekommen waren, mit blauem Kugelschreiber zu unterstreichen. (Was für ein Glück, daß der Gerichtsreporter von *Jackson's Oxford Journal* diese Aussagen für wichtig genug gehalten hatte, um sie zu notieren.)

* Der englische Ausdruck für diese Tätigkeit lautet «legging»

‹Ihn hat sie schon rangelassen heute abend, und mich wird sie auch ranlassen, sonst werde ich sie…› (Oldfield) ‹Zur Hölle mit diesem Weibsstück! Wenn sie sich ertränkt hat, dann kann ich es auch nicht ändern!› (Oldfield) ‹Sie hat ein paarmal gesagt, daß sie es tun würde, und jetzt hat sie es wohl tatsächlich gemacht.› (Musson) ‹Ich hoffe, das verdammte Weib schmort in der Hölle!› (Oldfield) ‹Zum Teufel mit der Frau! Was geht sie uns an? Wenn sie sich entschlossen hat, sich zu ertränken, warum macht man uns dann Schwierigkeiten?› (Towns) ‹Wenn er als Zeuge gegen uns aussagen will, dann wegen anderer Dinge, nicht wegen der Frau.› (Oldfield)

Hm.

Mochten die Äußerungen auch unzusammenhängend und aus dem Kontext gerissen sein, sie hatten alle denselben Tenor: eine grenzenlose Wut auf Joanna Franks. Morses Überzeugung, daß dies nicht die Art von Bemerkungen waren, die man *nach* der Tat von Mördern erwarten würde, wuchs. Scham, Reue, Angst – das waren die üblichen Reaktionen, vielleicht in einigen Fällen unmittelbar nach Vollendung der Tat auch ein Gefühl von Befreiung, ja Triumph. Aber nicht dieser wilde Zorn und Haß, der ja die Schiffer, selbst nachdem man Joannas Leiche gefunden hatte, noch tagelang beherrscht hatte.

Und dann stieß Morse bei der Lektüre des *Oxford Journals* auf die Wiedergabe einer Zeugenaussage, die der Oberst in seinem Bericht mit keinem Wort erwähnt hatte. Offenbar hatte Oldfield irgendwann im Laufe des Prozesses behauptet, daß sie Joanna in jener verhängnisvollen Nacht gegen vier Uhr morgens eingeholt hätten. Sie sei in völlig aufgelöstem Zustand gewesen, und sie seien in der Dunkelheit ohnehin nur auf sie aufmerksam geworden, weil sie wie eine Verrückte immerzu nach ihrem Mann geschrien habe: «Franks! Franks! Franks!» Er habe, so hatte Oldfield weiter behauptet, sie überredet, auf den Kahn zurückzukehren, doch sei sie nach kurzer Zeit wieder auf den Treidelpfad zurückgesprungen (zum wievielten Mal nun schon?), um dort zu Fuß weiterzugehen. Er und Towns seien ihr kurz darauf gefolgt und seien unterwegs einem möglichen Zeugen begegnet (jenem Donald Favant, der im Buch des Obersten kurz erwähnt wird). Doch das Gericht hatte Oldfields Aussage offenbar keinen Glauben geschenkt, und die Staatsanwaltschaft hatte für seinen Bericht von der zweiten Begegnung (der übrigens durch Towns Aussage erhärtet wurde) nur Hohn übrig: Im besten Fall seien ihre Erinnerungen durch ihre Trinkerei getrübt, aber viel wahrscheinlicher sei, daß es sich bei ihren Aussagen um die Schutzbehauptungen «gemeiner Mörder» handele. Dies aber war nun genau die Art staatsanwältlichen Kommentars, die Morses Glauben, daß man vor Gericht sein Recht erhalte, über die Jahre sehr erschüttert hatte. Als Polizeibeamter war er mit den Feinheiten des Gesetzes nicht besonders vertraut, aber er war ein leidenschaftlicher Verfechter des Prinzips, daß ein Mann, bis er der Tat überführt ist, für unschuldig zu gelten habe. Es war ein Grundprinzip nicht nur kodifizierten Rechts, sondern des Naturrechts...

«Liegen Sie bequem?» fragte Eileen und strich ihm mechanisch die Bettdecke glatt.

«Ich dachte, Sie hätten schon Schluß.»

«Gleich.»

«Sie verwöhnen mich.»

«Das Lesen macht Ihnen großen Spaß, nicht wahr?»

Morse nickte. «Manchmal schon.»

«Ist Lesen das, was Ihnen von allen Dingen am meisten Spaß macht?»

«Ach, das kann ich so nicht sagen, Musik... Musik finde ich eigentlich manchmal noch schöner.»

«Das heißt, wenn Sie lesen und legen sich dazu eine Platte auf...»

«Beides zusammen geht nicht.»

«Aber lesen oder Musik hören, eines von beiden ist das Schönste, was Sie sich vorstellen können?»

«Abgesehen mal von einem Diner mit Kerzenlicht – wenn jemand wie Sie mir gegenübersäße...»

Eileen errötete.

Bevor er an diesem Abend einschlief, genehmigte sich Morse noch einen kleinen Whisky, und während er ihn langsam, Schluck für Schluck genoß, schien die Welt auf einmal gar kein so unerträglicher Ort...

Als er am nächsten Morgen aufwachte (oder, genauer gesagt, geweckt wurde), es war Sonntag, wunderte er sich sehr, daß die Erkenntnis, was damals, 1859, am Kanal wirklich passiert war, so lange hatte auf sich warten lassen. Gewöhnlich war doch die Geschwindigkeit, mit der er eine Analyse der Zusammenhänge erstellte, vergleichbar dem sprichwörtlichen Lidschlag einer Eidechse – bildete er sich jedenfalls ein.

Kapitel 26

Es gibt ein Gesetz, im dunkelsten der Bücher des Lebens, und das lautet: Du kannst eine Sache neunhundertneunundneunzigmal ansehen, und dir wird nichts geschehen, aber beim tausendsten Mal gerätst du in die schreckliche Gefahr, sie zum ersten Mal zu erblicken.

G. K. Chesterton, *Der Napoleon von Notting Hill*

Morse konnte es kaum abwarten, bis die Schwestern ihre morgendliche Runde beendet hatten, um sich noch einmal den Bericht des Obersten vorzunehmen. Ganz bewußt begann er bei den weniger wichtigen Seiten, um sich langsam zum Kern des Berichts vorzuarbeiten, genauso wie er als Junge, wenn ihm seine Mutter Spiegeleier gebraten hatte, langsam und genüßlich Stück um Stück des Weißen abgeschnitten hatte, bis am Ende nur noch die halbrunde Kugel des Dotters übriggeblieben war, die er in einer Art kleiner Ekstase in einem Stück zum Mund führte.

Was war der genaue Wortlaut des Prozeßberichts gewesen? Morse nickte nachdenklich. Als Charles Franks die Leiche sah, hatte er sie, obwohl das Gesicht sehr entstellt gewesen war, «anhand einer kleinen Narbe hinter dem linken Ohr, die nur ihren Eltern oder aber einem ihr sehr vertrauten Geliebten bekannt sein konnte», identifiziert. Morse fragte sich, ob wohl schon jemals vorher vor einem englischen Gericht die Identität einer Person aufgrund eines so dürftigen Hinweises behauptet und beschworen worden war. Daß die Tote eine winzige Narbe hinter dem Ohr gehabt hatte, bezweifelte er gar nicht. Der Arzt, der den Fall untersuchende Kriminalbeamte, die beiden Frauen, die die Tote erst entkleidet und dann für die Beerdigung wieder angekleidet hatten, sie alle hätten, falls es erforderlich gewesen wäre, die Existenz einer solchen Narbe bestätigen können. Nur – wer sagte denn, daß es Joanna war, die diesen winzigen Makel hinter dem Ohr aufwies? Es gab doch zu diesem Punkt nur die Aussage des Ehemannes. Wo waren die beiden anderen Menschen, die von der Narbe gewußt haben mußten – die Eltern? Sie waren beim Prozeß in Oxford offenbar nicht als Zeugen geladen worden. Warum nicht? War die Mutter durch den Tod der Tochter so angegriffen gewesen, daß man glaubte, ihr ein Erscheinen vor Gericht nicht zumuten zu können? Oder war sie vielleicht damals schon tot gewesen?

Aber der Vater, der Vater war doch auf jeden Fall noch am Leben gewesen. Ein Versicherungsagent...

Morse besann sich wieder auf den zentralen Punkt, den er einem imaginierten Geschworenengericht vorzutragen gedachte. Keine Jury der Welt würde in einem Mordfall eine nur von einer einzigen Person bezeugte Identifizierung akzeptieren, wenn nicht noch irgendwelche zusätzlichen Beweise vorhanden waren, aus denen sich die Identität der betreffenden Person ableiten ließ. Und auch im Fall Joanna Franks hatte es tatsächlich einen solchen zusätzlichen Beweis gegeben (Morse schaute wieder in den Bericht, um sich des genauen Wortlauts zu versichern). «Seine (Franks') Identifizierung erfuhr eine zusätzliche Bestätigung, als man später in der vorderen Kabine der *Barbara Bray* ein Paar Schuhe fand, das der Toten genau paßte.» Für die Geschworenen damals mußte die Sache etwa so ausgesehen haben: erstens, die Schuhe in der Kabine gehörten Joanna Franks; zweitens, die Schuhe paßten der ertrunkenen Frau; drittens, also ist die ertrunkene

Frau Joanna Franks – *quod erat demonstrandum.* Alle drei Aussagen schienen ja auch auf den ersten Blick so einfach und einleuchtend. Aber was war, wenn die erste Behauptung gar nicht zutraf? Wenn die Schuhe nun gar nicht Joanna gehört hätten? In diesem Fall mußte die Schlußfolgerung unausweichlich lauten, daß, wer immer auch die Frau war, deren Leiche man, mit dem Gesicht nach unten treibend, im Duke's Cut gefunden hatte, es sich jedenfalls nicht um Joanna Franks handeln konnte.

Einen Moment noch, Morse! Nicht so schnell! (Er stellte sich in Gedanken die Einwände des Staatsanwalts vor.) Zugegeben, die Beweise für Joannas Identität mögen vielleicht wirklich etwas dürftig sein, aber haben Sie – *Sie selber* – einen – *irgendeinen* – handfesten Grund, die Richtigkeit der Identifizierung anzuzweifeln? Und eine andere Stimme – Morses eigene – antwortete fest und zuversichtlich: Ja, den habe ich! Und wenn das hohe Gericht es gestattet, werde ich jetzt berichten, was genau sich am Mittwoch, dem 22. Juni 1859 zwischen drei und fünf Uhr morgens am Kanal abgespielt hat.

Meine Herren! Wir alle, die wir bemüht sind, das Tatgeschehen selbst wie auch die Ursachen der Tat zu rekonstruieren, werden jedesmal aufs neue von dem Gedanken gequält: *irgend etwas* ist hier geschehen, *und zwar auf spezifische Art und Weise.* Alle Theorie, jeder Versuch der Rekonstruktion, jede Wahrscheinlichkeit, sie alle verblassen neben der *einfachen, greifbaren Wahrheit dessen, was tatsächlich sich ereignet hat.* Wenn wir doch nur... wenn wir doch, so pflegen wir zu sagen, bloß die Möglichkeit hätten zu sehen, was wirklich passiert ist. Meine Herren! Ich werde Ihnen gleich diesen Wunsch erfüllen...

Sprechen Sie! sagte der Richter.

Kapitel 27

Einbildung, die du uns fortziehest,
Daß wir nichts gewahren, selbst wenn
Tausend Trompeten um unsre Ohren schallten.

Dante, *Purgatorio*

Von ihrem Platz, von der Falltür aus links an der vorderen Kabine, konnte sie die beiden gut sehen. Ein Reporter hätte in einem Bericht vermutlich etwas zusammenphantasiert, etwa daß die Männer schnarchten, besser noch: laut schnarchten. Joanna reichte die einfache Tatsache, daß die beiden – Oldfield und Musson – schliefen. Und sie schliefen fest, das verriet das regelmäßige Sichheben und -senken des dunkelbraunen Federbettes, das beide bedeckte. Hatten sie einen Rausch? Ja. Joanna selbst war es gewesen, die dafür gesorgt hatte, daß sie sich betranken. Es hatte allerdings auch kaum der Überredung bedurft, der Zeitpunkt war jedoch wichtig gewesen... Sie lächelte mit grimmiger Befriedigung und warf einen Blick auf ihre kleine silberne Uhr, die sie nach Möglichkeit immer bei sich trug. Sie war ein Geschenk ihres Vaters zu ihrem zweiundzwanzigsten Geburtstag gewesen (nicht zum einundzwanzigsten!), als er gerade vom Londoner Patentamt ein größeres Honorar angewiesen bekommen hatte. Ihre Hand schloß sich fest um das kostbare Stück, so als empfände sie es als eine Art Glücksbringer für die bevorstehende Unternehmung.

Gelegentlich sprach sie ein paar Worte – sehr leise, nur um Oldfield und Musson nicht zu wecken – zu dem unehrlich wirkenden, etwas dümmlichen, pickeligen Jungen mit dem ausweichenden Blick, der neben ihr am Eingang der Kabine stand. Seine linke Hand ruhte auf dem Ruder, das wie ein Z geformt war und breite, rotgrüne und gelbe Streifen trug, seine Rechte lag auf ihrem Busen (wohin sie selbst sie gelegt hatte). Zwanzig Meter weiter vorn trottete das Pferd (ein ziemlich ausdauerndes Pferd!) jetzt etwas langsamer, doch die Stricke längs seiner Flanken blieben straff gespannt, während es auf dem stillen Treidelpfad vorwärtsstapfte. Das einzige Geräusch war das Klatschen des Wassers gegen die Seiten der *Barbara Bray*, während sie unaufhaltsam durch die Nacht weiter in Richtung Süden glitt.

Joanna warf einen Blick hinter sich auf das geflochtene Korbwerk, das das Heck des Kahns schützen sollte. «Noch ein bißchen mehr hinüber, noch ein bißchen mehr hinüber zur anderen Seite, Tom», flüsterte sie, während der Kahn das Dorf Hampton Gay passierte. Der Kanal machte hier einen scharfen Knick. «Und vergiß nicht unsere Abmachung», fügte sie hinzu, während sie zur Bordwand trat. Wootton lenkte den Kahn sachte hinüber zum linken Ufer.

Wootton war zwar erst fünfzehn, aber in vielen Dingen seinem Alter weit voraus – jedoch nicht in allen. Niemals zuvor hatte er ein derartiges Verlangen nach einer Frau verspürt wie jetzt nach Joanna. Und den anderen Männern ging es genauso. Sie strahlte eine ansteckende Vitalität aus, die einfach alle in ihren Bann schlug. Woran das genau lag, ließ sich schwer sagen. Es war das Blitzen ihrer Augen, wenn sie sprach, die Art, wie sie genießerisch mit der Zunge in die Mundwinkel fuhr, nachdem sie in einem Wirtshaus Lammkoteletts und Erbsen gegessen hatte, und das aufreizende Lachen, mit dem sie die Männer zum Trinken animierte, während sie selbst sich unter Kontrolle behielt. *Oldfield hatte sie besessen* – dessen war sich Wootton ganz sicher. Er hatte sie in einem der dunklen Tunnel genommen, während er, Wootton, für sechs Shilling ihm die Arbeit abgenommen und den Kahn mit den Beinen vorwärts gestoßen hatte. Und die ganze Zeit war ihr Stöhnen zu ihm gedrungen, während sie es in der Kabine miteinander getrieben hatten. Später, ein Stück weiter südlich, war es Towns gewesen, der gegen dieselbe Bezahlung Oldfields Arbeit übernommen hatte. Beide Männer, Towns und auch Musson, der dürre Musson mit den lüsternen Augen, hatten bald herausgehabt, was da vor sich ging, und wollte auch mit dabeisein. Streit lag in der Luft, und tatsächlich war Towns bei einer Gelegenheit auf Musson mit einem Messer losgegangen.

Jetzt reichte Wootton Joanna wie verabredet die Laterne. Die Nacht war windstill, und die Flamme flackerte nur leicht, als Joanna von Bord sprang. Gleich darauf war sie im Dunkeln verschwunden, und Wootton sah wieder geradeaus auf das

Wasser vor sich, und ein befriedigtes Lächeln spielte um seinen weichlichen Mund.

Natürlich war es nicht ungewöhnlich, daß weibliche Passagiere in ziemlich regelmäßigen Abständen von einem Kanalboot ans Ufer sprangen: Frauen verrichteten ihre Notdurft immer ein wenig umständlicher als Männer. Doch Joanna würde in dieser Nacht vielleicht ein wenig länger als gewöhnlich verschwunden sein – so hatte sie gesagt.

Sie stand verborgen im Unterholz und beobachtete den Umriß des Bootes, der mehr und mehr mit der Nacht verschmolz. Dann, als sie nach ihrer Schätzung außer Hörweite der Besatzung war, rief sie den Namen des Mannes – ohne daß anfangs jemand antwortete; dann wieder und ein drittes Mal – bis sie in den Büschen neben sich, die an die Steinmauer eines großen Herrenhauses grenzten, eine raschelnde Bewegung hörte – und ein unterdrücktes, nervöses «Sch!»

Die Nachtluft war still, und ihre Stimme war weit über dem Kanal zu hören gewesen, so daß der junge Mann am Bug und der Mann mit dem gleichmütigen Pferd sich gleichzeitig umdrehten und in die Dunkelheit spähten. Doch sie konnten nichts erkennen; und da sie nichts mehr hörten, dachte keiner von ihnen weiter darüber nach.

Aber einer der Männer, der angeblich schlief, hatte die Stimme ebenfalls gehört!

Währenddessen waren Joanna und ihr Komplice, sich im Schatten haltend, verstohlen an der Reihe kleiner, steingrauer Häuser mit Terrassen entlanggehuscht, die den Kanal bei Thrupp säumten; dann glitten sie unbemerkt an den verdunkelten, stummen Fenstern des *Boat Inn* vorüber und bewegten sich jetzt unbefangener durch die kurze heckengesäumte Gasse, die zur Oxford–Banbury-Highway führte.

Die *Barbara Bray* hatte auf den nächsten drei Meilen die Schleusen von Roundham, Kidlington Green und Shuttleworth zu überwinden – letzteres nur wenig nördlich von jenem dreieckig geformten Abschnitt des Kanals, der bekannt war als Duke's Cut. Während die *Barbara Bray* die Schleusen passierte, hätten sie, so hatten sich Joanna und ihr Begleiter ausgerechnet, genug Möglichkeiten, ihr Vorhaben durchzuführen. Das würde ganz einfach sein. Viel schwieriger war es gewesen, sich während all der Tage für irgendwelche Stellen unterwegs zu verabreden, und Oldfield mußte auch etwas gemerkt haben, denn seit gestern hatte er Joanna zunehmend argwöhnischer angesehen, wenn sie wieder einmal zur Tages- oder auch zur Nachtzeit das Schiff verlassen hatte. Aber sie hatte genau gewußt, wie sie sein Mißtrauen immer wieder hatte besänftigen können.

«Ist alles bereit?»

Er nickte kurz. «Still jetzt!»

Sie gingen zu einem Planwagen hinüber, der an einer Buche festgebunden war. Zwischen den Deichseln stand mit gesenktem Kopf eine Schecke. Ab und zu trat der Mond zwischen den Wolken hervor, nirgendwo war eine Menschenseele zu sehen.

«Das Messer?» fragte er.

«Ich habe es geschärft.»

Er nickte befriedigt.

Sie zog ihren Mantel aus und gab ihn ihm, nahm dann einen anderen Mantel von ihm entgegen, ihrem eigenen sehr ähnlich, aber aus billigem Material, weniger elegant geschnitten und ein wenig länger.

«Hast du auch an das Taschentuch gedacht?» Schnell griff sie in die rechte Tasche des Mantels, den sie eben getragen hatte, und zog ein kleines, weißes, quadratisches Tüchlein hervor, das mit Spitze gesäumt war und in einer seiner Ecken die in rosa Seide gestickten Initialen «J. F.» trug.

Ein irreführendes Detail mehr.

«Sie ist... ist sie da drin?» Joanna deutete mit dem Kopf in Richtung Planwagen. Ihre Stimme klang zum erstenmal nervös und unerwartet rauh.

Er nickte einmal kurz, die schmalen Augen funkelten hell in dem dunkel verschatteten Gesicht.

«Ich will sie nicht sehen.»

«Das ist auch nicht nötig.» Er nahm ihr die Laterne aus der Hand und hielt sie, nachdem sie vorne auf den Wagen geklettert waren, über eine von Hand gezeichnete Ortsskizze. Mit dem rechten Zeigefinger deutete er auf eine Brücke, die ungefähr dreihundertfünfzig Meter nördlich der Schleuse von Shuttleworth über den Kanal führte. «Wir fahren jetzt bis –

hier! Du wartest dort, bis sie dich eingeholt haben, verstanden? Dann gehst du zurück an Bord. Und wenn ihr die Schleuse passiert habt – aber erst hinterher! –, dann ...»

«Wie wir es abgesprochen haben!»

«Ja. Du wartest einen unbeobachteten Moment ab und springst ins Wasser. Du kannst so lange drin bleiben, wie du willst, aber paß auf, daß dich niemand sieht, wenn du herauskletterst. Der Wagen steht an der Brücke. Du legst dich hinein und verhältst dich ganz ruhig. Ich werde so schnell, wie ich kann, wieder bei dir sein ...»

Joanna zog das Messer aus der Rocktasche. «Soll ich es tun?»

«Nein!» Er nahm ihr das Messer rasch aus der Hand.

«Nein?»

«Es ist nur ...» begann er, «ihr Gesicht, weißt du, ihr Gesicht ist ganz schwarz geworden!»

«Ich dachte immer, Tote sähen eher weiß aus», flüsterte Joanna.

Der Mann zuckte die Achseln, nahm die Laterne und kletterte nach hinten in den Wagen. Dort stellte er sie so ab, daß das Gesicht der Toten im Schatten blieb, dann hob er ihren Rock, und mit einer einzigen, geschickten Bewegung machte er einen ungefähr zwölf Zentimeter langen Schnitt in die Vorderseite ihres Baumwollschlüpfers.

Er kehrte nach vorne zu Joanna zurück und händigte ihr zwei Flaschen dunklen Ales aus, als er plötzlich an der Schulter gerüttelt wurde ...

«Möchten Sie etwas Suppe, Mr. Morse?»

Es war Violet.

Kapitel 28

Wir leben in einem System von Lügen. Der eine Weg hinaus heißt Alkohol, der andere Tod.

Tennessee Williams, *Die Katze auf dem heißen Blechdach*

Auf allen Stationen des John-Radcliffe-Krankenhauses gab es die Einrichtung des sogenannten Berichts, einem Treffen der Ärzte und des Pflegepersonals jeweils am Übergang von der Früh- zur Spätschicht und von dieser zur Nachtschicht. Auf manchen Stationen konnten die leitenden Ärzte es sich leisten, an den Wochenenden zu verschwinden und sich mit ihren BMWs oder Yachten zu vergnügen, doch auf der zur Hälfte mit chirurgischen Fällen belegten Station 7 C fanden die «Berichte» ohne Unterbrechung täglich statt. So auch am heutigen Sonntag, dem zweiten, den Morse nun schon im Krankenhaus verbrachte.

Zu diesem Treffen um dreizehn Uhr waren diesmal sogar besonders viele Mitarbeiter gekommen: der Oberarzt, ein junger Medizinalassistent, Oberschwester Maclean, Stationsschwester Stanton und zwei Lernschwestern. Sie alle drängten sich in dem Zimmer der Oberschwester und sprachen jeden der Fälle einzeln durch, erörterten die Medikation und die weitere Prognose, diskutierten die Ursachen von Rückfällen und konstatierten befriedigt einsetzende Heilungsprozesse.

Der Chief Inspector war einer der letzten Fälle, die besprochen wurden, denn man war allgemein der Meinung, er sei inzwischen über dem Berg.

«Morse!» Der Oberarzt schüttelte leicht den Kopf, während er die Krankenakte in Empfang nahm.

«Seine Genesung macht wirklich gute Fortschritte», bemerkte die Oberschwester ungefragt in dem verteidigenden Tonfall einer Mutter, die auf dem Elternabend soeben erfahren hat, daß die Arbeitshaltung ihres Sprößlings zu wünschen übrigläßt.

«Ich bin immer in Versuchung», sagte der Oberarzt, während er ihr die Akte zurückgab, «diese Trinker zu fragen, warum sie es nicht ganz einfach mal mit Wasser versuchen – Wasser ist eine wundervolle Sache... Ich würde natürlich nicht versuchen, Schwester, Sie zu überzeugen, aber...»

Eine oder zwei Minuten lang glühten Schwester Macleans blasse Wangen vor Schamröte, und eine der Lernschwestern konnte angesichts der Verlegenheit des Drachen ein Lächeln des Entzückens kaum unterdrücken. Doch die andere der beiden, die schöne Fiona, nahm seltsamerweise plötzlich die Züge und die Farbe in dem Gesicht wahr, die es fast hätten schön machen können.

«Er scheint nicht *so viel* zu trinken, oder?» bemerkte der junge Arzt und ließ seine Blicke über die umfangreichen Notizen gleiten, von denen er die meisten verfaßt hatte.

Der Facharzt schnaubte verächtlich. «Unsinn!» Er schnipste mit dem Finger gegen die anstößigen Papiere. «Verdammter Lügner, oder etwa nicht? Säufer und Diabetiker!» Er wandte sich an den jungen Arzt «Ich habe Ihnen das bereits gesagt, denke ich!»

Es war ganz unverzeihlich, daß für ein paar Sekunden der Hauch eines Lächelns um Schwester Macleans Lippen spielte, während ihre Wangen wieder ihre gewohnte Blässe annahmen.

«Er ist kein Diabetiker...» fing der junge Arzt an.

«Ich gebe ihm noch zwei Jahre!»

«Trotzdem, er ist auf dem Weg der Besserung» beharrte der junge Arzt. Er wollte sich diesen Erfolg, der nicht zuletzt seinen Bemühungen zu verdanken war, nicht auf so ungerechte Weise schmälern lassen.

«Ja. Er hat unerhört Glück gehabt. Ich hatte eigentlich angenommen, wir müßten ihm seine Eingeweide drastisch reduzieren.»

«Er muß wohl im Grunde eine sehr robuste Konstitution haben», kommentierte die Oberschwester mit gewohnter Autorität.

«Vermutlich», knurrte der Oberarzt mißvergnügt, um ein wenig giftig hinzuzufügen, «abgesehen mal von seinem Magen, seinen Lungen, seinen Nieren und seiner Leber – der ganz besonders. Aber, wer weiß, vielleicht schafft er es noch bis zum Sechzigsten, wenn er sich an unsere Anweisungen hält, was ich allerdings, ehrlich gesagt, sehr bezweifle.»

«Sollen wir ihn noch ein paar Tage dabehalten?»

Nach kurzem Überlegen schüttelte der Oberarzt den Kopf. «Nein, schicken Sie ihn nach Hause. Seine Frau wird ihn dort genauso gut pflegen können wie wir hier, vielleicht sogar noch besser. Er soll die Tabletten wie bisher weiternehmen und sich in zwei Wochen wieder bei mir vorstellen.»

Eileen Stanton kam nicht mehr dazu, den Oberarzt bezüglich seines Irrtums, was Morses häusliche Verhältnisse anging, zu korrigieren, weil in diesem Augenblick eine junge Schwester aufgeregt in das Zimmer gestürmt kam. «Tut mir leid, daß ich stören muß. Aber wir haben, glaube ich, einen Herzstillstand... Einer der Neuzugänge.»

«Ist er tot?» wollte Morse wissen.

Eileen, die ein paar Minuten Zeit hatte und auf seinem Bettrand saß, nickte traurig. Es war früher Nachmittag.

«Wie alt ist er gewesen?»

«Ich weiß nicht genau, ein bißchen jünger als Sie, glaube ich.» Sie wirkte niedergeschlagen. «Vielleicht, wenn wir uns intensiver um ihn gekümmert hätten...»

«Sie sehen so aus, als könnten Sie es im Moment selbst ganz gut gebrauchen, wenn sich jemand um Sie kümmerte», bemerkte Morse mit jener Hellsichtigkeit, die ihm manchmal zu eigen war.

«Ja, stimmt.» Sie blickte ihn an und bemühte sich, ein Lächeln zustande zu bringen, entschlossen, ihre trübe Stimmung abzuschütteln. «Und Sie werden sich ab morgen auch wieder selbst um sich kümmern müssen», sagte sie, mit Bedauern in der Stimme. «Wir setzen Sie nämlich vor die Tür, wir haben genug von Ihnen.»

«Sie meinen, ich werde morgen entlassen?» Morse wußte nicht recht, ob das nun eine gute oder eine schlechte Nachricht war. Sie nahm ihm die Entscheidung ab.

«Das ist eine gute Nachricht, oder?»

«Sie werden mir fehlen.»

«Ja, vielleicht...» Morse sah, wie ihr die Tränen in die Augen stiegen.

«Warum erzählen Sie mir nicht einfach, was los ist?» fragte er leise. Und sie erzählte es ihm. Wie großzügig sich das Krankenhaus verhalten hätte, und insbesondere auch die Oberschwester, als sie sie gebeten hätte, die Schicht wechseln zu dürfen, und wie sie sich so auf die Party gefreut hätte und wie hinterher alles so enttäuschend verlaufen sei... Die Tränen rollten ihr die Wangen hinunter, und sie wandte ihr Gesicht ab und suchte mit ihrer Rechten nach einem Taschentuch. Morse schob ihr sanft sein eigenes, schmuddeliges Tuch in die Hand, und für einen Augenblick saßen beide ganz still.

«Ich will Ihnen etwas sagen», begann er schließlich, «eigentlich ist das doch sehr schmeichelhaft, daß sich zwei Männer wegen Ihnen geprügelt haben.»

«Nein, ist es nicht!» Sie begann wieder zu weinen.

Morse seufzte. «Ja, vielleicht haben Sie recht. Aber eines will ich Ihnen sagen. Es wird Sie vielleicht nicht freuen, vielleicht sogar eher das Gegenteil, aber wenn *ich* auf der Party gewesen wäre und hätte die beiden sich wegen Ihnen streiten sehen, dann hätte ich mich auch noch eingemischt, und dann hätten sich nicht nur zwei Männer wegen Ihnen geprügelt, sondern gleich drei!»

Sie lächelte und wischte sich die Tränen ab. Es ging ihr schon wieder besser. «Die beiden sind aber große, stämmige Kerle. Und der eine von ihnen hat seit Jahren Karate-Unterricht!»

«Na schön, dann hätte ich eben verloren. Aber gekämpft hätte ich trotzdem. Erinnern Sie sich, es gibt da so ein Gedicht: ‹Besser, gekämpft zu haben und verloren als... hm» (Morses eigene Erinnerung war offenbar nur höchst unzulänglich).

Sie beugte sich zu ihm hinunter, so daß ihr Gesicht dicht vor seinem war, und sah ihm direkt in die Augen. «Es hätte mir überhaupt nichts ausgemacht, wenn Sie verloren hätten, vorausgesetzt, daß ich Sie hinterher hätte pflegen dürfen», flüsterte sie leise.

«Aber das haben Sie ja sowieso getan», sagte Morse, «und noch einmal vielen Dank dafür.»

Sie stand auf, lächelte ihn ein wenig traurig an und ging. Morse spürte einen Stich des Bedauerns.

Kapitel 29

Ich glaube, es grämt die Heiligen im Himmel, zu sehen
Wie viele einsame Menschen auf der Erde
Trost und Beistand erst im Krankenhaus erfahren haben

Elizabeth Barrett Browning, *Aurora Leigh*

Das Ende jeder Reise ebenso wie der Wechsel eines Ortes sind immer mit unerklärlicher Trauer verbunden. Ob diese Trauer dem unbewußten Gedanken an die letzte Reise geschuldet ist, die wir alle einmal antreten müssen, oder ob es einfach Abschiede an sich sind, die uns traurig stimmen, wollen wir hier nicht entscheiden. Morse jedenfalls empfand bei der Nachricht, daß er wieder nach Hause durfte, eine Mischung aus Freude und Wehmut. Aber zu Hause würde er doch endlich wieder seine geliebte Musik hören können? Ja, das stimmte. Bald würde er wieder hingerissen Wotans Abschied im letzten Akt der *Walküre* lauschen und eine seiner Puccini-Platten, mit Pavarotti in der Hauptrolle, auf volle Lautstärke drehen – zumindest am Vormittag, wenn seine Nachbarn aus dem Haus waren, um ihrer verantwortungsvollen Tätigkeit bei Oxfam nachzugehen. Und dann hatte er natürlich auch noch seine Bücher. Er vertraute darauf, daß die Nachbarn wie auch sonst immer, wenn er abwesend war, ein Auge auf seine Wohnung gehabt hatten, und er seine Erstausgabe von *A Shrophire Lad* (1896) noch im Bücherregal vorfinden würde, einen schmalen weißen Band, ohne Extra-Schutzumschlag, den Morse bei sich in sentimentalen Momenten bisweilen mit einem Prinz königlichen Geblüts ohne Leibwache verglich. Ja, es hatte durchaus auch sein Gutes, wieder nach Hause zu kommen: Er konnte hören, lesen, essen und trinken, was er wollte. Letzteres allerdings nur in Maßen. Und doch würde er, das wußte er jetzt schon, auch etwas vermissen. Die Schwestern würden ihm fehlen und die Mitpatienten, die Besucher natürlich, aber auch die Regelmäßigkeit, aber irgendwie auch das ganze Krankenhaus mit allen seinen Vorzügen und Schwächen, das ihn, als er schwer krank gewesen war, aufgenommen hatte und ihn nun vergleichsweise gesund wieder entließ.

Der tatsächliche Abschied von der Station 7 C war dann allerdings eher kurz und schmerzlos. Als die Nachricht kam – kein Hörnerblasen, sondern ganz prosaisch ein Telefonanruf –, daß er sich fertigmachen solle, ein Ambulanzwagen stünde bereit, ihn zusammen mit anderen Entlassenen nach Nordoxford zu fahren, hatte er kaum noch Zeit und Gelegenheit, allen auf Wiedersehen zu sagen. «Waggie» war gerade im Waschraum – er hatte heute nach seiner Operation zum erstenmal allein aufstehen dürfen –, ein zweiter Mitpatient schien fest zu schlafen, ein dritter war vor wenigen Minuten zum Röntgen abgeholt worden, und der junge Mann, der immer seine Kochsalzinfusion herumtrug, schien ganz vertieft in das *Blaue Billett* (er mußte es aus dem Papierkorb geholt haben!), und Morse konnte sich gut vorstellen, daß er nicht gestört werden wollte. Bei einem weiteren Mitpatienten schließlich waren seit Stunden die Vorhänge um das Bett geschlossen, so daß Morse annahm, daß er im Sterben lag, wenn er nicht vielleicht sogar schon tot war. Was die Schwestern anging, so waren sie, wie immer um diese Zeit, sehr beschäftigt (zwei Schwestern waren heute morgen ohnehin neu auf der Station), und Morse begriff, daß er nur ein Patient unter vielen gewesen war und jetzt, da er wieder gesund war, nicht mehr viel Aufmerksamkeit beanspruchen konnte. Eileen hatte wieder Nachtschicht, so daß er sie sowieso nicht mehr sehen würde, und auch die Oberschwester war gerade nicht in der Nähe, als es soweit war und ein fröhlicher junger Hilfspfleger mit Bürstenhaarschnitt und Ohrringen ihn im Rollstuhl aus dem Saal schob. Nur Fiona konnte er durch die angelehnte Tür des Nebensaales kurz noch zunicken, sie saß neben einem sehr alten Patienten und hielt ihm geduldig einen Spucknapf unter den sabbernden Mund. Mit ihrer freien Hand winkte sie ihm zu und formte stumm die Worte «Viel

Glück», aber Morse verstand nicht, was sie ihm sagen wollte, und dann hatte ihn der Pfleger auch schon aus der Stationstür hinaus ins Treppenhaus geschoben. Der Fahrstuhl war wie immer nicht da.

Kapitel 30

Lente currite, noctis equi!
(O trabt langsam, ihr Pferde der Nacht!)

Ovid, *Liebesgedichte*

Obwohl Mrs. Green die Zentralheizung in einem Teil der Räume angelassen hatte, empfand Morse bei seiner Rückkehr die Wohnung als kalt und abweisend. Er hätte sich gewünscht, daß *irgend jemand* dagewesen wäre, ihn willkommen zu heißen, am liebsten Christine, aber auch über Eileens oder Fionas Anwesenheit hätte er sich gefreut, und selbst die Oberschwester wäre ihm recht gewesen. Doch die Wohnung war leer. Lewis war in den letzten Tagen nicht mehr dagewesen, und so zog Morse zwei Weihnachtskarten, einen Brief von seiner Versicherung und seine beiden Sonntagszeitungen aus dem Briefkasten. Die Wahl der beiden Sonntagszeitungen – mochten die Namen auch manchmal wechseln – widerspiegelten unweigerlich Morses Konflikt zwischen seinem Interesse an Kultur auf der einen und seinem Hunger nach Sex auf der anderen Seite. Oder heute konkret zwischen: *Synode in Streit über Trennung von Kirche und Staat* und *Sex-Sklavins sechswöchige Tortur in seidenbespanntem Sarg.* Morse entschied sich (wie meistens) zunächst für das Sex-Blatt, und er rechtfertigte seine Entscheidung damit, daß sie immerhin die phantasievolleren Schlagzeilen hätten. Genüßlich betrachtete er eine Weile die Fotos von großbusigen Schönen und las durchaus interessiert einen Artikel über den neuesten Eheskandal in Hollywood. Dann klappte er das Heft zu, stand auf und machte sich eine Tasse Instantkaffee (der ihm tatsächlich viel besser schmeckte als der «richtige» gefilterte) und informierte sich anhand der zweiten Zeitung über die Fluktuation auf den Aktienmärkten der Welt und die tristen Aussichten für die Millionen Hungernden und Kranken in der Dritten Welt.

Um halb fünf Uhr klingelte das Telefon, und Morse wußte, daß er, wenn er nur einen Wunsch frei hätte, sich wünschen würde, es möge Christine sein.

Sie war es.

Und nicht nur hatte sie das seltene (und deshalb entsprechend wertvolle) Buch, das ausfindig zu machen Morse sie gebeten hatte, tatsächlich aufgetrieben, sie hatte sich sogar die Zeit genommen («das dürfen Sie aber keinem verraten!»), sich die entsprechenden Seiten durchzulesen, und dabei hatte sie entdeckt («ich hoffe, Sie sind jetzt nicht zu enttäuscht»), daß Samuel Carter dem Gespräch mit dem alten Walter Towns über den Prozeß nur ein sehr kurzes Kapitel von wenigen Seiten eingeräumt hatte.

«Aber nein, ich bin gar nicht enttäuscht», sagte Morse. «Von wo aus rufen Sie an?»

«Von... äh... von zu Hause.» (Warum das Zögern, dachte Morse erstaunt.)

«Wäre es möglich...»

«Hören Sie», unterbrach sie ihn beinahe schroff. «Ich habe von dem Kapitel eine Fotokopie gemacht. Soll ich sie mit der Post schicken? Oder vielleicht könnte ich...»

«Könnten Sie es mir nicht ganz schnell vorlesen? Sie haben doch gesagt, es wären nur ein paar Seiten.»

«Ich bin keine gute Vorleserin.»

«Legen Sie auf, ich rufe Sie gleich wieder zurück. Dann können wir so lange miteinander reden, wie wir wollen», schlug er vor.

«Also das Telefongespräch werde ich mir schon noch leisten können», sagte sie etwas pikiert.

«Na gut, dann schießen Sie los.»

«Es fängt an auf Seite 187. Sind Sie bereit?»

«Ja.»

Unter den Leuten, denen ich in den letzten Monaten des Jahres 1884 in Perth begegnete, war auch ein ge-

wisser Walter Towns. Er besaß eine Art lokaler Berühmtheit, und dies erschien mir, als ich ihn kennenlernte, zunächst ziemlich unerklärlich, da ich nicht verstand, wieso dieser ziemlich, nein, ganz und gar heruntergekommene Mann derart bekannt war. Er war sehr klein, nur circa einen Meter fünfzig groß, und von hagerem Aussehen. Seine Wangen waren von den Augen bis in Mundhöhe von tiefen Furchen durchzogen, und der elende Eindruck, den er machte, wurde noch verstärkt dadurch, daß er sehr blaß war, und das, obwohl die Sonne in dieser Gegend sehr kräftig scheint. Hinzu kam ein gewisser Eindruck von Hohlwangigkeit, der dadurch hervorgerufen wurde, daß ihm sämtliche Zähne im Oberkiefer fehlten. Seine Augen jedoch verrieten eine – wenn auch beschränkte – Intelligenz und zeigten darüber hinaus einen Ausdruck von Schwermut, als verfolge ihn die Erinnerung an gewisse Dinge, die früher in seinem Leben geschehen waren – schlimme Dinge. Tatsächlich weist die Geschichte dieses Mannes Züge eines Melodramas auf, wie es jeder Autor seinen Lesern nur zu gern präsentiert: Towns war nur Minuten, bevor er durch den Strick hingerichtet werden sollte, dem drohenden Tod durch eine Begnadigung entkommen. Nachdem ich das erfahren hatte, interessierte mich seine Geschichte natürlich sehr, und er gab mir bereitwillig Auskunft.

Im Jahr 1860 war in der Nähe von Oxford eine junge Frau ermordet worden, und der Verdacht richtete sich sogleich gegen die Besatzung eines Kahnes, auf dem sie als Passagier mitgefahren war. Der Kahn war unterwegs gewesen nach London. Die Mannschaft, darunter Towns selbst und ein vierzehnjähriger Junge, wurde verhaftet und vor Gericht gebracht. Während der Junge freigesprochen wurde, wurden die anderen Männer für schuldig befunden und zum Tode durch den Strang verurteilt. Am Tage der Hinrichtung, wenige Minuten nachdem der Gefängnisgeistliche ihnen den letzten Besuch abgestat-

tet hatte, erhielt Towns überraschend die Mitteilung, daß er begnadigt worden sei. Nur wenige Menschen, denke ich, erfahren in ihrem Leben innerhalb weniger Minuten einen derartigen Umschwung des Schicksals. Insgesamt gesehen erwies sich jedoch mein Gespräch mit Walter Towns als eher enttäuschend. Erstens war er, was man ihm nicht vorwerfen kann, nicht sehr wortgewandt, und zweitens auch noch sehr schlecht zu verstehen. Sein ursprünglicher Dialekt (West Country, wie ich gleich herausgehört hatte) wurde stark überlagert von australischem Englisch, so daß ich häufig nicht begriff, wovon er sprach. Mein Eindruck war, daß ich hier einen Menschen vor mir hatte, der den Schwierigkeiten des Lebens wohl kaum gewachsen sein dürfte – das heißt, des Lebens als freier Mann. Denn nachdem Towns fünfzehn Jahre Zwangsarbeit im Gefängnis von Longbay abgeleistet hatte, war er in der Tat genau das: ein freier Mann. Aber auch ein seelisch gebrochener Mann, von schwerfälligem Verstand und vor den Jahren gealtert (er war erst siebenundvierzig!), ein ehemaliger Langzeit-Sträfling (hier in Australien nannte man sie «Kriecher»), der im Angesicht der drohenden Hinrichtung unaussprechliche Qualen durchlebt haben mußte, die ihn wohl für immer gezeichnet hatten.

Was Einzelheiten über die letzten schrecklichen Stunden vor der Hinrichtung anging, so war er eher wortkarg, doch ein paar Dinge, die er mir mitteilte, mögen für den Leser durchaus von Interesse sein. So erhielten die Delinquenten am Morgen des Exekutionstages eine üppige Mahlzeit, die aus Lammbraten und verschiedenen Gemüsen bestand, und Towns meinte sich sogar erinnern zu können, daß sie das gleiche oder aber ein ähnliches Frühstück an allen vorherigen Tagen erhalten hätten, und zwar seitdem der Zeitpunkt für die Hinrichtung festgesetzt worden war. Am schlimmsten war nach seinen eigenen Worten für ihn, daß er seine Mannschaftskameraden die ganze Zeit über nicht sehen durfte, und unter dieser, wie er es nannte, «Entbehrung» scheint er unsäglich gelitten zu haben. Ob er in der Nacht, von der er annehmen mußte, daß es seine letzte sein würde, gar nicht oder nur wenig geschlafen hatte, daran konnte er sich nicht mehr genau erinnern, auch nicht, ob er um die Vergebung seiner Sünden gebetet hatte oder gar um Rettung. Die plötzliche Begnadigung jedenfalls empfand er noch jetzt – vierundzwanzig Jahre später – als ein Wunder!

Überraschenderweise war es nicht der Gedanke an das Gehängtwerden selbst, der Towns am meisten gequält hatte, sondern die Vorstellung, Mittelpunkt eines öffentlichen Spektakels zu sein. Was er wohl am meisten gefürchtet hatte, war die Abscheu der Menge und die Schande, die ein solcher Tod bedeutete. Diese Furcht mag der Grund sein, daß viele der Unglückseligen zum Zeitpunkt der Hinrichtung die Kraft aufbringen, ihre letzten, todbringenden Schritte mit einer Gefaßtheit und Tapferkeit hinter sich zu bringen, die selbst noch dem mitleidlosesten Zuschauer zumindest Achtung abnötigen muß.

Was das eigentliche Verbrechen anging, so behauptete Towns, unschuldig zu sein, eine Behauptung, die, wie wir beim Studium der Kriminalarchive leicht feststellen können, nicht immer zutreffen muß. Seine Erinnerung an die Fahrt mit dem Kahn und besonders an die junge Frau, ihr Name lautete Joanna Franks, war überaus lebendig und präzise. Die junge Frau hatte offenbar auf ihn großen Eindruck gemacht, und es kann kaum überraschen, daß auch die anderen Männer auf dem Kahn sich von ihr angezogen fühlten und es bei mehreren Gelegenheiten zum offenen Ausbruch von Eifersucht zwischen ihnen kam. Towns erinnert sich, daß einmal zwei Männer (die beiden, die später gehängt wurden) so heftig wegen Joanna in Streit gerieten, daß einer von ihnen sogar das Messer zog! Wenn man Towns Glauben *schenken darf, sei sogar der junge Harold Wootton wie verhext von ihr gewesen, und man darf annehmen, daß die um viele Jahre ältere und auch sehr viel erfahrenere Frau seine Gefühle auszunutzen verstand. Übrigens beteuerte Towns, daß er mit Joanna nichts im Sinn gehabt habe, und so wie er das sagte, schien er mir auch glaubwürdig.*

Eine interessante Anfügung wäre noch zu machen. Im ersten Prozeß glaubte die Staatsanwaltschaft mit einer Anklage wegen Vergewaltigung und Diebstahls mehr Aussicht auf Erfolg zu haben als mit einer Mordanklage. Doch beim zweiten Prozeß wurde dann doch wegen Mordes angeklagt. Eine Anklage wegen eines geringfügigeren Delikts fallenzulassen, wenn man glaubt, sichere Beweise für das schwerere Verbrechen zu besitzen, ist ein durchaus gängiges Verfahren. Möglicherweise war das der Grund, daß Towns sich äußerst gesprächig zeigte, was den Diebstahl anging. Das heißt, er ließ durchblicken, daß er dem jungen Wootton einen Diebstahl schon zugetraut hätte, nicht jedoch eine Vergewaltigung. Und im übrigen, so möchte der Verfasser hinzufügen, gab es natürlich damals wie heute entlang des Kanals mehr als genug Möglichkeiten für die Schiffer, ihre sexuellen Wünsche zu befriedigen.

«So», sagte Christine, «das wär's. Ich stecke es noch heute in den Kasten, dann haben Sie es vielleicht morgen früh schon.»

«Könnten Sie jetzt nicht gleich vorbeikommen und es bringen?»

«Mein Leben ist... äh... im Moment ein wenig hektisch», sagte sie nach einer kurzen, verlegenen Pause.

«Na schön.» Mehr brauchte sie ihm nicht zu sagen. Er hatte verstanden, daß, bildlich gesprochen, die Wassertemperatur zu kalt war für ein Bad zu zweit.

«Sehen Sie», sagte sie, «ich... ich lebe mit jemandem zusammen...»

«Und dieser Jemand ist der Meinung, daß Sie nicht Ihre ganze Zeit damit verschwenden sollten, mir zu helfen.»

«Ich habe dauernd von Ihnen gesprochen», sagte Christine leise.

Morse schwieg.

«Ist Ihre Adresse noch dieselbe wie im Telefonbuch?» erkundigte sie sich.

«Ja.»

«Sie sind als E. Morse eingetragen. Ich würde gerne wissen, wofür das E. steht.»

«Ach, das ist nicht so wichtig. Ich werde sowieso von allen bei meinem Nachnamen genannt.»

«Sie werden mich nicht vergessen?» sagte sie.

«Versuchen werde ich es sicher, aber ich bezweifle, daß es mir gelingt.»

Nachdem Morse aufgelegt hatte, blieb er noch ein paar Minuten nachdenklich neben dem Telefon sitzen. Dann fiel ihm wieder Samuel Carters Bericht über sein Gespräch mit Towns ein, und er wunderte sich, wie einem doch offenbar kompetenten Mann wie ihm im Verlauf nur weniger Seiten so viele Fehler unterlaufen konnten: Das Jahr, in dem der Mord geschehen war, war falsch angegeben, Towns' Dialekt hatte er ebenfalls nicht richtig eingeordnet (Towns stammte aus Oxfordshire), die Angabe des Alters stimmte nicht (Towns mußte 1884 Anfang Fünfzig gewesen sein), und Woottons Vorname lautete nicht Harold, sondern Thomas... Merkwürdig! Aber was seine, Morses Phantasie über den Tathergang anging, da hatte er doch vielleicht gar nicht so falsch gelegen, jedenfalls was die Messerstecherei aus Eifersucht anging. Nur daß nicht Towns das Messer gezückt hatte, sondern Oldfield oder Musson...

Kapitel 31

Die zweite Seite (Englands) liegt nach Westen, Hispanien gegenüber. Auf ihr befindet sich sich auch Hibernia (Irland), das man für halb so groß wie Britannien hält.

Julius Caesar, *Der Gallische Krieg*

Zehn Minuten später klingelte wieder das Telefon, und Morse wußte sofort, daß es nur Christine Greenaway sein konnte.

Es war Strange.

«Sie sind also wieder draußen, Morse. Schön. Es ist Ihnen ziemlich schlechtgegangen, habe ich gehört.»

«Ja, aber jetzt bin ich auf dem Weg der Besserung. Sehr freundlich von Ihnen, anzurufen.»

«Was Ihre Rückkehr angeht, Morse, so können Sie sich ruhig Zeit lassen. Wir sind im Moment zwar unterbesetzt, aber drei, vier Tage werden wir schon noch auf Sie verzichten können. So eine Magengeschichte ist eine kitzlige Sache. Warum fahren Sie nicht noch ein bißchen weg... mal raus aus der alten Umgebung... Vier-Sterne-Hotel... Sie können es sich doch leisten.»

«Vielen Dank, Sir. Übrigens, die Ärzte im Krankenhaus haben mich noch für weitere zwei Wochen krankgeschrieben.»

«Zwei *Wochen*?»

«Ja. So eine Magengeschichte ist, wie Sie eben schon sagten, eine kitzlige Sache.»

«Ja, schon...»

«Ich komme zurück, sobald es mir wieder gutgeht, Sir. Aber vielleicht sollte ich wirklich Ihren Rat annehmen und ein paar Tage verreisen.»

«Das täte Ihnen bestimmt gut. Der Bruder meiner Frau» (‹Nicht schon wieder›, stöhnte Morse innerlich) «ist gerade von einem Urlaub in Irland zurückgekommen. Es muß wunderbar gewesen sein. Sie waren in der Republik... haben den Wagen genommen... Fishguard – Dun Laoghaire... dann die Westküste... na, Sie wissen schon, Cork, Kerry, Killarney, Connemara... Einfach großartig, hat er gesagt. Und die ganze Zeit über sei er nicht einem einzigen Terroristen begegnet!»

Es war wirklich nett gewesen von Strange, ihn anzurufen, dachte Morse. Und weil er nichts Besseres zu tun hatte, ging er hinüber zu seinem Regal für «große Bücher», das extra breite Abstände hatte zwischen den einzelnen Böden, und zog einen Atlas hervor. Irland war auf Seite zehn dargestellt, ein rautenförmiger Umriß mit grünen und gelben Flecken. Interessiert nahm Morse zur Kenntnis, wie «Dun Laoghaire» geschrieben wurde – darauf wäre er nie gekommen. Und wo lag Kerry? Ah ja, dort drüben, westlich von Tralee. Etwas nördlich davon war die Bucht von Galway... Plötzlich entdeckte er den Schriftzug *Bertnaghboy Bay*! Für Morse, dem es bisher noch nie eingefallen war, seinen Urlaub vielleicht auch in Irland zu verbringen, erschien plötzlich Connemara als ein sehr attraktives Reiseziel. Sollte er allein fahren? Ja, ihm würde wohl auch nichts anderes übrigbleiben, und es machte ihm, wenn er ehrlich war, auch nicht besonders viel aus. Er war offenbar der geborene Einzelgänger, der, obwohl er auch allein selten oder so gut wie nie richtig glücklich war, sich in Gesellschaft anderer Leute meistens noch schlechter fühlte. Mit Christine zu fahren, hätte ihm allerdings Spaß gemacht, aber... Er dachte an seine zwei Wochen im Krankenhaus. Eileen und Fiona würde er eine Karte schicken und vielleicht auch «Waggie» Greenaway. Warum nicht? Es wäre eine nette Geste. Waggie war im Waschraum gewesen, als er die Station verlassen hatte, und auf diese Art und Weise würde er ihm noch auf Wiedersehen sagen können. War ein patenter alter Bursche gewesen, dieser Waggie...

Plötzlich spürte Morse ein Kribbeln im Nacken, und dann bekam er auf dem Rücken eine Gänsehaut. Seine Augen weiteten sich und begannen zu funkeln, als ob ein innerer Stromkreis aktiviert worden wäre. Langsam ließ er sich in den Sessel sinken, und ein triumphierendes Lächeln verklärte sein Gesicht.

Wie handhabten sie in der Republik wohl *Exhumierungen*?

Kapitel 32

Oh, was für ein feines Netz wir weben
Wenn wir uns anschicken zu betrügen!

Sir Walter Scott, *Marmion*

«Sie wollen *was?*» fragte Lewis völlig verblüfft. Er hatte Punkt halb acht Uhr vor der Tür gestanden («Vorher bin ich nicht zu sprechen, ich will die *Archers* in Ruhe zu Ende hören», hatte Morse erklärt.) Der Sergeant hatte unter den Relikten im Präsidium eine interessante kleine Entdeckung gemacht, oder besser gesagt, Constable Wright hatte sie gemacht, und er hatte gehofft, daß sie Morse, falls er das Spiel «Wer hat Joanna Franks ermordet?» inzwischen noch nicht satt bekommen hatte, Freude machen würde. Jedoch mit ansehen zu müssen, wie Morse, weit entfernt davon, das Spiel aufzugeben, im Gegenteil sich sozusagen an die Spitze der Jagd setzte (voller Eifer und ganz ernsthaft), um einem (davon war Lewis überzeugt) lediglich imaginären Fuchs nachzujagen, war, wenn auch nicht ganz ungewohnt, so doch für Lewis jedesmal wieder aufs neue verstörend.

«Sehen Sie, Lewis», sagte Morse und kam, ohne sich lange mit irgendwelchen Erklärungen aufzuhalten, gleich zur Sache, «dies ist eines der geschicktesten und elegantesten Täuschungsmanöver, die mir je untergekommen sind. Die Widersprüchlichkeiten dieses Falles, oder jedenfalls die meisten, lösen sich sofort auf, wenn wir uns trauen, in den Bereich der spekulativen Unwahrscheinlichkeit vorzustoßen.»

«Ich habe keine Ahnung, wovon Sie überhaupt reden», sagte Lewis mit einem Unterton von Bockigkeit.

«Ich auch nicht», sagte Morse fröhlich. «Aber versuchen Sie doch trotzdem einmal, sich darauf einzulassen. Sie haben, nehme ich an, das Gefühl, Sie tappten im dunkeln. Macht nichts, wir alle tappen im dunkeln. Erst mal. Auch ich habe im dunkeln getappt, bis ich noch einen Schritt weitergegangen bin, sozusagen noch tiefer ins Dunkel hinein – und auf einmal stand ich im hellen Sonnenlicht.»

«Schön für Sie», kommentierte Lewis sarkastisch.

«Also es war folgendermaßen. Als ich die Geschichte las, spürte ich so ein diffuses Unbehagen. Vor allem die Identifizierung der Leiche einzig durch ihren Mann schien mir irgendwie nicht geheuer – so etwas würde heute kein Polizeibeamter mehr akzeptieren, das wissen Sie so gut wie ich. Aber ein noch wesentlicherer Grund für meine Skepsis war, daß das Ganze psychologisch nicht stimmig war, ich denke da vor allem...»

«Sir!» (Lewis mußte schon sehr frustriert sein, um seinem Chef derart energisch ins Wort zu fallen). «Ersparen Sie mir doch bitte diesen ganzen psychologischen Kram, damit liegen mir schon die Sozialarbeiter den ganzen Tag in den Ohren. Können Sie es nicht ganz einfach erzählen, ohne...»

«Ich langweile Sie, ist es das, was Sie sagen wollen?»

«Ja, Sir», sagte Lewis mit fester Stimme.

Morse nickte gleichmütig. «Gut, dann also einfach. Ich liege im Krankenhaus und lese eine Geschichte. Sie beginnt mich zu interessieren. Ich meine, wohlgemerkt, *meine*, daß die falschen Leute für die Tat verhaftet und hingerichtet worden sind. Wie ich schon sagte, vor allem die Identifizierung erschien mir reichlich dubios, und dann diese Sache, daß die Schiffer verdächtigt wurden, Joanna Franks vergewaltigt zu haben... Also, ich hatte das Gefühl, als ob da irgend etwas nicht stimmte. Sehen Sie...»

«Sie sagten, Sie wollten es *einfach* erzählen!» erinnerte ihn Lewis. Morse seufzte. «Ja. Also ich dachte, daß Joannas Vater... Nein, nein, so geht es nicht. Noch mal von vorne. Joannas Vater bekommt eine Arbeit als Versicherungsagent. Wie die meisten Leute in einer solchen Stellung versucht er natürlich, auch die eigenen Angehörigen zu einem Abschluß zu überreden. Er bekommt dafür Provision, und schließlich ist so eine Versicherung ja eine reelle Angelegenheit. Ich denke, daß es ihm bald gelungen ist, auch Joanna und ihren ersten Mann, diesen großen Zauberkünstler, dazu zu bringen, sich bei ihm versichern zu lassen. Dann kommen harte Zeiten und schließlich, 1858, noch ein zusätzlicher, schwerer Schicksalsschlag, als Mr. Donavan, «Kaiser aller Illusionskünstler», während eines Ferienaufenthalts in Irland stirbt. Als Joannas Schmerz allmählich nachläßt, realisiert sie, daß sich Donavans

Lebensversicherung für sie reichlich ausgezahlt hat. Sie erhält nämlich infolge seines Todes an die hundert Pfund plus Zinsen. Und das, obwohl sie die Versicherung erst zwei oder drei Jahre zuvor abgeschlossen hatte. Gut hundert Pfund waren Mitte des letzten Jahrhunderts eine beträchtliche Summe, und vielleicht ist Joanna schon zu diesem Zeitpunkt auf die Idee gekommen, ob sich nicht – mit etwas Nachhelfen, versteht sich – der Geldsegen noch einmal wiederholen ließe. Oder mit anderen Worten: Joanna betrachtete auf einmal den Abschluß einer Versicherung nicht mehr als Quelle eines eventuellen Gewinns in der Zukunft, sondern als Geldquelle für hier und jetzt. Es ist deshalb nur konsequent, daß sie, als sie kurz nach Donavans Tod einen gewissen Charles Franks kennenlernt und ihn heiratet, ihn bald dazu drängt, eine Versicherung abzuschließen, allerdings nicht auf sein, sondern auf ihr Leben. Ihr Vater tritt, wie auch beim erstenmal, als Vermittler auf, so daß es beim Abschluß keinerlei Schwierigkeiten gibt, allerdings scheint sein Arbeitgeber, die Nottinghamshire and Midlands Friendly Society, irgendwann kurz darauf doch mißtrauisch geworden zu sein, so daß sie Daniel Carrick mitteilte, in Zukunft lieber auf seine Dienste verzichten zu wollen...»

«Sir!»

Morse gebot Lewis mit erhobener rechter Hand, zu schweigen. «Joanna Franks ist gar nicht ermordet worden, Lewis. Im Gegenteil. Sie war der Spiritus rector hinter einem Betrugsmanöver, das ihr und ihrem Mann eine beträchtliche, allerdings auch dringend benötigte Summe Geld einbringen sollte. Das tatsächliche Mordopfer war irgendeine Frau von ungefähr demselben Alter und derselben Größe, die vermutlich Joannas Mann, der Hausknecht aus der Edgware Road, ausfindig gemacht und ermordet hat. Er ist dann mit einem Wagen und Pferden von London hochgekommen und hat sich irgendwo in der Nähe von Oxford mit Joanna getroffen, genauer gesagt, irgendwo nördlich von Oxford. Erinnern Sie sich noch an den entsprechenden Satz aus dem Bericht des Obersten?» (Morse zog die Stirn in Falten, um sich zu konzentrieren.) «Ja, jetzt hab ich's wieder. Franks erklärte vor Gericht, ‹daß er, als er von Joannas Tod erfahren habe, unverzüglich nach Oxfordshire aufgebrochen sei. So ein unverschämter Lügner!»

Lewis begann die Sache jetzt doch zu interessieren. «Sie wollen also sagen, daß Joanna Versicherungsbetrug begangen hatte und dabei für sie und ihren Mann und vielleicht noch für ihren Vater eine beträchtliche Geldsumme herausgesprungen ist?»

«Ja, genau. Übrigens haben wir in diesem Fall nicht nur eine falsche Joanna Franks, auch Charles Franks war nicht echt. Unser lieber Charles, der im Prozeß so publikumswirksam in Tränen ausgebrochen ist, war meiner Meinung nach niemand anderer als Donavan selbst!»

«Wow!!»

«Tja, er war eben ein ‹Ire mit vielen Talenten›, wie ihn ein Zeitgenosse einmal beschrieben hat: ein Schauspieler, ein Zauberkünstler, ein Personenimitator, ein Schwindler, ein durchtriebener Planer, ein skrupelloser Mörder, ein liebender Ehemann, ein tränenreicher Zeuge und der erste und einzige Ehemann von Joanna Franks. F. T. Donavan! Übrigens hatten wir alle, Sie und sogar ich, angenommen, daß in diesem viktorianischen Drama drei Personen die Hauptrolle gespielt hätten, nämlich Joanna, Musson und Oldfield, aber nun stellt sich heraus, daß die Hauptpersonen in Wirklichkeit Joanna und F. T. Donavan geheißen haben und daß die dritte Hauptperson – ich meine das Opfer – namenlos ist.»

Lewis hielt jetzt die Zeit für gekommen, mit seinem Fund aus dem Präsidium in St. Aldates herauszurücken. Schweigend schob er Morse die Fotokopie über den Tisch. Dieser überflog sie stirnrunzelnd.

> *25 Min. nach sieben Uhr Wasserleiche in Duke's Cut*
> *zum Plough Inn in Wolvercote geschafft*
> *Identität?*
> *Zustand der Leiche deutet auf Tod durch Ertrinken*
> *keine äußeren Zeichen von Gewaltanwendung*

5 Fuß 3 ¾ Inches groß * *– ungefähr 35 Jahre alt*
Quetschungen im Gesicht
Person vollständig bekleidet, keine Haube und Schuhe
Gesicht schwarz verfärbt

«Es ist nicht der Autopsiebericht, Sir», sagte Lewis eifrig, «aber vielleicht genauso gut. Dieser Bursche muß sie noch vor der Obduktion gesehen haben. Interessant, nicht?»

Morse nickte. «Ja, sehr.»

Der knappe Bericht war auf einem weißen, unlinierten Blatt Papier geschrieben. Die Unterschrift schien «Dr. Willis» zu lauten, aber sicher war sich Morse da nicht, dazu war sie zu unleserlich. Typische Medizinerhandschrift, dachte Morse. Was er da vor sich hatte, waren offenbar die Notizen eines pflichtbewußten Arztes, den man geholt hatte, um den Eintritt des Todes zu bestätigen und die notwendigen nächsten Schritte einzuleiten, was in diesem Fall mit ziemlicher Sicherheit bedeutet hatte, die Polizeibehörden einzuschalten. Das meiste, was Willis notiert hatte, war Morse schon aus dem Bericht des Obersten bekannt, doch eine Angabe kam für ihn beinahe einer Sensation gleich: die Größe der Toten.

«Wenn wir wüßten, wie groß Joanna gewesen ist, dann könnten wir endlich mit Sicherheit sagen, ob es sich bei der Toten wirklich um sie oder jemanden anderen gehandelt hat.» Aber hatte nicht der Oberst in seinem Bericht Joanna beschrieben als «sehr zierliche und attraktive Erscheinung»? Das hieß doch, daß sie von ihren Zeitgenossen – denn Deniston hatte seine Beschreibung ja aus zeitgenössischen Quellen – als eher klein angesehen worden war. Aber was bedeutete «klein» in bezug auf eine Frau im 19. Jahrhundert?

Nachdem Lewis gegangen war, machte Morse einen Anruf.

«Was war die durchschnittliche Größe einer Frau im 19. Jahrhundert?»

«Anfang oder Ende?»

«Mitte.»

«Interessante Frage!»

* 1,62 Meter

«Nun?»

«Ich vermute mal, verschieden.»

«Nun komm schon!»

«Wenig zu essen, Proteinmangel – und so weiter und so weiter –, nicht sehr groß, nach heutigen Maßstäben, würde ich sagen. Jedenfalls bestimmt nicht größer als die Opfer des Rippers um 1880: vier Fuß neun Inches, vier Fuß zehn Inches, vier Fuß elf Inches * – so um den Dreh. Ich weiß allerdings auch von einer Ausnahme. Sie hieß, glaube ich, Stride, Liz Stride. Sie wurde die «lange Liz» genannt, weil sie die anderen Frauen im Arbeitshaus um etliches, um Haupteslänge überragte. Kannst du mir noch folgen, Morse?»

«Und wie groß war sie – die ‹lange Liz›?»

«Keine Ahnung.»

«Kannst du es rauskriegen?»

«Was – *jetzt*?»

«Und mich dann gleich zurückrufen?»

«Den Teufel werd ich tun.»

«Danke!»

Morse hatte gerade zwei, drei Minuten dem Liebesduett aus dem ersten Akt der «Walküre» gelauscht, als das Telefon klingelte.

«Morse? Fünf Fuß drei Inches **.»

Morse pfiff leise durch die Zähne.

«Ist was?»

«Vielen Dank, Max. Bist du übrigens morgen den ganzen Tag im Labor zu erreichen? Ich möchte dir etwas zeigen.»

Die *zierliche, attraktive Erscheinung* war also sogar noch dreiviertel Inches größer gewesen als Liz Stride, die unter ihresgleichen wegen ihrer *Länge* aufgefallen war. Da sieh mal einer an. Alle Fakten, die bis jetzt aufgetaucht waren (und es waren wenig genug!), schienen ganz eindeutig Morses These zu stützen. Und trotzdem sah es ganz so aus, als ob sich die Wahrheit nie würde beweisen lassen. Morse fand das zum Aus-der-Haut-Fahren.

* 1,45 bis 150 Meter
** 1,60 Meter

Kapitel 33

Plündernde Rohlinge erschossen die klagende Eule;
Es schweigt der Turm unter wolkenverhangenem Mond;
Doch Lady Porter, seit kurzem auf der Jagd nach Männern
Wird bald schon den Besitz um Pfennige verschleudern

E. O. Parrot, *The Spectator*

Der Brief von seiner Versicherung enthielt die dritte und letzte Mahnung für die Prämie, die er letzten Monat hätte zahlen müssen. Und so setzte sich Morse am nächsten Morgen gleich hin, schrieb einen Scheck aus und formulierte ein kurzes Entschuldigungsschreiben. Er hatte wenig Ahnung von finanziellen Dingen, aber vor ungefähr zwölf Jahren war es ihm als Ausdruck verantwortungsvollen Handelns erschienen, eine monatliche Summe von 55 Pfund für eine Versicherung zu bezahlen, um im Alter von sechzig Jahren in den Genuß von zwölftausend Pfund plus Zinsen zu kommen – dieser Zeitpunkt war jetzt gar nicht mehr so weit entfernt. Er hatte nie darüber nachgedacht, was eigentlich mit dem Geld geschehen würde, falls er starb, bevor die Summe fällig war, und im Grunde war es ihm auch ziemlich gleichgültig. Er hatte keine finanziellen Probleme: Es gab niemanden, den er unterstützte, er hatte ein gutes Gehalt, und seine Hypothek würde in zwei Jahren abbezahlt sein. Er wußte sehr genau, o ja!, daß er, verglichen mit der Mehrzahl der Menschen, sich, was seine materielle Versorgung betraf, glücklich schätzen durfte. Vielleicht würde es jetzt allmählich auch einmal Zeit, daran zu denken, ein Testament zu schreiben...

Ihm fiel sein Gespräch mit Lewis von gestern abend wieder ein. Da war auch von Versicherungen, oder genauer gesagt, von Versicherungsbetrug die Rede gewesen. Wenn er ehrlich war, mußte er zugeben, daß das meiste, was er gesagt hatte, reine Spekulation gewesen war. Aber durchaus nicht unwahrscheinlich, oder? Er suchte sich die Fotokopie aus dem «Führer durch das Versicherungswesen», die ersten Unterlagen, die Christine ihm ins Krankenhaus gebracht hatte, heraus und studierte noch einmal die Tabellen der Nottinghamshire and Midlands Friendly Society für das Jahr 1859.

Joanna war 1821 geboren, das heißt, sie war im Jahr 1859 achtunddreißig Jahre alt. Wenn sie die Versicherung zwei Jahre zuvor abgeschlossen hatte, wäre ihr Alter beim nächsten Geburtstag sechsunddreißig Jahre gewesen, und die von ihr jährlich zu zahlende Prämie hätte sich auf drei Pfund, acht Shilling und neun Pence belaufen. Bei einem Einsatz von unter sieben Pfund hatte sie so einen Gewinn von hundert Pfund gemacht. Nicht schlecht, zumal sie für Donavans Tod auch schon dieselbe Summe eingestrichen hatte...

Am späten Vormittag verließ Morse das Haus, um zur Post zu gehen. Er ging die Banbury Road hinunter und wandte sich dann nach rechts in die Squitchey Lane, die zweite Straße links bog er ab und schritt, vorbei an der früheren evangelischen Kirche (die umgebaut worden war und jetzt mehrere Wohnungen beherbergte), den Middle Way hinunter. Es war ein trüber, naßkalter Morgen und sehr ruhig. Nur ein paar Krähen hockten verfroren in einem Baum und krächzten laut – vermutlich hatten sie sich in der Tageszeit geirrt. Es war niemand unterwegs, den er kannte. Er passierte die Bishop Kirk Middle School und betrachtete mit Wohlgefallen die hübschen Reihenhäuser rechts und links der Straße mit ihren weißgestrichenen Erkerfenstern. Links von ihm war jetzt Dudley Court, eine aus zimtfarbenen Ziegeln erbaute Wohnsiedlung, die auf dem früheren Gelände des Friedhofs der Gemeinde Summertown erbaut worden war. Man hatte in der Siedlung schon einen Weihnachtsbaum aufgestellt, die bunten Glühlampen leuchteten, obwohl es noch hell war. Sein Weg führte ihn vorbei an dem Versammlungshaus der Nordoxforder Konservativen, einem Gebäude, das er nie betreten hatte (und nie betreten würde), dann kam er vorbei an der Kirche einer Pfingstgemeinde, die er – bis jetzt – auch noch nie betreten hatte, und erreichte schließlich das niedrige Gebäude des Women's Institute, wo er vor einiger Zeit einen Vortrag gehalten hatte über die mannigfachen Vorteile des Nachbarschafts-Wach-Systems. Schließlich bog er links ab in die South Parade. Hier war auch die Post, wo er einmal jährlich die Straßensteuer für seinen Lancia entrichten mußte. Er steckte seinen Brief in den Kasten und überquerte die Straße. Die ganze Zeit hatte er darüber nachgedacht, und nun war er entschlossen: Wenn sich schon über Joanna Franks nichts mehr herausbringen ließ, dann doch vielleicht über ihren Komplizen, Donavan. Außerdem brauchte er dringend Erholung, und die würde er sich jetzt verschaffen.

Er betrat das kleine Reisebüro und wurde von dem jungen Mädchen hinter dem Schreibtisch mit einem strahlenden Lächeln begrüßt.

«Was kann ich für Sie tun, Sir?»

«Also, ich möchte einen Urlaub buchen (er setzte sich erst einmal), mit dem Wagen, in Irland... in der Republik, meine ich.»

Am Nachmittag desselben Tages stattete Morse der William Dunn School of Pathology in der South Parks Road einen Besuch ab.

«Sieh dir die doch bitte mal an, ja?»

Max sah Morse über seine Brille hinweg etwas skeptisch an, enthielt sich aber des sonst bei ihm üblichen zynischen Kommentars.

«Max, alles, was ich wissen will, ist...»

«...ob sie von Max & Spencer oder von Littlewoods stammen, nehme ich an?»

«Der Riß, Max, der *Riß*!»

«Riß? Was für ein Riß?» Max hob den Schlüpfer mit spitzen Fingern auf und wendete ihn prüfend hin und her. «Ich sehe keinen Riß, Morse. Nicht das kleinste Anzeichen für eine irreguläre Überdehnung des Gewebes – das ist Baumwolle, oder?»

«Ich glaube, ja.»

«Was wir hier vor uns haben, ist ein *Schnitt*. Wir brauchen nicht einmal ein Mikroskop, um das festzustellen – ein sauberer, präziser, gerader Schnitt. Zufrieden?»

«Mit einem Messer?»

«Mit was schneidest du denn gewöhnlich?»

«Mit einem Käsehobel oder vielleicht einer Schere?»

«Was für wundersame Blüten doch die menschliche Phantasie bisweilen treibt.»

Für Morse war es eher wundersam, daß er auf seine Frage so eine eindeutige Antwort erhalten hatte – übrigens das erste Mal während der langen Jahre ihres doch recht freundschaftlichen Umgangs miteinander.

Kapitel 34

Häuf' keine Rosen auf ihr Grab
Sie liebte sie so sehr
Warum sie dadurch verwirren
Da sie sie nicht sehen kann.

Edna St. Vincent Millay, *Epitaph*

Inspector Mulvaney entdeckte ihn gleich, als er seinen Lancia auf dem Parkplatz unter dem Schild «Nur für Besucher» einparkte. Als die kleine Wache in dem zweistöckigen Haus vor zehn Jahren in ein Dezernat für Verbrechensbekämpfung umgewandelt worden war, hatte die Garda es für notwendig befunden, daß die vier Polizeibeamten einem Inspektor unterstellt werden sollten. Im nachhinein gesehen war diese Maßnahme vielleicht doch etwas vorschnell gewesen. Kilkearnan mit seinen rund tausend Einwohnern hatte seine übliche Rate an Schlägereien, die meistens im Umkreis von einem der mehr als vierzehn Pubs entstanden, doch das organisierte Verbrechen – internationaler Schmuggel oder Industriespionage – hatte die kleine Gemeinde bisher verschont. Sogar Verkehrsunfälle waren hier eine Seltenheit, das lag allerdings vor allem an der geringen Zahl der Autos und weniger an dem Können der Fahrer, die manchmal auch alkoholisiert am Steuer saßen. Es gab, vor allem im Sommer, natürlich jede Menge betuchter Touristen in Rovers oder BMWs, doch die Fahrer waren erstaunlich friedlich, hielten meistens Ausschau nach einem etwa noch vorhandenen Esel, den man fotografieren konnte, und stellten ansonsten weiter keine Bedrohung dar.

Als Mulvaney den Lancia auf dem Extraplatz für Besucher sah, wußte er sofort, daß dies nur der englische Polizeibeamte sein konnte, der gestern bei ihm angerufen und gebeten hatte, daß man ihm helfen möge, einen bestimmten Friedhof ausfindig zu machen. Warum er den Friedhof finden wollte, hatte er nicht gesagt, aber gemeint, daß sich die gesuchte Begräbnisstätte wahrscheinlich oberhalb von Bertnaghboy Bay befinde, da das der einzige Friedhof sei, den er auf der örtlichen Karte eingezeichnet gefunden habe. Mulvaney hatte dem Chief Inspector erklärt, daß es in der Tat nur diesen einen Friedhof, auf einer kleinen Anhöhe westlich der Stadt gelegen, gebe.

Vom Fenster aus beobachtete Mulvaney, wie Morse näher kam. Es passierte schließlich nicht jeden Tag (auch nicht jede Woche oder jeden Monat), daß die englische Polizei Kontakt aufnahm zur Garda, und der Mann, der jetzt den Eingang betrat, sah interessant aus: Mitte Fünfzig, weißgraues Haar, das allmählich dünn wurde, ein bißchen übergewichtig und offenbar, wenn gewisse Anzeichen nicht trogen, dem Alkohol nicht ganz abgeneigt. Mulvaney gefiel, was er sah.

«Sind Sie mit Kiplings Mulvaney verwandt?» war Morses erste Frage, als sich die beiden Männer gegenüberstanden.

«Gute Frage, aber leider, nein, Sor! Übrigens – Bildung ist eine feine Sache!»

Morse erklärte, welch unwahrscheinliche, lächerliche Motive ihn hierhergeführt hätten, und hatte Mulvaney sofort für sich gewonnen. Eine offizielle Erlaubnis für eine Exhumierung würde er natürlich nicht bekommen, aber vielleicht sollte er, Mulvaney, Morse erst einmal erläutern, was es mit dem Schaufeln von Gräbern in der Republik so auf sich hatte. Also, erstens, durfte ein Grab unter keinen Umständen an einem Montag ausgehoben werden, und zwar aus sehr einleuchtenden Gründen, die er leider inzwischen vergessen habe, aber heute war ja auch nicht Montag, oder? Wenn aber, zweitens, ein Grab doch an einem Montag gegraben werden mußte, dann hatte dies unter allen Umständen – *unbedingt, Sor!* – am Montag*morgen* zu geschehen, oder besser noch am Abend zuvor. Dann war da noch ein wichtiger Punkt in bezug auf die benutzten Haken und Schaufeln: Sie mußten über das offene Grab gelegt werden, und zwar in Form eines Kreuzes, aus Gründen, die man Morse, als einem Mann von Bildung, wohl nicht näher zu erklären brauchte. Und drittens war es schließlich guter Brauch, daß der Hauptleidtragende den übrigen Mitgliedern der Trauerfamilie am Grab einen irischen Whisky spendierte, und natürlich auch den Totengräbern, die sich mit der schweren, klumpigen Erde herumgeschlagen hatten. «Diese Erdarbeiten machen nämlich immer sehr durstig, Sor.»

Und so begab sich Morse, der schnell begriffen hatte, daß ihm die Rolle eben dieses Hauptleidtragenden zugefallen war, auf die High Street und erstand dort drei Flaschen Malzwhisky. Mulvaney und er hatten, ohne die Sache direkt anzusprechen, ein Einvernehmen erzielt, und welche Probleme die Donavan-Franks-Gleichung ihm auch noch bereiten sollte, die Seite vor dem Gleichheitszeichen würde (wenn dies überhaupt möglich war) mit der inoffiziellen und tatkräftigen Hilfe der irischen Garda gelöst werden. Während Morse, die Flaschen unter dem Arm, den Rückweg antrat, sah er vor seinem inneren Auge die Szenerie: eine Reihe von Scheinwerfern, die das gut markierte Grab hell ausleuchteten, Absperrgitter, ein halbes Dutzend Constables, um die Schaulustigen fernzuhalten, und in einiger Entfernung, aber so nah wie möglich, eine Horde Pressefotografen, die ihre Teleobjektive auf die Stätte des sensationellen Geschehens gerichtet hielten. Und die Zeit? Fünf Uhr dreißig – die übliche Zeit für Exhumierungen. Erwartungsvolle Spannung. Doch die Realität sah dann ganz anders aus.

Morse und Mulvaney zusammen gelang es ziemlich schnell, die letzte Heimstatt des «Kaisers aller Illusionskünstler» ausfindig zu machen. Alles in allem gab es zwischen drei- und vierhundert Gräber auf dem von einer niedrigen Mauer umgebenen Friedhofsgelände. Romantische Engelsgestalten und Madonnen wachten an den Grabstätten einiger zu Lebzeiten besonders anerkannter Bürger der Stadt, viele andere waren durch keltische Kreuze geziert. In der Mehrzahl jedoch lagen die Toten unter sehr viel einfacheren, heute vielfach vernachlässigten Gedenksteinen. Auch Donavans Grab gehörte zu dieser letzten Kategorie, sein mit Moos und Flechten überzogener Stein war nicht mehr als etwa siebzig Zentimeter hoch und wies an vielen Stellen weiße und ockerfarbene Verfärbungen auf. Er war offenbar schon ein bißchen eingesunken und stand um etwa zwanzig Grad geneigt, auch war er schon sehr verwittert, vor allem in der Mitte, so daß nur noch die Buchstaben zum rechten und linken Rand hin in ihren Umrissen erkennbar waren.

«Das ist er!» rief Morse triumphierend. «Die Initiale ‹F› hat offenbar für ‹Frank› gestanden.»

«Gott sei seiner Seele gnädig», sagte Mulvaney pietätvoll und fügte skeptisch hinzu: «...das heißt, wenn Donavan überhaupt bei ihm angekommen ist.»

Morse griente und wünschte, er hätte Mulvaney schon früher kennengelernt. «Und wie wollen Sie erklären, daß wir jetzt gleich...»

«Wir graben ein Grab, Sor! Bei hellem Tageslicht... eine absolut normale Angelegenheit.» Es ging alles sehr schnell. Mulvaney hatte die beiden Männer, die er für die Arbeit angefordert hatte, angewiesen, östlich des Steins ein Rechteck auszuheben, und schon bei etwa sechzig Zentimeter Tiefe stieß einer der Spaten auf Holz. Es war der Sarg. Nachdem alle Erde fortgeschaufelt und rechts und links der Grube aufgehäuft war, blickten Morse und Mulvaney auf einen schlichten Sargdeckel, der am Rand eingekerbt war. Der Sarg selbst war aus Rüsternholz und schon etwas verzogen, insgesamt aber noch in recht gutem Zustand. Es schien nicht notwendig, den ganzen Sarg ans Tageslicht zu befördern, und Morse, der wieder einmal mit seinem übergroßen Horror vor Leichen zu kämpfen hatte, lehnte dankend ab, als Mulvaney ihm höflich anbot, ob er nicht derjenige sein wolle, der den Deckel abnahm.

So war es schließlich Mulvaney selbst, der, mit gespreizten Beinen über der Grube stehend und dabei mit den Füßen fast im feuchten Lehm versinkend, den Deckel anzuheben versuchte. Es war leichter als erwartet, die metallenen Schrauben, die ihn gehalten hatten, waren offenbar im Laufe der Zeit zerfallen. Das erste, was Mulvaney und Morse sahen, war weißlicher Schimmel, der von der Unterseite des Deckels herabhing, und eine Art fester Decke, die ebenfalls mit Schimmel überzogen war.

Der Boden des Sarges war, soweit sichtbar, mit bräunlichem, feuchtem Sägemehl bedeckt, das so frisch aussah, als habe die Beerdigung gerade erst gestern stattgefunden. Plötzlich stutzte Morse.

«Wundervoll erhalten, der Sarg, nicht wahr, Sor? Das liegt an dem moorigen Boden hier», kommentierte der erste Totengräber.

Ja, sieht der Mann denn gar nicht, was los ist? dachte Morse. In der Tat schien der Totengräber erstaunter über den Konservierungszustand des Sarges als über das Fehlen der Leiche. *Denn der Sarg enthielt keine Leiche.* Man hatte nicht Donavan, sondern mehrere, in Teppich gehüllte Stücke Torf zu Grabe getragen. Von Donavans sterblichen Überresten war keine Spur, und auch noch nicht einmal ein Schnipsel von einem seiner Handzettel.

Kapitel 35

Das Wissen eines Mannes stirbt mit ihm, auch seine Tugenden geraten allmählich in Vergessenheit, allein die Dividende aus den Wertpapieren, die er vererbt, vermag die Erinnerung an ihn wachzuhalten.

Oliver Wendell Holmes, *Der Professor am Frühstückstisch*

Morse fühlte sich nach seiner Rückkehr aus Irland von Tag zu Tag kräftiger und hatte bald das subjektive Gefühl, jenen Zustand relativen Wohlbefindens erreicht zu haben, den sein Arzt als Gesundheit bezeichnete. Und mehr konnte er schließlich nicht verlangen.

Er hatte sich vor kurzem eine alte Furtwängler-Aufnahme des «Rings» gekauft, und während er Stunde um Stunde der göttlichen Musik lauschte, war der Fall Joanna Franks immer mehr in den Hintergrund getreten. Die Sache hatte ihm Spaß gemacht und ihn während seiner Genesung abgelenkt, aber jetzt war Schluß damit. Er war sich zu fünfundneunzig Prozent sicher, daß man damals die beiden Falschen gehenkt hatte, und die restlichen fünf Prozent Zweifel würden sich wohl heutzutage nicht mehr aus der Welt schaffen lassen.

Weihnachten stand vor der Tür, und er war froh, daß er nicht nach Geschenken herumlaufen, keine Strümpfe und auch kein Parfüm einzukaufen brauchte. Er hatte ein halbes Dutzend Weihnachtskarten bekommen, zwei Einladungen zu feuchtfröhlichen Abenden und eine gedruckte Karte vom John-Radcliffe-Krankenhaus:

Weihnachtsparty

Die Schwestern des John-Radcliffe-Krankenhauses
bitten um das Vergnügen Ihrer Gesellschaft,
und zwar am Freitag, dem 22. Dezember
von 8 Uhr abends bis Mitternacht.
Ort: Schwesternheim, Headington Hill, Oxford.

Tanz, tolle Erfrischungen, Spaß!
Wir bitten um zahlreiches Erscheinen,
Abendkleidung nicht erforderlich.
Um Antwort wird gebeten

Die Karte war unterschrieben mit «Station 7 C!», gefolgt von dem Buchstaben «X».

Es war am Freitag, dem 15. Dezember, eine Woche vor der Party, als Morse in der Rubrik «Todesfälle» in der *Oxford Times* einen ihm bekannten Namen entdeckte.

> DENISTON, Margery ist am 10. Dezember in ihrem Heim in Woodstock im Alter von 78 Jahren sanft entschlafen. Dem Wunsch der Verstorbenen gemäß wird ihr Körper der medizinischen Forschung zur Verfügung gestellt. Etwaige Spenden werden in Erinnerung an den verstorbenen Obersten W. E. Deniston erbeten an den British Legion Club, Lambourn.

Morse gedachte seiner einzigen Begegnung mit diesem wunderlichen alten Mädchen und mit welchem Stolz sie über das Buch ihres Mannes geredet hatte, ein Buch, das wider Erwarten Morses Interesse geweckt hatte und für das er nicht einmal hatte bezahlen müssen. Kurz entschlossen fertigte er einen Scheck über zwanzig Pfund aus und steckte ihn in einen billigen, braunen Umschlag. Er hatte Marken für eine Zustellung erster und zweiter Klasse zur Hand, beschloß aber, den Brief zweiter Klasse zu schicken: schließlich ging es ja nicht um Leben oder Tod.

Wenn es eine Beerdigung gegeben hätte, wäre er hingegangen. Doch jetzt war er ganz froh, daß sie ihm erspart blieb; die strengen, furchterregenden Sätze aus der Liturgie klangen in seinen Ohren immer so, als seien sie auf ihn persönlich gemünzt, und gerade jetzt, wo er das Gefühl hatte, dem Tod knapp entronnen zu sein, konnte er darauf gut verzichten. Er schlug das Telefonbuch auf, um sich die Adresse des British Legion Club in Lambourn herauszuschreiben, dann blätterte er gleich weiter zum Buchstaben «D» und suchte den Eintrag «Deniston, W.M.», die Adresse lautete: Church Walk 46, Woodstock. Ob es wohl noch Angehörige gab? Die Meldung in der *Oxford Times* hatte eigentlich nicht danach geklungen. Morse dachte an die Sachen, die das Ehepaar Deniston vermutlich hinterlassen hatte. Was geschah damit, wenn es keine Erben gab? Wie jetzt etwa beim Tod von Mrs. Deniston, oder wie bei jedem, der unverheiratet und kinderlos starb.

Es war schier unmöglich, einen Parkplatz zu finden, und schließlich nutzte Morse sein Privileg als Polizeibeamter und zeigte einer ziemlich unfreundlichen Politesse seinen Ausweis, so daß sie ihm, wenn auch sehr widerwillig, gestattete, sich etwa fünfzehn Meter vom Haus der Denistons entfernt in eine Parkverbotszone zu stellen. Er ging das Stück zurück, fand Church Walk Nummer 46, klopfte an die Haustür und wurde sofort eingelassen.

Es waren zwei Personen im Haus, ein junger Mann Mitte Zwanzig, der, wie er erklärte, von der Buchhandlung Blackwells beauftragt worden war, den Bücherbestand des Obersten zu katalogisieren, und ein Großneffe Denistons, sein einziger noch lebender Angehöriger, der, in Anbetracht der gerade in letzter Zeit beträchtlich gestiegenen Grundstückspreise in Woodstock, mit einem hübschen kleinen Vermögen rechnen konnte.

Morse erklärte dem Großneffen ohne Umschweife, weshalb er gekommen sei, nämlich um nachzufragen, ob der Oberst möglicherweise irgendwelche Unterlagen oder Notizen hinterlassen hatte, die sich auf sein Buch *Mord am Oxford-Kanal* bezogen. Der Großneffe zuckte mit den Schultern, er wisse es nicht, Morse könne sich aber, wenn er wolle, im Arbeitszimmer umsehen. Auf dem Schreibtisch dort lag noch das getippte Manuskript. Morse blätterte es flüchtig durch und entdeckte plötzlich einen kurzen Brief, der mit einer Büroklammer an einer der Seiten befestigt war. Der Brief war undatiert.

Unser lieber Daniel,

wir beide hoffen, daß es Dir gutgeht in den letzten Monaten. Wir werden im September in Derby sein und hoffen, daß wir Dich dann treffen können. Bitte sag Mary, daß das Kleid, das sie gemacht hat, wunderbar war, und sie soll nur bei dem anderen weitermachen, wenn sie meint, daß sie wieder gesund ist.
Dein treuer und Dich liebender
Matthew

Das war alles. Doch dem Obersten hatte es genügt, ihn aufzuheben. Im Fall Franks gab es, soweit Morse wußte, nur einen Daniel, und das war Daniel Carrick, Joannas Vater. Und er stammte aus Derby! Wenn ihn nicht alles täuschte, dachte Morse, hielt er hier ein originales Beweisstück aus jener Zeit in der Hand, ein Beweisstück, das der Geschichte des Obersten zusätzliche Authentizität verlieh. Joannas Vater hatte in Morses Überlegungen bisher keine große Rolle gespielt, doch der Brief, der mit dem Fall im Grunde nichts zu tun hatte, rückte ihn ins Blickfeld. Eigentlich war davon auszugehen, überlegte Morse, daß Daniel Carrick genauso in den Versicherungsbetrug verwickelt gewesen war wie die beiden anderen – den doppelten Versicherungsbetrug –, der die Nottinghamshire and Midlands Friendly Society veranlaßt hatte, zweimal die hübsche Summe von hundert Pfund auszuspucken, das erste Mal für den angeblichen Tod des nie beigesetzten Donavan und das zweite Mal für das vorgetäuschte Ableben der rätselhaften Joanna, der lebendigsten Wasserleiche, von der Morse je erfahren hatte.

Morse wollte den Brief gerade wieder zurücklegen, als er auf der Rückseite des vergilbten, zerknitterten Blattes einige Bleistiftnotizen entdeckte, vermutlich von der Hand des Obersten. ‹Berichte von Versicherung nicht mehr greifbar. – War Mrs. C damals krank? Hat man ihr Joannas Tod deshalb verschwiegen? – Spring Street Nr. 12 am 14.04.76 noch bewohnt!›

Morse nickte nachdenklich. Spring Street Nr. 12 – hier hatte er eine Adresse, die vielleicht eine Verbindung zur Vergangenheit und zu den Protagonisten des damaligen Dramas ermöglichte, vorausgesetzt, daß es die Straße und das Haus überhaupt noch gab.

Kapitel 36

Die heutigen Tänzer liefern uns eine bedrückende Spiegelung unserer Zeit. Sie sehen sich beim Tanzen nicht mehr an, sondern stehen sich gegenüber als isolierte Individuen, die sich autistisch in einer Art von Selbsthypnose bewegen.

Agnes de Mille *in der* New York Times

Obwohl die Partygäste wußten, daß der Hausmeister, wenn er Mitternacht sagte, 11.55 Uhr meinte, hatten es doch nur wenige von ihnen geschafft, vor neun Uhr im Schwesternheim zu sein. Es war ja auch kein besonders spektakuläres Ereignis; was bleiben würde über den Abend hinaus, waren erst einmal Abfallberge am nächsten Tag, ein paar Tage später einige verwackelte Fotos und vielleicht, bei zwei, drei Leuten, eine angenehme Erinnerung.

In dem Augenblick, als er die Schwelle überschritt und in den lärmerfüllten, von Blitzlichtern durchzuckten Raum trat – es war halb elf Uhr –, wußte Morse, daß es ein Fehler gewesen war, die Einladung anzunehmen. ‹Kehre nie zurück!› lautete eine seiner Maximen, die er in diesem Fall wirklich hätte befolgen sollen, doch die Erinnerung an die hübsche Fiona und die melancholische Eileen hatten ihn wider besseres Wissen dazu verführt, zuzusagen. Er setzte sich auf einen wackeligen Gartenstuhl und nahm vorsichtig einen kleinen Schluck aus dem weißen Plastikbecher, der jedem Gast bei seiner Ankunft in die Hand gedrückt wurde. Lauwarmer, fader Punsch! Er schüttelte sich innerlich. Wenn er seinen Geschmacksnerven trauen durfte, so bestand das Gebräu aus 86 % Limonade, 10 % Orangensaft, 2 % Gin und 2 % Martini. «Tolle Erfrischungen!» – In der Tat! Das Beste waren noch die Apfelstückchen, die verloren in dem Becher herumschwammen. Bei diesem Alkoholanteil, dachte er, würde es eine ganze Weile dauern, bis er halbwegs in Stimmung käme, wenn überhaupt. Unvermittelt tauchte plötzlich Fiona vor ihm auf. Sie war in Begleitung eines kränklich aussehenden Schönlings.

«Frohe Weihnachten!» Sie beugte sich zu ihm hinunter, und Morse spürte noch die Berührung ihrer warmen, trockenen Lippen, als sie, nachdem sie ihm noch schnell den verlegen grinsenden jungen Mann an ihrer Seite vorgestellt hatte, sogleich wieder auf die Tanzfläche zurückeilte, wo sie umgehend in wilde Zuckungen verfiel, nicht unähnlich einer epileptischen Puppe.

Morses Plastikbecher war leer, und er ging zu einer Reihe von Tischen, auf denen, noch durch eine Folie abgedeckt, das kalte Büffet aufgebaut war: gezuckerte Mincemeat-Pasteten * und aufgespießte Würstchen.

«Wir fangen gleich damit an», sagte eine bekannte Stimme in seinem Rücken. Hinter ihm stand Eileen, zum Glück ohne Begleiter. Sie trug, im Gegensatz zu den meisten anderen, Tracht.

«Hallo», sagte Morse.

«Hallo», erwiderte sie leise.

«Schön, Sie zu sehen.» Sie lächelte ihm zu und nickte unmerklich.

Wie aus dem Nichts stand plötzlich ein großer, schwerer Mann, dessen Gesicht noch die Spuren eines nicht allzu lange zurückliegenden Kampfes aufwies, neben ihr.

«Das ist Gordon», sagte Eileen und blickte fast ein wenig verängstigt hoch in sein düster wirkendes, hageres Gesicht. Gordon nickte Morse kurz zu, griff nach Eileens Ellenbogen und verschwand mit ihr in der Menge. Morse war wieder allein und überlegte, wie er möglichst unauffällig verschwinden konnte.

Er war nur noch wenige Schritte von der Tür entfernt, als sich ihm jemand plötzlich in den Weg stellte.

«Sie wollen sich doch nicht etwa heimlich verdrücken?»

* Füllung aus Korinthen, Äpfeln, Rosinen, Zucker, Hammelfett und Rum

Nessie!

«O hallo, Schwester! Nein. Ich kann... ich kann zwar nicht sehr lange bleiben, aber...»

«Schön, daß Sie gekommen sind. Ich weiß, daß Sie eigentlich schon ein bißchen zu alt sind für diese Art Vergnügen.» Es klang, als mache sie sich ein bißchen über ihn lustig.

Morse nickte, was ließ sich dagegen schon sagen, und fischte verlegen in seinem Becher nach Apfelstückchen.

«Ihr Sergeant hat Sie neulich besser versorgt – mit Getränken, meine ich», sagte sie.

Morse blickte sie an und hatte plötzlich das Gefühl, als sehe er sie zum erstenmal. Ihre Haut schimmerte unter den zukkenden Lichtblitzen beinahe opalartig, und ihre Augen hatten die Farbe von Smaragden. Das rötlichbraune Haar hatte sie nach hinten gekämmt, so daß die Konturen ihres Gesichts deutlicher hervortraten. Sie war leicht geschminkt. Für eine Frau war sie ziemlich groß, fast so groß wie er selbst, und wenn sie, dachte Morse, noch ein etwas vorteilhafteres Kleid angehabt hätte...

«Wollen wir tanzen, Inspector?»

«Ich... nein! Das ist nichts für mich, tanzen, meine ich.»

«Was...?»

Morse erfuhr nicht, was sie ihn hatte fragen wollen, denn in diesem Moment trat ein Medizinalassistent, noch ganz erhitzt vom Tanzen, lächelnd auf sie zu, griff nach ihrer Hand und zog sie auf die Tanzfläche.

«Komm, Sheila! Diesen Tanz hattest du *mir* versprochen, erinnerst du dich?»

Sheila!

«Sie bleiben doch noch...?» sagte sie und drehte sich kurz noch einmal nach ihm um. Dann betraten die beiden die Tanzfläche, und bald hörten alle anderen Tänzer auf und zogen sich an den Rand zurück, während Sheila und ihr Partner zum rhythmischen Klatschen der Zuschauer eine atemberaubende Folge schneller Schritte und Drehungen vollführten.

Morse spürte einen Anflug von Eifersucht, als er dem Paar mit den Augen folgte und sah, wie der junge Mann sie an sich gepreßt hielt. Eigentlich hatte er jetzt wirklich noch bleiben wollen, doch als die Musik aufhörte und eine verwandelt wirkende Nessie sich völlig erschöpft in einen Sessel fallen ließ, wo sie sogleich von einer Schar von Bewunderern umringt war, stellte Morse unauffällig seinen Plastikbecher beiseite und ging.

Er verbrachte eine unruhige Nacht und beschloß beim Aufwachen, im Laufe des Vormittags im John-Radcliffe-Krankenhaus anzurufen. Gegen halb zehn griff er zum Hörer.

«Ich möchte bitte mit der Oberschwester sprechen.»

«Um was handelt es sich denn?»

«Es ist ein... äh... privater Anruf.»

«Tut mir leid, aber private Anrufe können wir nicht entgegennehmen. Wenn Sie mir vielleicht Ihren Namen nennen wollen...»

«Ach, sagen Sie ihr einfach, ein ehemaliger Patient von Station 7 C habe sie sprechen wollen.»

«Ich habe Sie doch richtig verstanden, Sie wollten Schwester Maclean sprechen?»

«Ja.»

«Das wäre sowieso nicht gegangen. Sie ist gar nicht mehr bei uns. Letzte Woche war ihre Verabschiedung. Sie hat außerhalb eine Stelle als Leiterin des Pflegedienstes bekommen...»

«Ist sie noch in Oxford?»

«Ja, aber sie fährt heute. Sie ist nur deshalb noch geblieben, weil sie gestern abend bei der Party im Schwesternwohnheim dabeisein wollte.»

«Ich verstehe. Hoffentlich habe ich Sie jetzt nicht zu lange aufgehalten. Ich bin offenbar zu spät dran.»

«Es scheint so.»

«Wo geht sie übrigens hin?»

«Nach Derby – zur Derby Royal Infirmary.»

Kapitel 37

Die Prägung des Begriffes ‹Slum› reflektiert die Wirksamkeit der Mittelklassenideologie in bezug auf den Arbeitersiedlungsbau: Umsetzung großartiger Werte in bescheidenstem Rahmen.

James Stevens Curl, *The Erosion of Oxford*

Lewis hatte zwei große Schwächen, und zwar erstens für schnelles Fahren und zweitens für Eier mit Pommes frites. So sagte er denn auch sofort zu, als Morse ihn bat, ihn mit dem Lancia nach Derby zu chauffieren – und das, obwohl es sein freier Tag war. Der Wagen besaß eine starke Maschine, und der Gedanke, auf der M 1 so richtig Gas zu geben, versetzte Lewis in einen euphorieähnlichen Zustand. Der Chief Inspector hatte seinem Sergeant gleich gesagt, um was es ging, nämlich herauszufinden, ob es die Spring Street noch gab. Sie mußte am nördlichen Stadtrand von Derby liegen.

«Lassen Sie mich einfach machen, Lewis, das ist alles, was ich von Ihnen möchte.»

Er hatte den Sergeant nicht lange zu bitten brauchen. Der erinnerte sich nämlich noch sehr gut daran, was für ein erhebender Moment es in seinem Leben gewesen war, als er erfahren hatte, daß Morse gegenüber der Polizeispitze den Wunsch geäußert hatte, mit ihm, Lewis, zusammenzuarbeiten, weil ihm – angeblich – in seiner Gegenwart die besten Gedanken kämen. Und während er jetzt den Lancia nach rechts auf die Überholspur zog, um aus ihm herauszuholen, was möglich war, spürte Lewis wieder tiefe Dankbarkeit, daß ihn ein gütiges Geschick an die Seite des Chief Inspectors gestellt hatte. Die Fahrt nach Derby war natürlich, dessen war er sich ziemlich sicher, völlig sinnlos. Aber schließlich unternahmen viele Menschen vieles, was sinnlos war – und nicht nur in Oxford.

Obwohl Morse an einem Zeitungskiosk im Norden Derbys einen Stadtplan erstanden hatte, erwies es sich als überraschend schwierig, die Spring Street zu finden. Morse spürte, wie er zunehmend gereizter wurde, während Lewis Mal um

Mal sein Fenster herunterkurbelte, aber von den Passanten auf seine Frage nach der Spring Street entweder nur ein Kopfschütteln oder aber höchst widersprüchliche Angaben erhielt. Allen Widrigkeiten zum Trotz gelangten sie schließlich doch in die richtige Gegend, zu einem ausgedehnten, durch einen Bauzaun abgesperrten Areal, bei dem es sich, wie mehrere Stelltafeln verkündeten, um den «Derby-Sanierungskomplex» handelte. Zwei riesige gelbe Kräne schwenkten ihre Ausleger über einem guten Dutzend Abrißarbeiter.

«Wahrscheinlich kommen wir schon zu spät», unkte Lewis.

«Das macht dann auch nichts», entgegnete Morse. «Ich habe Ihnen doch gesagt, es handelt sich lediglich um eine Art Experiment.» Morse kurbelte sein Fenster herunter und sprach einen der staubbedeckten Arbeiter an.

«Ist die Spring Street schon flachgelegt?»

«Dauert nicht mehr lange, Kumpel», erwiderte der Mann und deutete vage in Richtung auf den übernächsten Block von Reihenhäusern.

Morse, den das vertrauliche «Kumpel» geärgert hatte, kurbelte sein Fenster ohne ein Wort des Dankes wieder hoch und bedeutete Lewis mit einer ebenfalls vagen Geste, in welche Richtung er fahren solle. Der tat, wie ihm geheißen, ein paar Straßen weiter hielt er hinter einem Baucontainer. Eine noch sehr junge, farbige Frau, die einen Kinderwagen schob, bestätigte Morse, ja, dies sei die Spring Street. Die beiden Männer stiegen aus und blickten sich um.

Vielleicht hatte die Gegend vor Jahrzehnten bessere Zeiten gesehen, doch vom jetzigen Zustand her schien es kaum vorstellbar, daß je eines der Häuser in dieser schäbigen Straße einmal das Attribut «komfortabel» oder «attraktiv» verdient gehabt hätte. Sie waren augenscheinlich Anfang des 19. Jahrhunderts erbaut, viele waren inzwischen schon halb verfallen, und bei etlichen anderen hatte man die Haustüren mit Brettern vernagelt, um Stadtstreichern und Hausbesetzern den Zutritt zu verwehren. Ein paar der Häuser mußten jedoch noch bewohnt sein, da hie und da Rauch aus einem der schmalen gelben Schornsteine stieg und hinter einigen Fenstern auch noch weiße Spitzengardinen hingen. Angeekelt betrachtete Morse die eingedrückten Bierdosen und die achtlos weggeworfenen Fisch-und-Chips-Verpackungen, die auf dem Bürgersteig herumlagen. Langsam ging er die Straße hinunter, bis er schließlich vor einer einstmals blaugestrichenen Tür stehenblieb. In der rechten oberen Ecke zeigte ein kleines Schild die Nummer zwanzig. Nummer zwölf mußte also vier Häuser weiter sein. Es war das Eckhaus. An seiner linken Seitenwand hing noch immer ein Straßenschild mit der Aufschrift «Burton Road», obwohl die Straße schon gar nicht mehr existierte. Unterhalb des Schildes öffnete sich ein hölzernes Tor, das windschief in seinen verrosteten Angeln hing, auf einen schmalen Weg, der am Haus entlang zu einem verwahrlosten Hinterhof führte. In einer von Unkraut überwucherten Ecke entdeckte Morse ein altes Dreirad und daneben den noch ziemlich neu aussehenden Einkaufswagen einer Supermarktkette. Die schmutzigroten Ziegel der Außenmauer waren an vielen Stellen schon bröckelig, und der Rahmen des einzigen Fensters war herausgerissen, so daß Wind und Regen ungehindert ins Innere dringen konnten. Morse steckte neugierig den Kopf in die leere Fensterhöhle, zog ihn aber schnell wieder zurück, weil ihn Übelkeit zu übermannen drohte: In einer Ecke des winzigen Raumes, der offenbar einmal die Küche gewesen war, lag ein Kothaufen, unmittelbar daneben schimmelte ein halbes Toastbrot vor sich hin.

«Kein besonders appetitlicher Anblick, was?» bemerkte Lewis, der Morse über die Schulter geblickt hatte.

«Hier ist sie also aufgewachsen», sagte Morse leise. «Hier hat sie gelebt, mit ihrer Mutter... und ihrem Vater...»

«... und ihrem Bruder», ergänzte Lewis.

«Ja, richtig!» Daran hatte Morse gar nicht mehr gedacht, Joanna hatte ja einen jüngeren Bruder gehabt, der nach seinem Vater benannt worden war, Daniel Carrick junior.

Zögernd verließ Morse den schäbigen kleinen Hof und ging langsam wieder zurück zur Straße. Hier blieb er stehen und betrachtete nachdenklich das Haus, in dem Joanna Franks, verwitwete Donavan, geborene Carrick, die ersten zwanzig Jahre ihres Lebens verbracht hatte. Morse vergegenwärtigte sich noch einmal die relevanten Daten: geboren 1821, 1842

Heirat mit Donavan. Es irritierte ihn, daß an keinem der Häuser irgendwo das Baujahr zu entdecken war, sei es als Plakette oder in Stein gemeißelt. Und selbst wenn sie irgendwann um das Jahr 1820 gebaut worden waren, hatte Joanna dann tatsächlich hier ihre Kindheit verbracht, versucht, in der engen Küche zwischen Spülbecken, Waschkessel, Mangel und Kochherd irgendwo einen Platz zum Spielen zu finden? Morse selbst hatte lebhafte Erinnerungen an eine ähnlich enge Küche. Er hatte gehört, daß das Haus inzwischen abgerissen war, um Platz zu machen für ein Teppichgeschäft. Aber er hatte auch nie Sehnsucht gehabt, es wiederzusehen. Zurückzugehen brachte nichts, das Leben ging weiter, und man war schnell vergessen. Die Party im Schwesternheim fiel ihm wieder ein. Dorthin zu gehen hatte ihm auch nichts gebracht, genausowenig, wie es ihm etwas bringen würde, bei der Derby Royal Infirmary vorbeizufahren (wie er es eigentlich vorgehabt hatte), um einer erstaunten Nessie beiläufig zu erklären, daß er zufällig in der Stadt sei und nur kurz habe vorbeischauen wollen, um ihr zu ihrer neuen Stellung als GROSSER WEISSER BOSS zu gratulieren...

Während er so seinen Gedanken nachhing, hatte Lewis ununterbrochen auf ihn eingeredet, und erst als der Sergeant ihn fragend ansah, wurde Morse bewußt, daß er kein Wort davon mitbekommen hatte.

«Entschuldigung... Was haben Sie gesagt, Lewis?»

«Ich sagte, daß wir uns zu Hause an die Wand stellen mußten, dann bekamen wir ein Lineal über den Kopf, mein Vater oder meine Mutter zogen einen Strich, und daneben wurde das Datum notiert.»

Morse hatte keine Ahnung, was sich der Sergeant da zusammenphantasierte, nickte aber verständnisinnig und ging in Richtung Wagen. Eine große, mit weißer Farbe an eine der Häuserwände gespritzte Aufschrift ließ ihn einen Moment stehenbleiben: «HÄNDE WEG VON CHILE!» Morse schüttelte den Kopf. Er konnte sich wirklich nur schwer vorstellen, daß irgendeiner der Bewohner dieser schäbigen Straße eine solche Mahnung nötig gehabt hätte. «VERSUCHEN SIE LUMLEY'S TEE, EIN HALBER PENNY!» schien ihm da schon mehr Sinn zu machen. Der Schriftzug stand grau (früher wohl einmal blau) vor einem ockerfarbenen Hintergrund und schien sehr alt zu sein. Womöglich hatte schon Joanna ihn gesehen, dachte Morse, wenn sie die Straße hinunter zur Schule ging oder hier draußen spielte. Aber auch dieser Gruß aus der Vergangenheit würde bald verschwunden sein, ausgelöscht, wenn erst die Bauarbeiter mit ihrer Abrißbirne hier auftauchten und die Mauer unter der Wucht ihres Schlages in sich zusammenbrechen würde.

Genau wie die Oxforder Mauern in sich zusammengebrochen waren, weil es den Vandalen im Rathaus so gefallen hatte.

Vergiß es!

«Und wohin jetzt, Sir?»

Es kostete ihn eine kleine Anstrengung, es zu sagen: «Direkt nach Hause. Es sei denn, Sie wollen sich hier noch etwas ansehen?»

Kapitel 38

Um dessentwillen du dich hergekommen wähntest
Ist Schale, Hülse der Bedeutung nur
Das Ziel sich nur enthüllt, ist es erreicht
Falls überhaupt. Du hattest keins
Oder erst jenseits eines Horizonts, den du gedacht
Es wandelt sich dir im Erreichen

T. S. Eliot, *Little Gidding*

Morse war nur selten zur Unterhaltung aufgelegt, wenn er im Auto saß, und so schwieg er auch jetzt, während Lewis zurück zur Autobahn fuhr. Aber irgend etwas, das merkte er, bohrte in ihm. Irgend etwas, das Lewis gesagt und das er nicht richtig mitbekommen hatte.

«Wovon haben Sie da vorhin in der Spring Street gesprochen?»

«Sie meinen, als Sie mir nicht zugehört haben?»

«Nun sagen Sie schon, Lewis!»

«Ich habe erzählt, wie das war, als wir Kinder waren, es

wurde immer gemessen, wie wir gewachsen waren. Meine Mutter hat das meistens gemacht – immer an den Geburtstagen –, an der Wand in der Küche. Dadurch bin ich, glaube ich, überhaupt darauf gekommen... weil wir in die Küche geblickt haben. Das Wohnzimmer kam dafür nicht in Frage, da war ja die gute Tapete. Denn wie ich schon sagte, sie nahm ein Lineal, legte es uns auf den Kopf, zog einen Strich, und daneben schrieb sie dann das Jahr...»

Morse hörte schon wieder nicht zu.

«Lewis, wenden Sie, und fahren Sie zurück!»

Der Sergeant sah ihn verblüfft an.

«Ich sagte, Sie möchten bitte wenden», wiederholte Morse betont beherrscht, «und schön vorsichtig, warten Sie einen ruhigen Moment ab... Es ist nicht nötig, Fußgänger und Haustiere zu gefährden. Aber *wenden Sie!*»

Morse knipste den Lichtschalter an, es passierte jedoch nichts, obwohl die Birne, die ohne Schirm von der abbröckelnden Decke hing, noch ziemlich neu aussah. Die gelblichen Tapeten hatten sich stellenweise von den Wänden gelöst, in der feuchten Ecke über dem Spülbecken hingen sie ganz herunter.

«Wo hat Ihre Mutter Sie denn immer hingestellt, Lewis?»

«Ungefähr hier, Sir.» Lewis stand neben der zweiten Küchentür, die ins Innere des Hauses führte, mit dem Rücken zur Wand, seine linke Hand auf dem Kopf. Nachdem er die Stelle mit dem Daumennagel markiert hatte, drehte er sich um und betrachtete den Abstand zwischen dem Fußboden und der kleinen Einkerbung.

«Das müßten so fünf Fuß, elf Inches sein – wenn ich nicht inzwischen geschrumpft bin.»

Die Tapete war an dieser Stelle von den vielen Händen, die im Laufe der Jahre nach dem Lichtschalter gegriffen hatten, besonders schmuddelig, und wahrscheinlich war hier auch ein halbes Menschenalter oder mehr nicht mehr renoviert worden. Direkt um den Schalter herum war der Putz herausgebrochen, so daß die nackten Steine zu sehen waren. Morse riß ein Stück der schmutziggelben Tapete herunter, und zum

Vorschein kam eine überraschend gut erhaltene, hellblaue Tapete. Doch auch sie zeigte keinerlei Markierungen. Die beiden Männer sahen sich schweigend an und fröstelten plötzlich beide in der einsetzenden Abendkühle.

«Es war eben ein Gedanke», sagte Morse schließlich.

«Und ein guter Gedanke, Sir», ergänzte Lewis.

«Nun, eines steht fest: Wir werden nicht den Rest des Nachmittags bis zum Einbrechen der Dunkelheit damit verbringen, von all diesen Wänden hier Lage um Lage Tapeten abzureißen.»

«Aber so lange würde das doch gar nicht dauern.»

«Was? Jedesmal vier, fünf oder mehr Schichten...»

«Aber wir wüßten doch, wo wir zu suchen hätten.»

«Wieso?»

«Es ist nur ein kleines Haus», erläuterte Lewis geduldig, «und wir brauchen doch bloß in einer bestimmten Höhe zu suchen, ein Meter zwanzig bis ein Meter fünfzig, würde ich sagen, und nur hier unten.»

«Sie sind ein Genie, Lewis, wußten Sie das?»

«Und Sie haben doch sicher eine Taschenlampe im Wagen?» fuhr Lewis, das Lob ignorierend, fort.

«Nein, ich fürchte nicht.»

«Das macht nichts, Sir. Wir haben noch ungefähr eine halbe Stunde, bevor es dunkel wird.»

Um zwanzig vor vier stieß Lewis ein Freudengeheul aus. «Hier. Ich habe etwas entdeckt. Ich glaube...» Er stand im Flur.

«Vorsichtig, *ganz* vorsichtig!» murmelte Morse, während sie im letzten Licht des schwindenden Dezembertages, das durch ein verschmiertes Oberlicht über ihren Köpfen drang, mit größter Behutsamkeit die Tapete von der Wand lösten. Darunter, direkt auf dem Putz, verborgen unter drei Schichten Tapete, aber noch deutlich lesbar, sahen sie zwei Reihen untereinander angeordneter Striche: rechts acht, der unterste etwa in ein Meter zehn Höhe, der oberste bei ein Meter fünfzig, jeweils mit dem genauen Datum daneben, links nur zwei Striche (aber vier Datumsangaben), was sicherlich daran lag, daß ein Teil des Putzes hier weggebröckelt war und damit auch die Striche an dieser Stelle verschwunden waren.

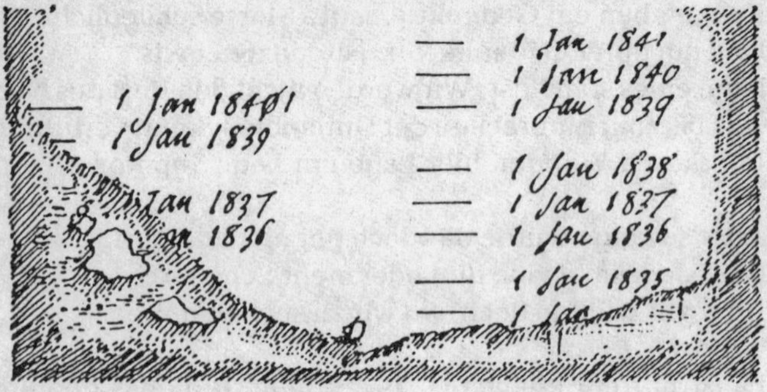

Einen Augenblick lang stand Morse in dem jetzt schnell dunkel werdenden Flur und blickte beinahe ehrfürchtig auf die Wand.

«Holen Sie eine Taschenlampe, Lewis, und ein Maßband!»

«Aber woher...?»

«Irgendwoher. Eine Taschenlampe hat schließlich jeder.»

«Außer Ihnen, Sir.»

«Sagen Sie einfach, Sie wären von der Gasgesellschaft und hätten in Nummer zwölf ein Leck entdeckt.»

«Aber das Haus hier hat gar keinen Gasanschluß.»

«Dann denken Sie sich eben etwas anderes aus.»

Als Lewis zurückkam, fand er Morse noch immer in die Betrachtung der Größenmarkierungen vertieft. Im Licht der Taschenlampe war jetzt deutlich zu erkennen, daß alle eventuellen Striche, die sich weiter unten noch befunden haben mochten, verloren waren. Dafür entdeckten sie jetzt aber im Schein der Lampe, daß zwischen den beiden Markierungsgruppen, etwas mehr nach rechts hinüber und deshalb wohl zur zweiten Gruppe gehörend, ein Buchstabe an der Wand geschrieben stand.

Der Buchstabe «D»!

«D» für Daniel?

Das hieße dann, daß die Striche rechts die jeweilige Größe von Daniel Carrick bezeichnet hätten und die linken dann entsprechend die von Joanna.

«Denken Sie, was ich denke, Lewis?» fragte Morse.

«Ich glaube, ja, Sir», antwortete Lewis vorsichtig.

«Joanna hat 1842 geheiratet», Morse sprach mehr zu sich selbst als zu Lewis, «und das paßt ja auch gut, denn das letzte Datum hier ist der 1. Januar 1841, eingetragen auf gleicher Höhe wie die Markierung von 1840 – offenbar ist sie in diesem letzten Jahr zu Hause nicht mehr gewachsen. Und ihr jüngerer Bruder Daniel hat sie so allmählich erst eingeholt und dann überholt. Ab 1836 waren beide gleich groß, und 1841 war er schon um etliche Zentimeter größer.»

Lewis nickte. «Und man würde die Größenmessung auch in dieser Reihenfolge erwarten, nicht wahr, Sir? Erst Joannas, und dann, rechts davon, die ihres Bruders.»

«Ja.» Morse nahm die runde Kapsel zur Hand und zog das Meßband der Länge nach heraus. «Nur fünf Fuß», bemerkte er.

«Damit kommen wir aber hin», sagte Lewis.

Er hatte recht. Während Morse das obere Ende des Meßbandes an die Eintragungen von 1840/41 hielt, kniete Lewis unten auf dem schmuddeligen Steinfußboden und richtete den Strahl der Taschenlampe auf die Längenangabe. Nein, ein längeres Maßband war unnötig, der Abstand vom Fußboden zur oberen Markierung betrug nur vier Fuß neun Inches *. Die Frau, die man aus dem Duke's Cut gezogen hatte, war dagegen fünf Fuß, dreidreiviertel Inches groß gewesen, fast sieben Inches ** größer als Joanna zu dem Zeitpunkt, als sie das elterliche Haus verlassen hatte, um zu heiraten. War es wahrscheinlich oder überhaupt *möglich*, daß sie zwischen ihrem einundzwanzigsten und achtundzwanzigsten Lebensjahr noch sieben Inches gewachsen war? Lewis versuchte, seine Zweifel in Worte zu kleiden.

* knapp 1,45 Meter

** knapp 18 Zentimeter

«Also, ich glaube nicht, Sir, daß eine Frau wirklich noch...»

«Nein, Lewis, ich auch nicht», stimmte Morse, der bisweilen Gedanken lesen konnte, sofort zu. «Wenn auch vielleicht nicht ganz und gar unmöglich, dann auf jeden Fall außerordentlich unwahrscheinlich.»

«Sie hatten also recht, Sir...»

«Und alle vernünftigen Zweifel sind ausgeräumt? Ja, ich denke schon.»

«Sind wirklich *alle* Zweifel ausgeräumt, Sir?»

«Ach, so ein Rest von einem Prozent wird wohl bei jedem Fall übrigbleiben...»

«Aber Sie wären glücklicher, wenn...»

Morse nickte. «Ja, ich gebe es zu. Ich wäre glücklicher, wenn wir noch einen kleinen Extrabeweis gefunden hätten. Ein «J» auf der Wand hier zum Beispiel, oder irgend etwas in der Art.»

«Aber hier noch weiter zu suchen hat wohl keinen Zweck, oder?»

Morse zögerte einen Augenblick. «Nein, sicherlich nicht.»

Kapitel 39

> *Die Welt ist rund, und der Ort, der dir als Endpunkt erscheinen mag, kann genausogut auch der Anfangspunkt sein.*
>
> Ivy Baker Priest, *Parade*

Es war eine ernüchternde Frage: «Und was machen wir jetzt, Sir?»

Morse blickte beinahe verstört auf, er war mit seinen Gedanken weit weg gewesen. «Die Tat liegt lange zurück jetzt, eine üble Tat...» sagte er langsam.

Eine sicherlich richtige Bemerkung, die jedoch Lewis' Frage nicht beantwortete. Doch der Sergeant ließ nicht lokker; mit dem Ergebnis, daß sich beide Männer auf die Suche nach dem Baustellenleiter machten. Morse präsentierte seine Legitimation und gab dem Mann in einem Ton Anweisungen, als ob er durch MI5 und MI6 gleichzeitig autorisiert sei. Insbesondere wünsche er, daß gewisse Bleistiftmarkierungen im Eingangsflur fotografiert würden. Der Baustellenleiter war durchaus kooperativ und sah weiter keine Schwierigkeiten. Er selbst sei, so gestand er etwas verlegen, ein ziemlich guter Amateurfotograf. Lewis brachte einem immer noch etwas erstaunten Anwohner der Spring Street sein Maßband und die Taschenlampe zurück, dann bestiegen der Chief Inspector und sein Sergeant endlich den Wagen, um nach Hause zu fahren.

Es war kurz vor sechs, als Lewis zum zweitenmal in Richtung Autobahn steuerte. Um Punkt sechs beugte Morse sich vor und schaltete das Autoradio an. Er wollte die Nachrichten hören. Alles in allem war es ein schlechtes Jahr gewesen: Seuchen, Hungersnöte, Flugzeug- und Eisenbahnunglücke, eine Explosion auf einer Ölbohrinsel und etliche Erdbeben. Seit den Mittagsmeldungen war jedoch keine neue Katastrophe passiert, und so stellte Morse das Radio wieder ab.

Erst jetzt wurde ihm bewußt, wie spät es war.

«Ist Ihnen klar, Lewis, daß wir längst Öffnungszeit haben?»

«Heutzutage ist die ganze Zeit ‹Öffnungszeit›, Sir», sagte Lewis.

«Sie wissen schon, was ich meine.»

«Ich finde es eigentlich noch ein bißchen früh...»

«Aber wir haben etwas zu feiern, Lewis! Halten Sie am nächsten Pub. Ich spendiere Ihnen ein Bier.»

«Ist das Ihr Ernst?»

Morse war bekannt wegen seiner Knauserigkeit, und zwar gegenüber Untergebenen als auch Vorgesetzten. Lewis griente still in sich hinein, während er im Vorüberfahren die Häuserfronten musterte, ob er ein Wirtshausschild entdeckte – eine Tätigkeit, in der er durch sein langes Zusammensein mit Morse Übung besaß. «Für mich keinen Alkohol, danke – nicht, wenn ich fahre.»

«Ach ja, natürlich, Lewis. Wir wollen ja keinen Ärger mit der Polizei.»

Während er an seinem Selterswasser nippte und Morse zuhörte, wie er zusammen mit dem Wirt über die ungeheure Skrupellosigkeit der Bierbrauer herzog, spürte Lewis eine tiefe Zufriedenheit. Es war ein erfolgreicher Tag gewesen. Morse, der gerade mit der bei ihm üblichen Geschwindigkeit sein drittes Glas Bier geleert hatte, war offenbar jetzt bereit zum Aufbruch.

«Herren?» erkundigte er sich.

Der Wirt deutete nach rechts.

«Haben Sie irgendwo ein Telefon, das ich benutzen könnte?»

«Direkt davor.»

Lewis hörte Morse sprechen, schnappte auch das Wort «Krankenhaus» auf, aber er war ein Mann, der die Privatsphäre anderer respektierte, und so ging er vor die Tür und wartete dort, bis Morse herauskam.

«Lewis, ich... äh... ich möchte Sie bitten, mich gerade noch beim Krankenhaus vorbeizufahren. Das Derby Royal Infirmary. Ist kaum ein Umweg für uns, habe ich mir sagen lassen.»

«Wieder Ihr Magen, Sir», fragte Lewis besorgt.

«Nein.»

«Ich fand ja gleich, daß drei Gläser Bier zuviel wären...»

«Fahren Sie mich nun, Lewis, oder nicht?»

Morse vermied es, wie Lewis wußte, schon seit längerer Zeit, auch nur hundert Meter weit zu Fuß zu gehen, wenn nur die geringste Chance bestand, dieselbe Strecke auch mit dem Auto zurückzulegen, und so wunderte es ihn nicht, daß sein Chef darauf bestand, sich mit dem Wagen vor den Haupteingang kutschieren zu lassen. Direkt unter dem Schild «Nur für Ambulanzwagen» mußte Lewis anhalten.

«Wie lange, denken Sie, wird es dauern?» fragte Lewis.

«Wie lange? Keine Ahnung, Lewis... Aber heute ist offenbar mein Glückstag – fassen Sie sich also in Geduld.»

Als Morse eine halbe Stunde später wieder auftauchte, fand er Lewis mit einigen der Ambulanzfahrer in ein angeregtes Gespräch über Fahrtauglichkeit und Zuverlässigkeit der Lancia-Modelle vertieft.

«Können wir dann los?»

«Äh... nein, Lewis. Sehen Sie... ich habe mich entschieden, über Nacht hierzubleiben.»

Lewis hob erstaunt die Augenbrauen.

«Ja, ich dachte, daß es vielleicht ganz gut wäre, wenn ich hierbliebe, um dabeizusein, wenn die Fotos gemacht werden...»

«Aber ich muß unbedingt zurück, Sir. Ich habe morgen Dienst!»

«Ich weiß. Ich habe Sie auch gar nicht gebeten, hierzubleiben, oder? Ich fahre einfach mit der Bahn zurück. Derby, Birmingham, Banbury – kein Problem!»

«Sind Sie sicher, Sir?»

«Ganz sicher. Ich hoffe, es macht Ihnen nichts aus, allein zurückzufahren, Lewis?»

Lewis schüttelte den Kopf. «Dann mache ich mich am besten gleich auf den Weg.»

«Ja, tun Sie das. Und fahren Sie nicht so schnell!»

«Soll ich Sie unterwegs noch bei irgendeinem Hotel absetzen?»

«Nein, nicht nötig. Ich suche mir später etwas.»

«Sieht eher so aus, als hätten Sie bereits etwas gefunden, Sir», bemerkte Lewis hellsichtig.

«Ah ja?»

Während Lewis den Lancia mit Höchstgeschwindigkeit auf dem Zubringer in Richtung M1 steuerte, lächelte er still vor sich hin. Er hatte den Chef selten so glücklich gesehen.

Epilog

Der Name eines Menschen ist ein betäubender Schlag, von dem er sich nie wieder erholt.

Marshall McLuhan, *Understanding Media*

Am Morgen des 11. Januar, eines Freitags (er hatte am 2. Januar wieder zu arbeiten begonnen), bestieg Morse den Frühexpreß nach Paddington. Um elf Uhr sollte er auf dem Hendon-Symposium zum Thema «Das Verbrechen in der Großstadt» sprechen. Er hatte sich überlegt, daß er mit der U-Bahn bis King's Cross fahren und ab da die Linie nach Norden nehmen würde. Das war unkompliziert und bequem. Er fuhr gern mit dem Zug, und als der Straßenverkehrsbericht für heute auf der M 40 Glatteis angekündigt hatte, hatte ihm dies die Entscheidung, den Lancia zu Hause stehenzulassen, erleichtert. Und außerdem brauchte er sich jetzt keinen Zwang anzutun, falls alkoholische Getränke angeboten würden.

Am Bahnhofskiosk hatte er die *Times* und die *Oxford Times* erstanden, sich einen Platz in einem Abteil am Ende des Zuges gesucht und gleich darauf begonnen, das Kreuzworträtsel in der *Times* zu lösen. Als der Zug Didcot erreichte, hatte er es, bis auf ein einziges Wort, bereits gelöst. Ein schneller Blick in sein Lexikon hätte ihm weitergeholfen, aber natürlich hatte er es nicht dabei, und wie immer, wenn er etwas nicht gleich zu Ende bringen konnte, ärgerte er sich. Schnell entschlossen trug er einige beliebige Buchstaben in die freien Kästchen ein, für den Fall, daß einer seiner Mitreisenden ihn beobachtet hätte. In Reading nahm er sich das Kreuzworträtsel in der *Oxford Times* vor. Es war wieder von «Quichote» ausgedacht, und Morse lächelte, als er daran dachte, wie Waggie für «berühmteste Ente der Welt» stolz «Donald» eingetragen hatte. Das Rätsel jetzt war nicht besonders amüsant, aber auch ganz nett. Nach zwölf Minuten war er damit fertig.

Aus den Augenwinkeln nahm Morse wahr, daß sie soeben Maidenhead passiert hatten. Er öffnete seine Aktentasche und entnahm ihr einen Stapel Konferenzpapiere. Gleich obenauf lag die Liste der Teilnehmer. In der Spalte A bis D war keiner, den er kannte, und so überflog er die nächste, E bis F:

Eagleton
Ellis
Emmett
Erskine
Farmer
Favant
Fielding

Tom Eagleton, ja den kannte er; Jack Farmer ebenfalls; und...

Morse hielt inne und betrachtete nun den mittleren der drei mit «F» beginnenden Namen. Favant... Der Name kam ihm irgendwie vertraut vor. Doch woher bloß? Ein ausgefallener Name. Morse überflog die anderen Namen, als es ihm plötzlich einfiel. Natürlich. Favant war der Mann gewesen, der zu der Zeit, als Joanna angeblich ermordet worden sein sollte, den Treidelpfad am Oxford-Kanal entlanggekommen war, der Mann, der vermutlich im «Nag's Head» übernachtet hatte und den man hinterher nicht mehr hatte auffinden können, weil sich «seine Spuren verloren hatten». Eine mysteriöse Figur. Favant war vielleicht nicht einmal sein richtiger Name gewesen, es hatte ja an und auf dem Kanal schließlich genug Männer gegeben, die Decknamen besaßen. Auch zwei der Schiffer auf der *Barbara Bray* hatten sich ja, wie man wußte, ein «Alias» zugelegt. So hieß Alfred Musson eigentlich Alfred Brotherton, Walter Towns' richtiger Name lautete Walter Thorold. Vielleicht gab es irgendeinen tiefsitzenden psychologischen Grund, daß Kriminelle fast nie ganz auf ihren Namen verzichteten, selbst wenn dadurch die Gefahr einer Entdekkung für sie größer wurde. Morse jedenfalls hatte das während seiner langen Jahre als Polizeibeamter des öfteren erlebt. Es war, als sei der Name eines Mannes gewissermaßen ein so wesentlicher Teil von ihm, daß er ihn auf keinen Fall völlig aufgeben konnte. Musson hatte seinen Vornamen behalten, und Towns ebenfalls.

Morse verbrachte den Rest der Reise damit, müßig aus dem Fenster zu schauen und irgendwelchen belanglosen Gedanken nachzuhängen, Donald Duck, die berühmteste Ente der Welt, F. T. Donavan, der berühmteste Zauberer der Welt...

Plötzlich durchzuckte ihn ein Gedanke. Große Güte!

Er spürte, wie sich ihm die Nackenhaare sträubten, als er sich der Schilderung des zweiten Prozesses zu entsinnen suchte: «...Die größte Aufmerksamkeit und Anteilnahme weckte ganz sicher Charles Franks. Kaum hatte er den Zeugenstand betreten, brach der arme Mann in Tränen aus, und er schien, als sei er kaum in der Lage, den Blick zu heben und die Angeklagten anzusehen... Während er dem Gericht erklärte, daß er, als er von Joannas Tod erfahren habe, unverzüglich nach Oxfordshire aufgebrochen sei, drehte er den Angeklagten demonstrativ den Rücken zu...» Ein merkwürdiges Verhalten. Es sei denn, der Mann hätte befürchtet, daß ihn die Schiffer von der *Barbara Bray* erkennen könnten. Denn sie hatten ihn in jener Nacht auf dem Treidelpfad gesehen, wenn auch nur kurz, da er «gleich weitergegangen» sei. Und kein Wunder, dachte Morse, daß er es eilig gehabt hatte. Donald Favant oder Don Favant, wie er sich vermutlich genannt hatte. Morse kritzelte die Buchstaben des Namens eilig auf den unteren Rand seiner *Oxford Times*: D–O–N–F–A–V–A–N–T, und dann darunter den anderen Namen, der sich mit genau denselben Buchstaben bilden ließ: F. T. DONAVAN, Kaiser aller Illusionskünstler.

Der Oxford-Kanal

Diese Wasserstraße legt von Hawkesbury in der Nähe von Coventry bis nach Oxford einen Weg von 123 km zurück und steht in der Hitliste der Kanäle ganz oben. An ihrem nördlichen Ende verbindet sie sich mit dem Coventry- und mit dem Ashby-Kanal, während sie im Süden in die Themse einmündet.

Sowohl in Braunston als auch in Napton, im Herzen Mittelenglands, verbindet sich der Oxford-Kanal mit dem Grand Union Canal; die 8 km lange Teilstrecke zwischen diesen beiden Verbindungen trägt die Bezeichnung Oxford / Grand Union Canal. Der Teil des Oxford-Kanals, der 45 km nördlich von Braunston beginnt und sich bis Hawkesbury erstreckt, wobei er vier Schleusen passiert, trägt den Namen North Oxford Canal.

Der Kanal, der von Napton ausgeht, ist der schöne *South Oxford Canal*. Er ist 80 km lang, großenteils flach und windet sich durch das Urbild einer englischen Landschaft. Der Kanal hat 39 Schleusen und 29 reizvolle hölzerne Hebebrücken (sie sind normalerweise geöffnet und sollten so wieder verlassen werden, wie man sie vorgefunden hat) mit sehr geringer Durchfahrtshöhe. Ignorieren Sie diese letzten drei Wörter auf eigene Gefahr!

Der Oxford-Kanal gleitet nun sanft um *Napton-on-the-Hill* herum, wo auf dem Gipfel eine Kirche aus dem 13. Jh. und eine restaurierte Windmühle stehen, und läßt *Napton Junction* hinter sich. Die Besteigung des Hügels lohnt allein schon um der wundervollen Aussicht willen. Besonders reizvoll, wenn auch etwas entmutigend, ist der Blick südwärts auf die neun Schleusen von Napton, auf die Höhe von *Marston Doles* und seinen 18 km langen Hochkanal. Besuchen Sie auch das *Museum of Mechanical Music*, wo gelegentlich Konzerte gegeben werden.

Nach den Schleusen beschreibt der Kanal einen fast vollständigen Kreis; ursprünglich sollte er um die Stadt herumführen. Die Entfernung zwischen Brücke 127 und 132 beträgt zu Land weniger als 1 km, auf dem Wasser fast 4 km.

Nach *Fenny Compton* (18 km von Napton Junction) biegt der Kanal scharf links ab und fließt durch den 1000 m langen, dicht bewaldeten *Fenny Compton Tunnel*, der vor mehr als 100 Jahren seine Decke verloren hat.

Als nächstes kommen die *Claydon Locks*, eine Folge von fünf Schleusen, die das Ende der Gipfelhürde bilden. Das nicht mehr benutzte rote Backsteingebäude an der dritten Schleuse diente als Stall für die Pferde, die die Boote zogen. *Claydon's Granary Museum* zeigt Kuriositäten aus dem landwirtschaftlichen und häuslichen Leben der «guten alten Zeit»; die Küche aus dem 19. Jh. ist ein Vergnügen für Kinder.

Nach weiteren 3 km erreicht man *Copredy* am westlichen Ufer. Hier erscheint zum erstenmal der *Fluß Cherwell*, der uns bis Oxford begleiten wird. Eine Gedenktafel auf der *Copredy Bridge* erinnert an den Kampf zwischen der königlichen Kavallerie und den Puritanern Oliver Cromwells.

8 km weiter kommt man nach *Banbury*, das durch städteplanerischen Vandalismus verunstaltet wurde. Die Kinderreime über die Stadt treffen nicht mehr zu, das alte Kreuz wurde vor 130 Jahren durch ein neues ersetzt, aber wenigstens werden die Kuchen noch nach einem 300 Jahre alten Rezept gebacken. Exkursionen zu den beiden in der Nähe liegenden schloßähnlichen Wohnsitzen bieten sich an.

Sulgrave Manor, 13 km nordöstlich, ist ein elisabethanisches Landhaus. Besonders Amerikaner werden sich vielleicht versucht sehen, ihr Wissen auf die Probe zu stellen, indem sie sorgfältig die Wappen im Haupteingang überprüfen. Die drei Sterne und zwei Streifen sollen angeblich Vorbild für die amerikanische Flagge gewesen sein, von denen eine über dem Haus weht. Sulgrave, das 1558 von Lawrence Washington (ein Vorfahr von George Washington) fertiggestellt und von der Familie Washington 120 Jahre lang bewohnt wurde, enthält viele Erinnerungsstücke der Familie.

5 km südwestlich liegt *Broughton Castle*, ein von einem Graben umgebenes, mittelalterliches Haus mit interessanten Verbindungen zum Bürgerkrieg.

Der Kanal fließt weiter durch eine bewaldete Landschaft und an einigen reizvollen Dörfern vorbei, von denen die meisten nicht direkt am Wasser liegen. Nach 6 km und einem halben Dutzend Zugbrücken – aber einfacher Streckenführung – erscheint *King's Sutton*, dessen Kirchturm seit langer Zeit ein Wahrzeichen ist. Legen Sie aber am Westufer an, und machen Sie einen Spaziergang zum 1500 m entfernten *Adderbury*.

Strohbedeckte Steinhäuser, eine ulmenbeschattete Dorfwiese und eine Kirche im Stil der englischen Spätgotik bilden eine prächtige Einheit. Der Kirchturm hat zu dem Ausspruch angeregt, «Bloxham der Länge wegen, Adderbury der Stärke wegen und King's Sutton der Schönheit wegen». Das *Herrenhaus* in Adderbury zieht die Blicke auf sich. Es wurde einst von dem Grafen von Rochester erbaut, der um seine geisteskranke zweite Frau warb, indem er vorgab, der Kaiser von China zu sein. Wer einkaufen möchte, wird sich der *Waterways Art Gallery* zuwenden, die Werke von talentierten Kanal-Malern und Töpfern ausstellt.

2 bis 3 km weiter schlägt sich der *River Cherwell* von der westlichen auf die östliche Seite des Kanals. Legen Sie direkt danach an, und spazieren Sie den Hügel hinauf nach *Aynho* mit seinen uralten, strohbedeckten Steinhäusern. Direkt gegenüber liegt die klassische Fassade des *Aynho Park*, eines Herrenhauses aus dem 17. Jh., das von dem Architekten und Sammler Sir John Soane im 18. Jh. wiederaufgebaut wurde. Der Kanal schlängelt sich fröhlich 8 km an den Dörfern *Clifton, Somerton, Steeple Aston, Upper Heyford* und *Lower Heyford* vorbei. Eine ungewöhnliche Rarität ist die *Troy Maze* in Somerton, auf der Troy Farm (Besichtigung nur nach voriger Anmeldung), etwa 1500 m östlich des Dorfes. Der Ursprung dieses Rasenlabyrinths, das aus Furchen und Rillen besteht, reicht zurück bis ins Mittelalter.

Überqueren Sie die Brücke in *Lower Heyford*, und machen Sie einen kleinen Spaziergang zu der uralten Wassermühle; Weidenbäume führen zu einer ungewöhnlichen Eisenbrücke, der einzigen eisernen Zugbrücke Englands. Wenden Sie sich weiter nach Westen, dann erreichen Sie nach etwa 1500 m das aus dem 17. Jh. stammende *Rousham House*, in dessen Tür sich noch aus dem Bürgerkrieg Einschußlöcher befinden. Großes Vergnügen bereitet der im 18. Jh. angelegte Garten mit funkelnden Wasserfällen, klassischen Gebäuden, Statuen und schönen Ausblicken. Außerdem gibt es hier das einzige erhaltene Exemplar der Werke von William Signor Kent; und man kann nicht umhin, sein *Sham Castle Gate*, als der «Rousham Blickfang» bekannt, zu bewundern.

Wieder auf dem Wasser, sind es 8 weitere Kilometer durch eine dicht bewaldete Landschaft bis *Kirlington*, wo man im gleichnamigen *Park* beim Polospiel zusehen kann. Neben dem Park wird der Kanal über eine uralte römische Straßenbrücke geleitet.

Der Wasserweg wird jetzt breiter und bildet einen Bogen um *Shipton on Cherwell* mit seinem Friedhof direkt am Wasser. Unmittelbar danach folgen dicht am Ufer die Reihenhäuser von *Thrupp*, einem Dorf, das sich seit über einem Jahrhundert nicht mehr verändert hat.

Legen Sie in Kidlington an, und fahren Sie die 5 km zum *Blenheim Palace*, dem Versailles Englands, das mit dem Herzog von Marlborough und seinem Nachkommen Winston Churchill in unauflöslicher Verbindung steht. Blenheim, ein majestätisches, hohes Gebäude, das reich mit Kunstwerken verziert ist, beschwört die Zeilen Popes:

Thanks, sir cried I, 'tis very fine,
But where d'ye sleep or where d'ye dine?
I find by all you have been telling
That 'tis a house and not a dwelling.
(Danke, Herr, rief ich, es ist sehr hübsch,
Aber wo schlaft Ihr, oder wo eßt Ihr?
Aus allem, was Ihr sagt, ersehe ich,
dies ist nur Haus und niemals Heim.)

Der großartige Park, ein Paradestück von Capability Brown, wurde durch einen See ergänzt, den eine Brücke überspannt, die von Vanbrughs (Architekt des Hauses) Zeichenbrett stammt. Der See wurde geschaffen, indem man einen kleinen Fluß abdämmte. Auf der anderen Seite der Brücke befindet sich eine lange Allee (ihre Bäume sollen angeblich die feindlichen Armeen bei der Schlacht von Blenheim, in der der Herzog einen denkwürdigen Sieg errang, darstellen). Sie führt zu der hohen Siegessäule, auf deren Spitze der Herzog steht, dem eine dankbare Nation diesen Besitz schenkte.

Weiter geht es 11 km nach *Oxford*, der Universitätsstadt mit ihren verträumten Kirchtürmen, die im 10. Jh. gegründet wurde. Der Kanal endet an der *Isis (Louse) Lock*, an der Hythe-Brücke. Von hier ist es nicht weit zum Zentrum der Stadt und zur Universität, die im 13. Jh. gegründet wurde und auf drei Seiten von Wasser umgeben ist. Die *Themse* fließt gleich westlich des Kanals, und der *Cherwell* liegt etwas weiter im Osten. Beide Flüsse vereinigen sich südlich der Universität.

Versuchen Sie mal, auf der Themse zu staken (Boote sind an der Folly-Brücke zu mieten) oder auch auf dem Cherwell (Boote an der Magdalen-Brücke). Der hübschere Cherwell fließt am *Magdalen College* vorbei, das

– der allgemeinen Beurteilung entsprechend – das schönste der 39 Colleges von Oxford ist.

Besuchen Sie Magdalen und *Christ Church College, Merton* (das die ältesten Gebäude hat) und *St. John, Trinity* und *Worcester College*, alle mit schönen Gärten. Gehen Sie auch zum *Sheldonian Theatre*, einem Werk Wrens, und zur *Bodleian Library* mit ihrem *Radcliffe-Leseraum*.

Falls Sie Ihr Exemplar dieses Buches verlegt haben, dann finden Sie sicherlich eine englische Ausgabe in der Bodleian Library: Sie ist eine von sechs Büchereien, die das Recht hat, ein kostenloses Exemplar eines jeden Buches zu bekommen, das in Großbritannien veröffentlicht wird. Falls Sie es vorziehen, sich ein neues Exemplar zu kaufen – auf der anderen Straßenseite erwartet Sie *Blackwell's*, eines der größten Buchgeschäfte der Welt und ein Paradies für jeden Bücherfreund. Beenden Sie den Tag mit einem Spaziergang über die *High Street*, eine der architektonisch faszinierendsten und erstaunlichsten Straßen, die Sie je sehen werden.

Von der Isis Lock in Oxford führt eine kurze Strecke zur Themse, wo der Reisende sich nach Süden oder Westen wenden kann.

Auszug aus APA Guide «Wasserwege in Westeuropa», RV Reise- und Verkehrsverlag, München.

Colin Dexter

«Es gibt nur wenige Autoren, die überzeugend Humor, Spannung und Phantasie und ein wenig Grausen miteinander verbinden können Colin Dexter beherrscht das vorzüglich.»
Hamburger Abendblatt

Mord am Oxford-Kanal
(thriller 2960)
Ausgezeichnet mit dem «Golden Dagger» der Englisch Crime Writers' Association.

Hüte dich vor Maskeraden
(thriller 2805)
«Ein intelligenter Krimi zum Mit-Denken. So etwas ist selten.»
Frankfurter Rundschau

Das Rätsel der dritten Meile
(thriller 2806)
Der Rektor des College lädt eines Tages Chief Inspector Morse zum Essen ein, um ihm nebenbei zu erzählen, daß einer seiner pedantischsten Professoren seit einigen Tagen völlig ohne jede Ankündigung verschwunden ist. Zwar sei inzwischen eine Nachricht eingetroffen, aber die könne unmöglich von Browne-Smith stammen, denn der würde lieber sterben, als eine Notiz mit einem Rechtsschreibefehler aus der Hand zu geben. Kurz darauf wird eine Leiche aus dem Kanal geborgen, der Kopf, Hände und Beine fehlen ...
«... brillant, komisch, bizarr und glänzend geschrieben.»
Südwestpresse

rororo thriller

Tod für Don Juan
(thriller 3041)
Kaum sind die amerikanischen Touristen in Oxford eingetroffen, da wird Chief Inspector Morse zu einer Toten gerufen. Die Touristin ist offensichtlich an Herzversagen gestorben, als sie den Diebstahl einer wertvollen, antiken Brosche entdeckte. Klarer Fall, meint Sergeant Lewis. Ein plötzlicher Tod ist immer mysteriös, sagt Morse. Erst recht, wenn kurz darauf noch ein Toter gefunden wird.

rororo thriller wird herausgegeben von Bernd Jost. Ein Gesamtverzeichnis der Reihe finden Sie in der *Rowohlt Revue*. Jedes Vierteljahr neu. Kostenlos in Ihrer Buchhandlung.

3005/4

Serientäter

Robert Brack
Die siebte Hölle
(thriller 2941)
Oldtimer bringen's besser als Bücher, meint der bankrotte Buchhändler Jercy Pacula, und überführt zwei Limousinen nach Lissabon...
Schwere Kaliber
(thriller 2967)
Psychofieber
(thriller 3058)

Frank Göhre
Schnelles Geld
(thriller 3048)
Der erste, seit Jahren vergriffene Kriminalroman von Frank Göhre, der mit mehreren Literaturpreisen ausgezeichnet wurde und als Kinofilm Beachtung fand. Neu bearbeitet und wesentlich erweitert.
Der Tod des Samurai
(thriller 2832)
Ein Thriller über organisiertes Verbrechen in Hamburg.
Der Tanz des Skorpions
(thriller 3025)
Letzte Station vor Einbruch der Dunkelheit
(thriller 2795)
Der Schrei des Schmetterlings
(thriller 2759)

Daniel Pennac
Wenn nette alte Damen schießen...
In Belleville, dem Kreuzberg von Paris, schneidet ein erbarmungsloser Killer armseligen Rentnern die Kehlen durch. Angst macht sich breit, gefolgt von einer kräftigen Paranoia. Ausgezeichnet mit dem «Prix Mystère de la critique».
(thriller 2921)
Königin Zabos Sündenbock
(thriller 3003)

rororo thriller

30 Jahre thriller Jubiläums-Lesebuch
(thriller 3030)
Dieser Jubiläumsband präsentiert einen opulenten Querschnitt durch die Geschichte der rororo thriller- Reihe und bietet literarischen Nervenkitzel pur. Die Palette internationaler Autoren gleicht einem Who is Who der Kriminalliteratur.

Pacio Ignacio Taibo II
Der melancholische Detektiv *Drei Fälle für Héctor Belascoarán Shayne*
(thriller 3039)
Der Boxer Angel, Freund von Detektiv Héctor Belascoarán, wird beim Training im Ring von einem Unbekannten erschossen. Mögliches Motiv: eine alte Rivalität um eine Frau... Taibo liefert nicht nur ungewöhnliche Stories, sondern ein dichtes Bild von Mexiko, seiner Atmosphäre, seinen Problemen und seiner Faszination.
Das bizarre Leben
(thriller 2940)
Comeback für einen Toten
(thriller 3019)